FANGZILUAN
OPUS
方紫鸾 作品

UNAFFORDABLE◎三生三世錯NOLOVE
THE WHOLE LIFE
愛不起，別愛。
OUR LOVE

吉林出版集团有限责任公司

图书在版编目（CIP）数据

爱不起，别爱 / 方紫鸢著 . —长春：吉林出版集团有限责任公司，2013.6
ISBN 978-7-5534-1785-1

Ⅰ．①爱… Ⅱ．①方… Ⅲ．①长篇小说－中国－当代 Ⅳ．① I247.5

中国版本图书馆 CIP 数据核字（2013）第 092298 号

爱不起，别爱

作　　者	方紫鸢	
责任编辑	周海莉　武　晶	
特约编辑	杨晓晖　任落落	
装帧设计	张金花	
开　　本	710mm×1000mm　1/16	
印　　张	16.5	
字　　数	258 千字	
版　　次	2013 年 6 月第 1 版	
印　　次	2013 年 6 月第 1 次印刷	

出　　版	吉林出版集团有限责任公司
地　　址	北京市宣武区椿树园 15-18 号底商 A222 号
邮　　编	100052
电　　话	总编办：010-63109269
	发行部：010-58480099
网　　址	http//www.jlpg-bj.com/
印　　刷	北京市画中画印制有限公司

ISBN　978-7-5534-1785-1　　　　　　定价：32.00 元

序
在爱情的毒药与美酒之间

秦 岭

（一级作家，天津市炎黄文化研究会副会长）

纷攘红尘，饮食男女。爱，谁能说得清楚？但方紫鸢非得说。

这一说："像钻牛角。其实牛角经不起方紫鸢的一钻再钻，她玩命儿钻的就是爱情。爱，才是人间烟火里最大的牛角。爱情在方紫鸢的小说里，如果不是翻滚的熔岩，必然就是撕裂的碎屑，抑或是一地冰冷的雪霜。到了长篇小说《爱不起，别爱》，她才华、禀赋的钻头已经比早先坚硬、锋利了许多，直挺挺地把人性的真相、画皮、伪饰戳得疼处是疼，痒处是痒。说是物质时代，随便从霓虹与酒吧里就能拎出一个叫做作家的美女，若依此法拎方紫鸢必然失灵。她的小说世界包容了都市更为开阔的生活时空和情感密度，如果说她的《爱不起，别爱》比她以往的小说高出一截，那一截就包括了理念，也包括技术。

文友曰："《爱不起，别爱》反映了社会变革时代的都市情感形态。"我认为此说稍嫌宽泛。在时下同类题材的表达中，它有可贵的纵深推进。她的"钻头"没有从生活的表层下手，而是迂回左右直奔软肋，于是有了价值和提供。

小说里，主人公林小曼与富商秦风、古董行老板魏一然、建筑设计师孟

不凡的感情一波三折，一折三波。当本不同质的异性恋、同性恋以冰与火的姿态，牢牢捆绑在生活逻辑的烟火上，扑朔迷离的日子就不用任何质疑，注定与假设同生同灭。爱情在这里像一道考题，每个主角儿既像出题者，又像是答题者。既没有出题的原则，又没有标准的答案。而题板却是实实在在的职场和情场。不能说爱完全是假的，因为我们分明看到了坦诚与执著；但我们又不能说情完全是真的，因为暗流涌动的背叛、交易、欺骗和蒙蔽，往往在情感最春光明媚的地方形成岌岌可危的堰塞湖。谁也难以保证，在爱情的排洪口上无辜和牺牲过后，剩下的到底是毒药还是美酒。小说的魅力恰恰就在这追问之上和之下，把读者死死拖进方紫鸾"钻"开的人性管涌，体验爱情的安全与危险。这是《爱不起，别爱》生机勃勃的天然磁场，也是方紫鸾小说创作持续提升的一个标志。

"婚姻是两个人的合谋，离婚是一个人的阴谋。"忘记了这是方紫鸾哪部书里的表达。只记得第一次阅读方紫鸾是五年前的一个中午，当时天津作协的领导推荐她来找我，于是这位年轻的女教师怀揣刚刚出版的长篇小说《墙外花枝》，亭亭玉立地出现在我当时位于原法国租界的办公室。这才知道方紫鸾早在十七岁的花季时代，就开始在报刊发表文学作品。当天有位德高望重的老作家电话中给我叮咛："你应该关注一下方紫鸾，她有别于同龄作家，她对文学的态度是严肃的。"果然，我在她的《墙外花枝》里看到了她对爱情、家庭、社会有滋有味的观察和恣意汪洋的表达。在我看来，她如今的《爱不起，别爱》显然要比当年的《墙外花枝》多了几重视角，对世相的考察幽微了许多，小说技巧有了驾轻就熟的轻松与吊诡，特别是叙事方式和语言有了明显的变化和改观。当年《墙外花枝》出版后曾多次再版，深圳的《特区文学》杂志社打破常态情况下长篇小说先发表后出版的模式，"事后诸葛亮"地以专辑形式进行了全文编发。我相信时至今日，《爱不起，别爱》在读者群里再掀波澜，不算悬念算定数。

大概是两年前，在方紫鸾等人的长篇小说研讨会上，我发言的核心句子是："方紫鸾一路走来，文学样貌由模糊变得清晰，由随性变得睿智，由模棱两可变得棱角分明。她，正在成为自己。"文学圈子有很虚伪和可爱的一面，我这样的发言往往会讨作者嫌的，因为我在鉴赏的同时，毫不避讳地道破了一个作家曾经的摸索与彷徨、曾经的凌乱与迷失。但方紫鸾似乎很听话，寥寥可数的几次见面，她耐得住我的直言不讳。她用高度的清醒面对我并不一定精准的指手画脚。她能正视自己文学的盲区和低洼，知道教训的沟壑需要架设多大跨度的桥梁，才不致于阻隔在悬崖的这一边。这是方紫鸾作为女性作家少有的长处和性格优势。往往女性作家的性格，成全了作家一半以上的文学生命。

明显的是，方紫鸾的自我经验在呈阶梯状攀升，而思考却在努力下沉。如此的一上一下，意味着作为潜力作家在理念、方法、技术上同步提升。小说家衣向东在给方紫鸾的长篇小说《单身日记：爱一天算一天》的序言中写到："我在读这些文字的时候，经常忍不住发出会心的微笑，为那些意料之外的精彩对话拍案叫绝。这些语言不但余味无穷，而且凸现了时代的特质。"女作家赵玫在方紫鸾的另一部长篇小说《玩不起，别玩——一个四十岁单身男人的情感独白》的序言中说："小方的意思可能是，让人们在这个日益彼此陌生的世界中，慢慢走向彼此熟悉吧。"小说家的品评，既出于个人感受，也出于阅读经验，据此可知方紫鸾小说在艺术天平上举足轻重的分量。方紫鸾已经发表、出版了五六部长篇小说："如果她的每一部作品都是为了分量的叠加和积累，那么，她未来的文学真的会成为一番好光景。

在爱情的毒药和美酒里，爱情的牛角钻还是不钻，完全取决于像方紫鸾这样的执著。爱情至今仍然是她文学的主题，很宿命的样子。爱不起，别爱。听着像"过来人"的劝勉，实则像女孩儿家撅嘴儿的赌气。如若爱得起了，她下一部小说又该如何。

这也许正是她的粉丝群滚雪球般不断拓延的秘密。

序·在爱情的毒药与美酒之间

目 录
Contents

第一篇

婚姻是对生活的选择

其实，婚姻本来就不是什么崇高得无与伦比的东西，婚姻更多的是一种生活方式的选择。与什么样的人结合，就选择对方业已形成的生活方式，想以自己的主观愿望去塑造一个理想的婚姻，是没有意义也是不可能的，最终只有失望。

1. 林小曼想出轨

林小曼想出轨，这个念头在又一次没能把丈夫秦风诱引上床后，便更加强烈了。

黑暗中，林小曼仰面躺着，赤裸的雪白的身体成为室内唯一的光亮。那是非常美好的诱人的成熟女人的胴体，丰腴的上半身，修长的腿，甚至绷起的脚踝，都呈现出流畅细滑的美感。别说男人就是女人见了，也会情不自禁地啧啧赞叹。世间尤物大抵如此吧。

林小曼坐起来躺下，躺下又坐起来。眨眼间，床上的物件全被她扔到地上。可即使这么大动静，对面房间里秦风的鼾声依旧此起彼伏，如同一首淋漓尽致却缺乏变化的乐曲。此时，那鼾声刺痛了林小曼的心。他越酣然，她越委屈。

赤足跑到卫生间，站在落地的大镜子前。

林小曼爱美，每天她都不知会在镜子前照多少遍，或踮起脚尖提起臀部，或旋转着侧身定格。

她练过芭蕾舞，随便摆个姿势就婀娜妖娆。特别是她丰满的胸部——因为虎虎出生时没奶，便也没亲自哺乳——仍如少女般挺拔圆润，如同两个饱满的水分充足削掉皮的鸭梨，令人馋涎。

可就是这样的她，不管是如此裸露着，还是穿了各种让身体若隐若现的性感内衣，甚至像刚刚——把整个身子塞进秦风的怀里——高大威猛的秦风，依然抬起头，视线绕过她，专注于电视画面。而电视里播放的是他最不喜欢的韩剧。

而她，便如同一只攀附在墙壁上的壁虎，要不坠落，要不继续孤独地攀附，但不管怎样，一个美丽的女人在一个男人面前成为了壁虎，那真是一种折磨。林小曼选择了坠落，她把他赶下了她的床，赶出了他们的卧房。

但秦风——秦风的鼾声刺激着林小曼，她必须要让自己的心静下来，否则崩溃是随时的。

林小曼罩上了白色丝质的长袍，飘然进了古董房。

两年前，因为结识了魏一然，她开始喜欢古董。

于是，去年重新装修房子，她便在这栋极具现代气息的别墅里，单独设了一间古董房。

古董房里没有开灯，只有香和烛散发着幽香。几件有些历史的红木家什陪衬下，最显眼的是一架古琴。这古琴严格讲不能算是古董，它是现代工艺下的物件。如今想淘到一架真正年代悠久的古琴是很难的——不是价钱问题，是那样的琴本来就是可遇而不可求的。

林小曼关上门。房门是做了隔音处理的，效果非常好，为的就是在她孤独寂寞的夜晚，能够在琴乐中发泄一下。让她膨胀的身体在乐曲中渐渐懈怠，无了声息。当然除了发泄，还有遐想。看到琴，抚起琴，仿佛魏一然就悠然地坐在一旁品着茶，跟她谈着琴，谈着曲，谈着跟琴有关的前尘往事。但谈归谈，他的脸上却永远是淡然甚至冷漠。他的讲述中像是没有她的存在，只是为了讲述而讲述，不需要应和甚至不需要聆听。他目光飘渺。

魏一然对林小曼的冷漠，在林小曼近乎疯狂的表白中，也近乎疯狂地表现出来了。

那是三个月前，林小曼再也无法承受内心的煎熬，无法承受每时每刻对魏一然的遐想和惶惶然的揣度。她决定豁出去了，独自造访魏一然。

那天，艳阳高照。少雨的夏天，太阳成天高挂在云端俯瞰着世间，好像这个世界非常需要它的照耀和热度。

林小曼下了车，依靠在车边，右手搭在自己的额头上，望一望空旷并显

得有些苍白的天际，定一定自己的心神。嗯，她的确需要让自己的心跳平缓些。

轻扶着木质的楼梯把手，林小曼上了楼。

高跟鞋踩在木质的楼梯上发出"吱吱"的声音，林小曼屏住呼吸——好像那样鞋子发出的声音就可以更轻微些，就可以在琴乐声中完全的隐匿，就可以不惊扰抚琴人的雅兴。

楼上没有旁人很清静，只有敞开的窗子，让流泻进来的窗外杨树的光影，给这间沉静而有些阴郁的房间增添了几分生气。

魏一然正在抚琴。一曲《幽兰》林小曼便若置身于空谷幽兰那清雅素洁及静谧悠远的意境中了，愣怔怔地沉醉于人琴相融中。

而魏一然呢？却不然。看到她，他微微皱了下眉。他是个儒雅含蓄的男人，声音永远都是平和的，但那样的平和中，有一种拒人千里之外的感觉。他又向她身后望了望，"他们呢？"他问她。

她不回答，缓一缓情绪，假装看新进的家什，假装没有听到他的问话。她每次来不是跟秦风，就是带着保姆张琴，还有儿子虎虎，或者是死拉着她唯一的闺中密友——大忙人周贝贝。她不敢，她不敢一个人踏进这间弥散着浓郁的古代气息的店堂。那些香，那些木，那些精妙的雕刻，让她心跳加快。

"真的是很魅惑的。"去之前她这样对周贝贝说："眼睛里泛着兴奋的光彩。

周贝贝捧着爆米花，一把一把往嘴巴里塞着说："魅惑的该是那个魏一然吧？"

林小曼点头，脸蛋越发白里透红。周贝贝是她唯一的朋友，唯一可以敞开心扉的人，在周贝贝面前她无须掩饰。

周贝贝大笑指着她说："瞧瞧，瞧瞧你一副少女的娇羞状，别弄得那么复杂。你没想跟秦风离婚，没想嫁给魏一然，你只是想让你不和谐的婚姻生活中多点色彩，只是想让你还年轻的心和健康的身体别太早枯萎。嗯，这样的想法很好，也很容易做到。没有魏一然，还有蔡一然、王一然……只要你想就有可能。你没有错，别为喜欢上了老公的好友而不安。错的是秦风，你给过他机会，你等待，你忍耐，但是没有用。你已经守了四五年的活寡。现在不是古代，女人和男人一样有需要，有欲望，身体和思想都需要释放。"

林小曼点燃一支烟，喷吐出一个烟圈。她拿烟的姿势非常优雅，仿佛是从三四十年代的老电影中走出来的摩登女郎，置身现代，比起高级白领周贝贝又多了几分古典气质。

"你以为我是对秦风心有愧疚吗？"

"不是吗？"周贝贝斜睨着她笑。

"当然不是。"林小曼语气坚决，"对他，我没有什么愧疚，我用尽了办法，就差把自己打扮成秦淮八艳了，但是人家无动于衷。我怕的是，怕的是魏一然的眼睛，那眼睛里没有一点热情。它让我却步，甚至让我觉得自己低贱。"

周贝贝摇摇头不屑地说："什么呀，不就是一个四十二岁还单身的老男人嘛，他要是对你能坐怀不乱，一定是身体或心理有毛病。你可是当年的兰花小姐冠军呀。什么都别想，去做，去到他的古董店，用你柔情似水的眼睛，望穿他冷若冰霜的心灵。没准当场在他店里的那张明代的古榻上，就成就了一对云雨风行的男女。"

"你在鼓励我？鼓励我出轨？"看着被自己的话语逗得东倒西歪的周贝贝，林小曼仍旧不能舒展面上的表情。她紧张，十分紧张。其实，她已经打算好了，她要去跟魏一然表白，正是因为这样的打算便越发紧张。所以她需要周贝贝的支持甚至是鼓动，她一双晶亮纯净的眸子热切地看着周贝贝。

周贝贝这才意识到问题的严重性，才明白林小曼的话中有话，绝非是胡言乱语。

"莫非你真打算出轨？"她定睛看着她。

林小曼竟然眼里溢满晶莹，使劲点点头，好像她要做的事情是要赴汤蹈火的，是与生死有关的。林小曼努力让眼泪从眼眶中倒流回去说："你不是也说我不能让自己枯萎吗？更何况那男人让我着迷。"

周贝贝右手拇指和食指捏住自己的下巴，冲着她意味深长地说："你见的男人太少了，这个世界上会有很多种不同类型的男人，他们都会令女人着迷，

只是我们有没有机会遇见。"

林小曼昂起了头说："可我遇见了魏一然，他让我在这样没有生趣的生活中找到了乐趣。面对着他我没有任何肮脏的想法，没有想要放纵自己的身体的想法。我只是想让他知道，他对我的重要，希望他永远可以让我听到他弹奏的美妙绝伦的曲子，更希望他清楚我是懂得他的人。"

周贝贝微微点点头，又轻轻摇摇头说："小曼，不要把自己想得太高尚，你只要做到真实就可以，虚伪的高尚不如肮脏的真实。当然，我这不是说肮脏的真实是好的，只是想说明虚伪的高尚有多恶心。尽管我认为你对魏一然不是爱慕——你是猎奇——因为他根本不像凡尘中的人。但是我还是鼓励你，鼓励你去释放自己的感受。不管他是否接受，你让他知道你的心底里的想法。更不必惧怕他冷漠的眼神，甚至他可能恶毒的话语。我们只做自己想要做的，所谓我爱你，与你无关。你爱他就要让他知道。你爱他，当他知道的时候，他爱不爱你，对你并不重要，重要的是你已经知道了。"

林小曼把脸颊深深地埋在了双膝间。她的脸依然绯红，她怎么能有周贝贝那样的胆量，她需要一份同声同气的感情，需要彼此眉宇间的传递。她慢慢抬起头，手都有些颤抖地说："我怕被毫不留情地泼了冷水，那样我的尊严就没有了。"

周贝贝拍拍她的手说："我说句你不爱听的话，虽然出轨在当今已经不算什么，好比换了一家健身中心一样，但是它怎么说也是违背道德的，不管有怎样的理由。所以，想做，想出轨，唯一可以让人尊重的一点就是自己的敢作敢当。否则，出轨了就已然跟尊严失之交臂了。又想出轨又谈尊严，无疑等同于既想做婊子还想立牌坊。"

"不，不。"林小曼有些着急地说："你误解我了，我并没有想跟魏一然发生肉体上的关系，我也不是因为秦风不能给我做丈夫的温存而去寻找一个男人的胸膛。我承认我是正常的女人，我需要男人的抚慰，但是我深知自己是有夫之妇。所以我仅仅是想让这个男人了解我，关心我，就像我渴望了解关心他一样。"

周贝贝笑了："小曼，你真是天真得近乎于傻。你说的那其实是心灵的出轨。你不知道大多数男人更加无法忍受自己的女人心灵出轨吗？心灵出轨了，等于变心了，留下的不过仅仅是躯壳而已。更何况都是饮食男女，凡是正常的，心灵的出轨会在一周之内演变成身心的出轨。不，可能更短，两天？一天？没有哪个男人愿意跟女人做所谓的精神恋人，也没有哪个女人不愿意把自己的身体交付于自己心仪的男人。成熟男女一旦彼此喜欢，上床如同一起吃饭，就是那么简单，就是那么自然而然，不是谁想控制就能控制的。我相信你的初衷，但是一旦魏一然接受了你的感情，你们的身心合一就是必然。呵呵。"周贝贝又想到了那张明代的古榻，不禁坏坏地笑道："别把性看得太神秘，那不过是赤身裸体的男女近距离地接触罢了。古今中外，再伟大的人物都会有男欢女爱。关键是要在这种接触中寻求到乐趣。说白了男女交欢是一种情趣，一种愉悦身心的情趣。可高尚可低贱，因乎于造就它的人。"

　　林小曼被周贝贝的一通话语，说得更加脸红心跳，却也实实在在地感受到一股股热浪席卷。所有含蓄内敛的表达方式，连她自己都感觉到是那么虚伪做作。但她心底还是有一丝顾虑，她所受的教育和接受的观念仍旧是传统的，即使再焦灼她也不能轻易把身体交付出去，那样她便会成为周贝贝眼中的荡妇。她林小曼怎么能成为一个荡妇？

　　"那是你压根没有体会过爱情！"周贝贝毫不客气地戳穿林小曼的心思，她一向不认为林小曼与秦风的婚姻中有爱情，最多就是感情，甚至她觉得他们之间连最初的男女碰撞间的激情都没有过。周贝贝笑望窗外娓娓道来："真的爱一个人的时候，当你把整个身体置身在他的胸怀间的时候，你会散发出最原始的东西，那种充满野性的撩拨心弦的东西。那时候你早就不是你，你是天地赋予的你，纯粹而自然。你愿意被他主宰，愿意为他狂野，愿意在他的指引下笑闹，发泄出一个女人的本能。只有他才可以看到你在欲望释放到了极致时的快乐，同样你也能看到他的极致。而我们通常把那一时刻的女人的表现称之为淫荡，实际上那是天性使然呀，是那么美好而高洁。"

　　"贝贝，"林小曼充满狐疑，"你为什么有这样深刻的体会？"

　　周贝贝嫣然一笑说："因为我体会过。"

2. 撕下遮羞布

　　周贝贝的言传身教确实给了林小曼无限的力量和勇气，但是当她真的置身于魏一然的古董店时，那力量和勇气便在瞬间殆尽。她只好东瞧瞧，西看看，掩饰着内心的慌乱。

　　忽然，她那纱质的黑色宽口的袖子被一扇清代的雕花窗扇钩住了。她的身体跟踉跄了下，赶忙向前欠身。魏一然已经快步过来，按住了窗扇，拔下她的纱袖。林小曼的心咚咚地跳，那般靠近他，她的勇气反倒减少了。

　　魏一然指指茶桌上的一个纸包说："尝尝，山东煎饼，朋友刚带回来的。"他这样说着，脸上却是不冷不热的。好像冷了就失礼了，热了又为难自己。的确，对林小曼他永远是这样掌握着火候。

　　林小曼掰了块煎饼放入口中。玉米面的煎饼有些涩，干干的，得用力嚼才好下咽。她生怕他看到她咀嚼时会不雅，偷偷瞄他才发现他根本没有注视她。

　　林小曼把煎饼吐到纸巾里，扔进垃圾桶。魏一然的轻视刺激了她。

　　"我特意来找你的。"她说。女人就是如此，沉默中可以有许多顾虑，但一旦开了口，女人大多能豁得出去。

　　魏一然转过身不解地看着她。"有事情？"他问。没等她回答，他又恢复了平静说："有事情跟秦风说："让他转告我更好一些。"

　　"别跟我提秦风。"林小曼跨步走到魏一然面前，漂亮的瓜子脸涨得通红，微扬了头，眼中有些不管不顾的冲动。

　　魏一然微微一笑说："小曼，你是秦风的妻子，他是我的老同学，最好的朋友，对你我是要尊称嫂夫人的。只是你整整比我们小了十岁，是你一再坚持，我才直接叫你的名字。没有秦风，我们必定是永远不会相识的陌生人。所以，不提他能行吗？"

"不，"林小曼非常固执地摇头，"没有他我们也会相识，因为我们是知音人。"她的目光落到那架唐朝的古琴上。"我只是想跟你做真正的知音人，不仅仅是琴乐上，我只是……"

"别说了，"魏一然没等她说完就打断了她，"别说出来，你是秦风的妻子，我不想你太难堪。"

静了两分钟，充斥着魅惑的古董行，静得只能听到两个人的心跳声。魏一然的心跳仍旧平稳，如同《高山流水》的前奏。林小曼的心跳声澎湃激越，好比那乐曲的高潮。但只静了两分钟。

"小曼，你还是快走吧。"魏一然先走到门边不容置疑的口气。"就当你从来没有说过刚才的话。当然，以后你还可以来，不过我不欢迎你单独来。"

林小曼僵在原地，魏一然的话好似一把软刀子，把她的热情她的心意，在和风细雨般的吹拂下温柔地肆虐杀戮。

"你怎么还不走呢？"僵持了几分钟，魏一然有些不耐烦了，他皱起了眉头。

"我？"林小曼感到无地自容，她想立刻跑出去，逃离这个让她颜面尽失的地方，可她的双脚却像是被吸铁石牢牢吸附住了动弹不得。

她，不甘心。

还没有哪个男人对她这样不屑。

要知道二十一岁时，还是音乐学院学生的林小曼，便成为这个城市的选美冠军，是第一届的兰花小姐。也正因此，被比她大了十岁年轻有为的企业家秦风看上，追求。转年，刚一毕业便顺利地从她家那套再平常不过的小独单嫁入秦家，永远地离开了那个坐落在市区边的居民区。从此，嫁作商人妇。

林小曼是个美人，即使是十年后的现在，除了平添几分女人的风韵，岁月几乎没有在她的身上和脸上留下任何的痕迹。

这样的美人不顾一切地送上门来，却被彻底地拒绝，林小曼不知道自己该难过，还是该羞愧。刚刚和周贝贝的一通自以为可以让自己超然的对话忘得一干二净。林小曼，又成为娇柔的林小曼，她呜呜地哭了起来。

眼泪没能博得魏一然怜香惜玉。在男人眼里，有些女人的眼泪如同珍珠，恨不得滴滴接住，在手心里幻化。而有些女人，她们的眼泪便是深秋时节的雨

滴，落下后更加让人冷得直打寒战，别说珍爱了，恨不得立刻停止降落，恨不得躲到屋檐下，总之是唯恐避之不及的。此时，林小曼的眼泪便是那深秋的雨滴。滴滴落下却不能令魏一然怜惜，魏一然瞥她一眼更加厌烦。

男人对女人就是如此，喜欢一个女人，不管她是怎样的，在男人眼里都是可爱的，愿意疼惜的。相反，不喜欢这个女人，即使是美若天仙的林小曼，仍旧无法得到魏一然一个温暖的眼神。

"嫂夫人，"他不再叫她的名字，"请你自重，我没对你怎样，你这样哭哭啼啼的，有必要吗？你还是快走吧。"魏一然冷着一张脸，而声音更冷。

"为什么？"林小曼冲到他面前，仰着下巴，握着拳头。魏一然的冰山难融反倒让她的任性妄为迸发出来。她圆睁了双目，直勾勾地盯着他问："你为什么这样对我？"

魏一然往后退了退，继续保持了距离，恢复了淡然"因为你是秦风的妻子，虎虎的妈妈。"

林小曼泪汪汪的眼睛重现了光彩："我明白了，因为你不愿意落一个抢夺朋友之妻的名声，对吗？可我没想怎样，真的没想怎样，我只是希望能经常看到你，跟你一起抚琴谈乐，做个心灵上的知己。"

她这样说着，不由得想起周贝贝的话："你就是想找寻个寄托，找个彼此知心的人。但那也叫出轨，精神出轨。不过但凡精神出轨了的，最终会导致身体的出轨，男人跟女人最高的境界是水乳交融。"

林小曼定定地望着魏一然，这个四十出头的男人，有着一张非常干净的脸孔，不像秦风，除非有生意上的应酬，否则连胡子都懒得刮。魏一然喜欢穿改良了的中式衣裳，此时，他就穿了件纯白的棉质中式上衣，略微有些稀疏的前额更显宽阔，很光滑的皮肤给人增添了几分清雅。周贝贝说魏一然身上的确有一种近乎仙风道骨的气质，雅是雅了，但放到现代还是有点格格不入。难怪他一直单身，一般的女人他怎么看得上？除非是《东方不败》里的大美人林青霞。不过话又说回来，如她周贝贝这样的时尚女子，也死活不会跟他的，因为太不轻松了。这话是在两年前，林小曼想撮合魏一然和周贝贝时，贝贝的肺腑之言。

可林小曼和周贝贝不同，痴迷古琴的林小曼就喜欢这样的仙风道骨。倘若她跟秦风的婚姻生活稍微正常些，她对魏一然便只会停留在欣赏甚至崇拜的层面。但命运就是如此。当一朵娇艳无比的鲜花，在偌大的花园里自生自灭时，当一颗鲜灵灵的葡萄高悬在架子上，没有人愿意采摘时，是何等地悲哀。想到自己的悲哀，林小曼更冤了，哭声也更大了："你不能这样对我，你明明是喜欢我的。"

魏一然彻底恼火了，他脸上呈现出近乎狰狞的烦躁，那是任何人没有看到过的。林小曼刹那间被他那样的狰狞吓住了，等他调理了呼吸，渐渐缓和了些脸色，她紧悬的心才跟着稍稍落了下来。不过，还没等她开口，魏一然竟然迅速地拉了她的胳膊，拉着她下了楼，一直把她拉到她的车子旁，抢过她的车钥匙，开了车门，把她塞进去，毫不客气地说："请你以后再别纠缠我，别说你是秦风的妻子，你就是个待字闺中的女孩子，对我也没有吸引力。"

魏一然的态度是坚决的，没有一丝一毫的回旋余地。

林小曼摔打着，执意不走。女人一旦撕下那块遮羞布，疯狂是必然。她叫喊着："你撒谎，你撒谎。"只是她的叫喊越来越无力，一是她闹累了，二是魏一然的眼神太冷了，冷得她躁动的心像被毒蛇狠狠地咬噬了，不敢动弹不敢挣扎，否则，那剧毒很快便会蔓延全身。

3. 女人的直觉

那天，林小曼是被秦风从交通队领回来的。她漫无目的地开车，在一条狭窄的单行路上，她的车子撞到了一辆正要载客的出租车。

出租司机看着自己新购买的车子连骂带吼，她也不理会木然地望着气急败坏的司机，好像这起事故与她无关。交警把他们带到交通队，一通折腾判定她全责，自然善后还得是秦风。

秦风也记不得帮林小曼处理过多少次的交通事故了。林小曼也有好几年的车龄了，可仍旧经常撞车。

周贝贝说："这是她独有的一种向秦风挑战的方式。不过，每一次秦风只要在本市，都会亲自处理、安抚，好像这是一种心照不宣的补偿。当然，领不领情是林小曼的事情了。

这一次，林小曼不领情。

回到家，她先强忍着，嘱咐保姆张琴照顾虎虎睡觉。之后，就蹬蹬地跑上楼，冲入卧室，扑倒在床上，号啕大哭起来。秦风一边陪着她，捡拾着她任意乱扔的东西；一边接着一个个电话——全都是生意上的。

秦风的电话，从来不背着林小曼。所以，当周贝贝帮她分析，秦风如此忽视她作为一个女人的需求的原因时，提出最常见的一种情况，就是秦风有了外遇。林小曼的头摇得跟拨浪鼓似的。她说："不可能，我就没听他接过娇滴滴的女人的电话。"

"唉，"周贝贝叹气摇头，"你真是笨得可以，真有了别的女人，还能用这个电话，早储备好另外一个偷偷藏在身边，出门就开机，进门就关机。常用的手机就随便放不怕查，因为那属于公用电话。我们老板就那样，除了他老婆，我们都知道。不过，即使有了外遇也很正常，现在但凡有点本事的男人全有外遇，有一个算少的，有三四个也不稀奇。放心，这样的男人从来不想抛家舍业，他们要的是家里红旗不倒，外面彩旗飘飘。"

林小曼仍旧摇头，女人的直觉告诉她，秦风没有别的女人。

周贝贝也没有办法了说："你不相信他外面有女人，又说他身体其实没有毛病，并且除了不愿意跟你做爱，其他都对你百依百顺，那究竟是为什么？"

林小曼使劲掐灭了烟。——她也是最近才有的烟瘾，而从不吸烟的秦风竟不反对，上好的香烟都给她备足了。

林小曼想大概她想抽大烟，秦风也会满足她。正如贝贝说的，秦风什么都满足她除了身体。而他的身体并没有问题，她常常看到酣睡中的他凸显出男人的特征。可为什么面对她的诱引却能无动于衷？

周贝贝最后说："要不这样吧，哪天我勾引他一次，看他什么反应。"

林小曼竟然点头，倒也是个办法。

周贝贝夺路而逃。寂寞已经让秀外慧中的林小曼头脑混乱。周贝贝再天不怕地不怕，这样的试验她还是没有勇气付诸实施的。

$\mathcal{4.}$ 少有的好男人

林小曼披头散发，脸上淡淡的妆被泪水浸润，几根发丝粘在脸颊上。她不知道自己哭了多长时间，就觉得喉咙紧紧的有点疼，用手捏着一个劲儿地咳。眼睛时不时地瞥瞥秦风充满怨怒。

已经是深夜两点了，秦风的电话终于消停了。他来到床边，刚要张嘴劝慰，到嘴边的话竟然被一个哈欠淹没了，好像他对林小曼的床有一种本能的抗拒。林小曼不耐烦地挥挥手示意他走开，转念她忽然又很想尽情地释放自己，同时狠狠地气气秦风。

林小曼将了将粘在脸上的发丝，吸溜下鼻子，扬了眉毛翻了眼睛，一副挑衅的神情说："我今天很难过，我喜欢上一个男人，但是人家拒绝了我。"

她这样说的时候，好像面对的不是自己的丈夫。而这话刚一出口，她又真的难过了，已经干涩的眼眶再次决堤。

秦风握住她颤抖的双手，想尽量帮助她平复一下内心。

林小曼甩开他的手怒道："都是因为你，要不是你，你……"她还是无法说出，无法说出要不是你不能给我温存，我怎么会对别的男人钟情。

她终是说不出口的。

自从她二十一岁那年认识了他，除了这件事，他对她真的很好。父母亲的大房子自不必说："甚至弟弟的整个人生，都因为有了这样一个姐夫而改变——高中毕业便出国留学，如今已然博士毕业。那些年花费的大笔费用，如果仅仅凭她做小职员的父母亲的微薄工资，即使再省吃俭用也是无力承担的。

林小曼想自己究竟是嫁给了秦风还是卖给了他？似乎都不准确。秦风改善了林家的生活状态，却没让林小曼演绎灰姑娘的童话。——她更像是个骄傲的公主，供秦风捧着宠着。

记得结婚前夕，秦风带着林小曼去新马泰游玩。临海的酒店，白色的纱帘被海风吹起浪漫温馨。那样的情境下，林小曼想秦风提出什么样的要求都是

正常的，都是她林小曼无法拒绝的。反正回来就要登记了，很快就是名正言顺的夫妻了。于是她从心理上情感上都做好了准备，甚至还有点期待。

当夜幕降临，一片寂静，只能听到远处海水轻轻的飘摇声，嗅到海水无比青涩的味道。林小曼特意沐了个花瓣浴，浑身香喷喷的，却没有香水刺鼻，淡淡的自然的清香。粉红的浴袍，腰带收紧腰际。露出白皙的脖颈，光滑的小腿。一双美足的十趾上是红色的蔻丹。涂抹那种大红色是需要勇气的，一定得是雪白的双脚，平滑的脚趾甲，那样，红色非但不妖不躁，倒成为浑身上下最极致的美。

林小曼散乱着一头乌黑的秀发，袅袅婷婷地飘到秦风的面前。挺秀的鼻子上有点点汗滴。秦风从纸巾盒里抽了张纸，低头替她轻轻擦拭。望着秦风专注的神情，小曼的心中便燃起了一团火，那是一个女孩子感受到一个亲近的男人爱怜时，必定会燃烧的火焰。那火焰越烧越旺，由脚底向上滑过胸膛直冲脑际，如同一首渐渐激昂的乐曲，那般神奇地释放着浑然天成的快感。

林小曼一双光亮无比的眼睛借着月光闪烁着，一分清澈，一分眩惑。一个二十二岁的女孩子，在预感到自己即将成为女人前的羞涩和期盼，就是那眼中纯净的迷离。她的一双手勾住了秦风的脖子，侧了头，尽显纯情中的一点点小小的媚态。

一阵海风吹来窗幔飞舞，秦风忙扭动下脖子，小曼也随即松开了手。他走到窗边儿，关上落地窗说：“夜间风太大，气温会低，还是要关上。”随后拉了小曼的手走到床边儿，抱起她放到床上，帮她盖好被子，如同对一个孩子般。

“快睡吧。”秦风说。

林小曼眨着眼睛看着他。

秦风捧一下她的脸蛋说：“我去外间睡了，倘若害怕了叫我一声。”

随即关了床头灯轻轻地出去了。

林小曼有些惊讶，但很快随着她因灼烧而有些僵硬的身体慢慢软化，她的惊讶便被一种无形的幸福感包围。

这是一个多好的男人呀，林小曼暗自说：“一个在新婚前，仍旧保有着她的完美的男人，真的是少有的好男人呀。

5. 她就是作为他妻子的最佳人选

参加选美只是同学一起去凑热闹，一举夺魁也没有心生遐想。她是音乐学院师范系的学生，只想毕业后安稳地做名音乐教师，跟自己喜欢的人结婚生子，过着父母那辈人同样的平凡生活。有一间小小的却是属于自己的房子，在那套房子里锅碗瓢盆，弹奏着轻松自然的小曲儿。

或许普通人家出来的孩子都是这样的想法，但林小曼是充满艺术气质的女孩，除了那样的实际外，她的内心总是有种隐约的期待的。

在秦风出现前，她不知道那种期待究竟是什么。

其实，那之前林小曼有一个男朋友。那是个有着忧郁气质的钢琴系的高材生。林小曼清汤挂面的一头直发，一张极具古典气质的瓜子脸，挂上淡淡的笑容，激发了钢琴王子在键盘上行云流水般弹奏的欲望。于是一对才子佳人成为校园中的佳话。

琴房内钢琴王子对林小曼说："我一定会成为著名的钢琴家的，到那时候我所钟情的艺术会为我们的生活带来无限光明。"

那时候郎朗还没这么出名，否则，钢琴王子一定会说："郎朗算个屁啊。"

钢琴王子的父母亲都是中学音乐教师，为了让他学习钢琴投入了很多钱，甚至都没有一套属于自己的房子。

要知道在这样的城市，房子对于一个家庭几乎就是全部，没有房子就等于是一无所有。

父母的一无所有换来王子学习钢琴的可能，所以，王子一向都是最用功的。他忧郁的眼神中充满了欲望，他的弹奏中便也多了一份悲怆。

林小曼很欣赏王子那种用尽全力的执著，她相信他能够成功。

直到大三那年的初夏，她已经入围选美比赛的前十名，培训间隙她偷跑

回学校跟王子约会。

琴房内她痴迷地聆听着王子的弹奏，那首曲子叫《星空》。

恰好窗外是繁星点点，她完全陶醉在声色合一的意境中。

不想，王子突然起身奔了过来。

他呼吸急促，喉结凸起，脸颊红涨。

他一下子把林小曼扑倒在沙发上，不顾一切地扯下她松紧口的碎花上衣，随后整个身子便压了下去。

林小曼失声惊叫。她尚未从刚刚那悠远而美好的乐曲中抽离出来，便被这突然的事态侵袭，那感觉好比是从天堂跌落地狱。她哭着闹着奋力抵抗着。

王子的身上脸上出现了好几条指甲抓伤的痕迹。

僵持中林小曼的气力将尽，她咬紧牙关最后一搏，竟然把王子连踢带推磕碰向对面的桌子角。

那样的重重一磕，王子清醒了。

林小曼也没了起来的力气。

过了好久，两个人都平复了些。

林小曼坐起来，把已经褪到腰间的碎花松紧套头衫抻上来。脸色仍旧煞白，不知道是缘于气愤还是恐慌，手和唇都在抖动。她怒视着他，之后起身向外冲去。

王子一把拉住她的手臂，双膝跪地说："你原谅我，我错了。"

林小曼慢慢转过身。她实在不明白，他为什么要这样？他们是相爱的两个人，她迟早都是他的，他何必这样对她？

"我怕，"王子的眼中忧郁尽失，代之的是不安，是恍惚。"大家都说："你参加选美后，一定会吸引很多有钱有势的男人，会离开我的。可我不想失去你，害怕失去你。"

"哈。"林小曼兀自笑了，"别人说？我们的感情需要别人给你说法吗？你对自己就那么没有信心吗？就因为别人的想法，你就觉得会失去我？为了不失去，你就可以这样对我？"

如同一束最美好的花束，拿在手中却因突然飞驰而来的车子擦身而过，情急中致花失手落地，于是花瓣散落。那样的破坏不是让人心痛，是让人心碎。

即便如此，林小曼跟王子却没有彻底分手。

一方面，她真的很欣赏他的才华，他又苦苦哀求；另一方面，她不想成为别人眼中飞上枝头便变得世故虚荣的女孩子。

他们继续交往，却也别别扭扭。

那时候，周贝贝在外语学院上学。两个人见面周贝贝耻笑她："你已经不爱他了还在一起，就是为了给别人一个证明，证明你林小曼重情重义，没有比你更愚蠢的了醒醒吧。"

林小曼清楚地知道贝贝说得对，但是……

或许任何的事情都需要契机，当契机没到的时候，任何的不合理都是合理的，契机到了一切便顺理成章。

林小曼成为选美冠军，自然而然地要参加一些主办方和赞助方搞的活动。

秦风的秦氏集团就是赞助方之一。

三十出头的秦氏集团的总裁秦风，没有一般有钱人的傲慢和世俗。他有着一张比较憨厚的脸，有些圆，多肉，可高大的身材却很标准，健壮但不胖。他也不像其他赞助商那样，色迷迷地盯着那些美丽的女子，恨不得吞噬到肚子里。

林小曼对这个总是憨笑的男人，不讨厌也谈不上喜欢。只是其他女孩子都对这个钻石王老五虎视眈眈，她才关注了一下。知道他家底丰厚，是家族生意，二十四岁就继任了集团的总裁，生意涉足很多领域。口碑极佳几乎没有过任何花边新闻，如今是急于成家的时候了，因为身为独子的他需要给家族生意延续继承人。

秦风第一次约会林小曼就坦然告知，我是为了结婚而找合适的人选的，不是为了玩乐。

林小曼眼皮都没有抬起，她觉得他说的话跟她没有什么关系。她用勺子漫不经心地搅着面前的咖啡说："我不是你适合的人选。"

"为什么？"秦风胖胖的脸上是不易察觉的笑意。

"因为我对你没有感觉。"林小曼抬起了头，灵秀的大眼睛里是真实的坦荡，一个二十出头的女孩子拥有的带点倔强的坦荡。

秦风笑了，他的笑中含着一些很特殊的东西。是认可，还是好奇？总之，他决定了就是这个女孩子了。就是这个有着古典气质，美丽清灵，又倔强执拗的女孩子了。她就是作为他妻子的最佳人选。

6. 我可以用钱让他离开你

秦风很快便知道了王子的存在。他对林小曼说："不为别的，为了让你看清楚这个社会，看清楚这个社会有多么现实，你愿意跟我玩一个游戏吗？"

林小曼狐疑地望着他。

秦风说："我会告诉你这个游戏的具体情况，是否玩听你的。"

聪明的女孩子总是充满好奇心的，她点点头表示愿意听听。

秦风说："我只用五万块就能让王子离开你。"

林小曼"腾"地站起来："你什么意思？把我当商品？"

秦风伸出双手，示意她冷静点说："我绝对没有轻视你的意思，否则我就不告诉你悄悄地行动。我告诉你是对你的尊重和爱护，让你看清楚这个社会上人是多么的现实，即使是艺术家，仍旧逃不过对金钱的欲望。而我看重你，正是因为你对此不在意。即使我不能娶你为妻，我也希望你幸福，不要被一个所谓的王子困绊了，甚至欺骗了。"

林小曼又坐下了。这个大她十岁的男人，说出的话似乎是有道理的。她的脑子有点乱，她需要听得再明白些。

秦风继续说："其实就是一个游戏，我们可以试一试。如果王子经受得住这五万块钱的诱惑，你的坚持是值得的，我会永远把你当朋友不再纠缠。如果恰恰如我所说："王子为了钱而离开你，那么，你应该感谢我，我让你远离了你人生中很可能出现的悲剧。你感谢我的方式，是或者不是接受我的追求由你决定。"

倘若之前没有出现琴房中的那一幕，林小曼是坚决不会答应秦风的。但那一幕后，心结始终都在，或者这个游戏能彻底打开心结。不过林小曼不知道自己是希望秦风的游戏失败，还是希望成功。

直到王子接受了秦风的五万块，一把鼻涕一把泪地洒落在键盘上，痛心疾首地撒着谎，摆出理由跟她分手时，林小曼才知道原来这是她希望的结果，她长长地舒了口气。

林小曼请秦风吃饭，秦风选了一家炸酱面馆。

小曼说："别这么省，你为此花了五万块，我不知道怎么回报你呢。"

的确，五万块在十年前是一笔不小的数目。林小曼觉得即使秦风再有钱，也没有必要这样损失。她内心无法不对秦风感激。

秦风憨笑说："吃面是为了给你庆生，今天虽然不是你的生日，却是你了解生活了解社会的一天，是要吃面庆祝的。再说在这样的馆子里，我能感受到更多的平凡，别把我当大款，别想别人会认为你靠选美傍大款。我不过是一个不修边幅、吃面会发出呼噜噜声音的男人而已。"

林小曼笑了，夹一根面条放进嘴巴里，侧目望着这个有着一张并不英俊却憨实的脸的有钱人。他没有张扬的铜臭气，反倒有些平实的沉稳，不像是一家大集团的总裁，倒像是哪个工厂里的车间主任。

林小曼"扑哧"笑出声说："你不像有钱人，我看着舒服。"

7. 他无法在光亮中完成那样的水乳交融

一幅幅画面在脑海里掠过，林小曼再次定睛望着连连打着哈欠，却执意守在床边的秦风。还是那张憨厚的脸，除了眼角多了些许细纹，身形样貌跟十年前并无多大变化。只是她望他的眼神已经变化了。当初，她是那么信任这个男人，如今，她对他充满怨恨恼怒。

林小曼抄起床头柜上的一个纸巾盒扔向秦风，喊着："我告诉你了，我爱上别人了。"她双膝跪在床上，仰了下巴挑衅地望着他，"我要给你戴绿帽子！"

　　忽然，她就如同溺水的人，被搭救上来做了人工呼吸后，肚子里的水全都倒了出来，瘪了就剩下肚皮挨着骨头。她弯了身蜷缩着，双臂捂住腹部，嘴巴撇了撇，又失声哭了起来。她是爱上了魏一然，怎奈那样的表白后，她被拒绝得那般彻底那般没有尊严。

　　秦风揽住她抽动的身体，她太累了便靠在他肩膀上。像是自言自语，又像是对秦风说："都是你，都是你，你为什么那样对我，让我成为这么寂寞的女人。"

　　秦风的嘴巴动了动，还是选择了沉默。

　　林小曼被这样的沉默再次激怒，她忽地脱离开他的胸怀恨恨地说："秦风，你不就这样吗？你连我爱上别人了都不在乎。你在我爱上别人的时候，都不想改善我们的关系。我们这样做夫妻还有意思吗？我们离婚吧，除了虎虎我什么都不要。"

　　说着，林小曼赤足下了床就往外奔。

　　"离婚"这个词还是第一次在两个人之间出现。秦风也一惊，忙从后面抱住她，阻止着她。他知道他必须要解决他们之间的问题了。

　　"不是的。"秦风本已困顿得睁不开的眼睛瞬间明亮了，"小曼，我不是不在乎，我明白你委屈了。我太忙了，太累了，总是顾不上你。"

　　"太忙太累？"林小曼扭动着身子，想从他的怀里挣脱出来，"你不忙不累的时候也不愿意碰我。结婚前，我以为你是正人君子。刚结婚的时候，我以为你不大明白女人的需求。可自从有了虎虎后，你就像是完成了任务。你做到了传宗接代，而我却堪比黄花瘦。"

　　秦风苦苦笑了笑，想说却无力反驳。

　　林小曼继续一吐苦水，如果你身体有毛病，我们就去看看，吃点中药调调，可你根本是正常的。

　　"是呀，是呀。"秦风接着她的话说："我的确没有问题的，真的就是太忙太累压力太大，年龄也越来越大就没有多少兴致了。"

　　"哼。"林小曼冷笑，心想何止是没有多少兴致，根本就是没有兴致。有时候，她洗完澡就那么赤条条地在他面前晃动，他会冲她笑笑，之后该干什么还干什么，好像她婀娜的身姿已经成为他眼中一片秋天的树叶，飘荡陨落任其自然。林小曼又哭了，从来没有正式面对过这个问题，既然说出来了，也就不管他的面子了。

秦风看着林小曼，意识到了问题的严重性。这个敏感的问题倘若不解决，林小曼是不会罢休的。

"唉。"他叹口气，抱起她放到床上。低头看到林小曼一双哭得红肿的眼睛，忙把灯关了。他无法在光亮中完成那样的水乳交融。

秦风的脸涨得通红，不是因为兴奋而是紧张，每一次他都会这样紧张。想想确实有一年多的时间，没有过夫妻间的恩爱了。

"唉。"秦风又叹了口气。其实，林小曼前脚出了古董店，魏一然的电话就打来了。他们是二十四年的挚友，魏一然不会对他隐瞒，他也相信魏一然不会对林小曼动心思，他们之间的友情早已如同亲人一般。彼此间只有默契，只有爱护。

时间并不长，但林小曼已经满足，当然，这并不是身体上的满足，她的身体仍旧满满地涨着。她满足于他的态度。

起身开灯，随后秦风倒在一边，目无表情的对着屋顶。

林小曼趴在他身上说："别沮丧呀，这样已经很好了，其实我不是要你怎么样，我只是觉得这件事情是我们夫妻间必需的呀。"

"嗯。"秦风笑笑，尽管仍旧是他招牌似的憨厚的笑，却是那么勉强。

林小曼却没有丝毫的察觉。折腾了一天她累了，而最后的结果竟是出乎意料的好。她心满意足地睡了。那一夜，她紧紧地攥着秦风的手，好像那样就能把温情延绵下去。

满以为自此后，夫妻之间能够正常起来，但是林小曼想错了。

8. "骚"的最高境界是"不骚"

转天，林小曼便带着保姆张琴和儿子虎虎一通狂遛，各种最新款式的睡

衣买了一堆。

周贝贝不是说女人穿上衣服比脱光了更有魅力吗？

那日，周贝贝到家里来，看着她满柜子雅致大方的衣服感慨地说："穿可是有讲究的，尤其是在卧房，多一丝多余，少一丝缺点儿，总之，要穿得恰到好处。"之后，她神秘兮兮地问："知道现如今对女人的最高评价是什么？"

林小曼摇头，张琴侧着耳朵听。

"一个字——骚。"周贝贝说完抿了口高脚杯中的红酒。她跟林小曼不同，她不抽烟但喜欢喝酒，尤其喜欢喝红酒，每日一小杯养颜养生。酒不是她的解愁物，是用来点缀生活的。而且，周贝贝似乎也没有什么忧愁——尽管三十二岁还待字闺中。

林小曼和张琴都凝神看她，她笑了指着她们说："你们俩不管境遇怎么不同，都跟白痴差不多，太远离生活了。哪天我带你们泡吧去，别总跟古琴为伍，回不到唐朝。回到唐朝小曼你也不是美女了，该是张琴吃香了，因为唐代以胖为美。"

"别取笑我了。"张琴圆圆胖胖的一张脸有丝不易察觉的不快，借口虎虎该睡午觉了便出去了。

周贝贝晃着手中的高脚杯，斜睨着林小曼问："知道骚的最高境界是什么吗？"

林小曼红了脸摇头，眼中充满期待。她的生活中就是品茶抚琴嗜古物，很多时尚的东西并不喜欢，也很少接触。比起贝贝她真像是古董了。

周贝贝挑了挑眉毛，细长的眼睛眯成缝侃侃而道："就是不骚。这类女人无论经过多久的观察，也看不出她哪点骚来。这种女人属于百分之百的冰山美人。但是，如果遇到特别喜欢挑战的男人，一旦被男人征服，这个男人就可以体会到全天下只有一个人明白她有多骚的快感。小曼，你是有做这种女人的潜质的。只是那个男人是谁？"

林小曼听傻了，她凝眉沉思，秦风肯定不是那个男人，那么魏一然呢？

那时候，她还没有去向魏一然表白，还没有被魏一然斥责而归。她觉得那个男人就是魏一然。

可周贝贝使劲摇头："小曼，我对你的感觉一向很准，我不认为那个男人是魏一然，应该另有他人。"

林小曼懵了，难道她的生活中还会出现别的男人？林小曼骨子里是极其保守的，她最希望的就是一生只有一个男人，并且跟这个男人永远地恩恩爱爱、白头到老。

不知什么时候张琴回来了，她悄悄问林小曼："周贝贝不是没结过婚吗？怎么什么都懂？"

林小曼掩嘴轻笑说："你自己问她呀。"

张琴摇摇头，她跟周贝贝没有那么近络。她不喜欢周贝贝，不喜欢她总是疯疯癫癫的样子。好像从来没有烦恼，好像她的生活就是充满了快乐，全是享乐。其实，她不过也是普通人家出来的女孩子，只是多读了几年书，找到了比较好的工作，成为了外企的一名高级白领，过上了很小资的生活。但不管怎样，她周贝贝和她张琴一样就是那个最普通的居民区长大的女孩子，那是根，是色。根是掘不尽的，色是擦不净的。

如今，张琴看到林小曼又是因为听了周贝贝的话，就疯狂购买各种睡衣，便又沉默了。只是当林小曼把一件睡衣在身上比划的时候，张琴都惊呆了。她一边死死拉住要去玩坐电梯的虎虎，一边张大嘴巴望着林小曼。那是件黑色的吊带睡衣，纯丝的料子显得光洁溜滑，最特别的是在胸处的两朵红色的镂花娇艳欲滴，犹如鲜花一般。衬出林小曼雪白的肌肤，那般娇娆动人。张琴不禁失声叹道："你真美，这么美的人，难怪会有这么好的命。"

林小曼经由了昨日的大悲大喜，虽说最后以秦风的安抚告终，但心中隐隐地还是有些不踏实。她一边刷卡付费，一边低声问张琴："你说秦风他就不计较我跟个疯婆子似的，告诉他我爱上了别人？你说他从此能给我一个正常的婚姻生活吗？"

张琴压根没听到林小曼的话，她一边目光不停地追随着挣脱了她手的在不远处玩耍的虎虎，一边听着收银小姐说"一千两百八十元"。她想一件睡衣比像她这样的家庭一个月的生活费还多。真是同人不同命。

林小曼见她没有反应，眼睛却瞟着提袋中的睡衣便问："你要是喜欢，我买一件送给你。"

这句话张琴听到了，忙摇头说："看你说的，你穿上那衣服就是天仙，我穿上还不成猪八戒？再说你穿它是为了给秦风看，我穿给谁看呀？"

林小曼摇摇头，："给自己看也不错呀，这点我们都得向周贝贝学，她活得就很自我。"

张琴一笑说："我可没有她那本事，也不想过她那样的日子，我的一切就是我的女儿可心。而你，我也想劝慰你一句，秦风能改善你们的婚姻就别再折腾了。"

林小曼叹了口气，但还是点了点头说："你以为我想折腾呀，我巴不得守着丈夫过日子，就算没有钱，但是一家人其乐融融的。只是，你来我家已经五年多了，你也知道这些年我承受的是什么。"

"嗯。"张琴点头，不再多言。几年来，她习惯做听众，做一个安静的听众。

林小曼又笑了说："不过我真是不理解我老公了，我就那么坦然地告诉他，我喜欢上了另外一个男人，并且向人家表白还被拒绝了，他竟然不给我一巴掌？哈，这让我想起林徽因。林徽因当年就哭着对丈夫说她爱上了一个男人，而丈夫深思过后竟然表示尊重她的任何决定。"

张琴也笑了，脸上的肉又都堆积到一起。她也是搞不懂秦风怎么会有这样的度量。在她看来林小曼此举简直是不可原谅的，而秦风竟然不发怒不气愤，还试图修好。

张琴暗暗摇头，内心叹息人真是不能跟命争。倘若她张琴能有一个这样的老公，她就是做牛做马也愿意，什么夫妻生活，那比生存重要吗？她偷瞥一眼林小曼，一个没有遭遇过走投无路的女人，是不会体会到生存才是最重要的。

林小曼的偶像是林徽因，那个二十世纪三四十年代的风华才女，那个有着男人爱女人妒的清秀容颜的美丽女人。张琴整日跟着林小曼，早已经耳濡目染，所以对这些轶事也略知一二，便接话道："人家林徽因最终还是留在丈夫身边了，另一个男人依然是自己和丈夫的知己好友呀。所以呀，你就好好跟秦风过吧。这么好的老公哪里找？提着灯笼都找不到。"

林小曼不置可否。

两个人带着虎虎乘电梯下楼。五岁的虎虎已经不喜欢被领着被约束，就先跑了过去。可脚底下不稳，踩在两节台阶之间，眼看就要跌下去，矮胖的张琴却异常利落地抓住了他，只是自己的重心也不稳，只好顺势蹲坐在电梯的台阶上。那一蹲可不轻，但虎虎很安稳地倒在了她的怀里。

林小曼已经大惊失色，加快步子想赶上他们，扶她们起来。可张琴她们已下了电梯，立足未稳就势又坐在了地上。可能是太胖了，也可能是台阶太硬了，总之，张琴的屁股上一片红肿。

回家之后，秦风也很感动，夫妻俩深深地体会到张琴对虎虎的好，那是超乎了保姆的职责范畴的。张琴憨笑说："小曼，我们是同学，是雇佣关系，可你更是我的恩人呀，我能不疼爱虎虎吗？"

林小曼点头，她相信张琴，相信她的真诚。

9. 无人问津的三陪女

林小曼和周贝贝、张琴是小学时的同班同学，也都住在一个居民区。只是从小林小曼和周贝贝就是投契的好朋友，而与张琴甚少往来。

直到那年，周贝贝陪怀了身孕的林小曼逛商厦，在电梯口，看到一个穿着蓝色工作服正用拖把擦地的矮胖女人。那女人的拖把不小心扫在了林小曼的鞋子上。

周贝贝嗔道："看着点呀，她可是孕妇，鞋子脏了不要紧，别伤着人呀。"

那女人抬起头，苦着一张脸，强忍着不让自己的恼火表现出来，嘟囔着："也不是存心的嘛。"之后便拎着拖把走开了。

周贝贝望着她的背影说："真是的，这样高档的大厦怎么请这样的清洁工人？人力资源部的主管是我同学，回头让她把这人开了。"

林小曼坐到休息椅上，一边试图弯身用纸巾擦拭鞋子，一边说："得了吧，你就是嘴巴厉害，这样缺德的事情能做得来？这女人也不容易，不为了生活，谁会来做清洁工？"

周贝贝撇撇嘴，先阻止林小曼弯腰，接过纸巾俯身帮她擦拭鞋子，接着说："你的同情心也不用泛滥，每个人的人生都跟自己的努力有关系，怪不得旁人。"

是呀，周贝贝有资本说这样的话。她是工人家庭出来的孩子，大学毕业时，英语就通过了八级，而实际的英语水平更是了得。如此，顺利地进了一家大公司，四年后就晋升为业务部经理，又过了两年升职为副总。年轻貌美，事业有成，靠自己的能力买房买车，过起了潇洒的单身生活。

林小曼看着她笑了，在她心中周贝贝是值得她骄傲的朋友。

正在这个时候，那个拖地的矮胖女人又过来了，一路找寻着来到她们的身边。额头的汗浸湿了头发，她在她们身边转了转，她们迟疑地瞅着她。她最终还是开了口："刚刚，刚刚，你们有没有看到我裤子口袋掉出的钱？"

林小曼低头左右看看而后摇头，周贝贝跷起二郎腿略带了嗤笑。

女人好像一下子失去了最后的希望哭泣起来，自言自语着："这个月的薪水呀，这可怎么办呀？"

偌大的商厦，大约是因为商品太贵了没有多少顾客，显得很空荡，女人的哭声便尤为响亮，很快就招来了周围柜台服务员们的关注。女人哭声戛然而止，五官挤成一团，嘴巴鼻子仍在抽动。

林小曼瞅着她，心跟着一起揪，走到女人面前问："多少钱呀？"

"八百元，一个月的薪水，孩子还等着给她交春游的钱呢。"女人答着却没有抬起头，她的目光仍旧四处逡巡，抱着最后一线希望。

林小曼从包里取出八百块递给她："别难过了，拿着吧。"

女人愕然抬起头，继而使劲摇头："不，不，我并不是要饭的。"

周贝贝也走了过来，双臂交叉在胸前。她跟林小曼一样都是高挑的身材，甚至比林小曼还要高点，身形也更瘦点，站在那矮胖的女人面前，更显得修长帅气，也更有一种居高临下，盛气凌人的感觉。为了减轻那女人的负担，周贝贝特意躬了躬身子说："没把你当乞丐呀，你就当是我们捡到你的钱。"

女人想了想，还是伸手接了钱，但是胖胖的一张脸已经像喝了一瓶白酒那么红。正是她红红的一张脸，勾起了林小曼的记忆。

小曼又仔细打量了一下她，猛然醒悟叫道："哎呀，是张琴！"

周贝贝定睛一看，也想起来了，这不就是那个小时候一做错习题就脸涨得通红的小学同学张琴嘛。

三个人又惊又喜，不知说什么好。谁也没有想到时隔多年，会在这样的情形下重逢。想当初是在一起跳皮筋、玩迈步的伙伴呀，如今……唉，世事沧桑，人事难料呀。

还是周贝贝活络儿，很快缓过神指了指楼上说："我们去 6 楼的茶餐厅坐坐吧，别在大庭广众下哭诉离别了。"

三个人来到商厦六楼的茶餐厅。张琴一脸的惶然拘束，无法定然坐下。她环顾四周，寥寥的客人多是老外和年轻的中国女孩子，他们叽里呱啦地用英语谈笑风生，那般怡然自得更让她平添了怯懦。她低声说："这里很贵的，一杯白水就得十几二十元。"她可怜兮兮地望着她们，寻求着离开的可能。

周贝贝安抚地拍拍她置放于膝上一双交织的手说："没事的，让小曼请客。你还不知道吧，小曼可是嫁了有钱人，而且不是一般的有钱，别说这辈子可劲儿花，就是下辈子也花不完。咱们可以心安理得地宰她。"

张琴望望林小曼，又低下了头喃喃着："人家长了这么漂亮的一张脸，怎么能不嫁个有钱人呢？哪像我。"

这样说着她不禁唏嘘起来，声音越来越大，引得周围的人都飘来讶异的目光。林小曼和周贝贝忙劝慰，好半天她才平静下来，仍旧抽泣着向两个儿时玩伴诉说起这些年的际遇。

原来张琴技校毕业后就进了一家塑料厂，转年刚满二十岁的她，跟同厂的一个比她大了十岁老实巴交的工人大刘结婚了。

他们的婚姻是周围同事极力撮合的。大家直言不讳地告诉她，尽管大刘年龄大了些，样貌也很普通，但比起矮矮胖胖、眼睛小得几乎看不到的张琴也算是美男子了。言外之意，张琴实在是生得难看。这样难看的女孩子，没有选择权，如同市场里处理的歪瓜劣枣，只要有人要给点钱就能包圆儿。

张琴是有自知之明的，完全听进了众人的劝告，嫁给了大刘，并在当年就有了女儿可心。

　　按照这样的轨迹，尽管生活条件不算好，但是一家人也是其乐融融的，只是祸兮福兮不是我们常人可以预知预见的。

　　两年前，大刘被查出患了尿毒症。那可是要命的病，是绝症，是花多少钱也无法医治的病症，但还是得治。住院费还不算什么，单单就是透析的费用，一两次就花光了家里的积蓄，无奈只能卖掉房子。那时候房地产还没有炒起来，一间十五平方米的房子只卖了三万多。大刘却在一次透析后撒手人寰。

　　丈夫死了，房子也没有了。张琴带着女儿回到娘家，怎奈娘家还有兄嫂侄儿，住房已经捉襟见肘了，暂住一段时间还能将就，倘若长期居住根本不可能。租房子无疑是个负担，再加上女儿上学了处处都要用钱。对于已经下岗、在一个私人摊位帮摊的张琴来说："简直是束手无策。

　　张琴说到这里，林小曼和周贝贝都提起了心。张琴娘家的情况她们都很清楚，不需要张琴帮衬就好了，哪还指望他们帮张琴。

　　张琴望望她们欲言又止。那是她人生充满恐惧和耻辱的过往，为了生活她曾经去歌厅做小姐，想靠出卖自己的身体获取钱财。

　　去之前也是经过了一番思想斗争的。尽管出身寒卑，毕竟是好人家的女儿，迈出那一步需要多少勇气呀。但看着可怜巴巴且充满期盼的眼睛，她还是横下一条心，自己安慰自己，没有什么丢脸的不偷不抢。更何况如果是她自己怎么都能过活，但还有女儿呀，还有她已经失去父亲跟着她吃苦的女儿呀。为了女儿，她可以出卖自己。

　　但无情的现实再次让她失去希望也失去了勇气。辗转歌厅，即使有哪个地方勉强收留了她，她却成为无人问津的小姐。一个同伴的话让她痛不欲生——做小姐也得长个人模样呀。

　　张琴在一家歌厅的洗手间里，重重地涂上粉紫色的口红，蓝色的眼影，稀松的头发用一个黑色的发卡固定在脑后。一身黑色绒质的套装是她的行头，是她咬牙买的一身新衣服，是她为了出卖自己而添置的新装。她的眼泪流了下来，泪水冲花了蓝色眼影，眼部呈现出一圈脏脏的印痕，用手一揉便成了熊猫眼。张琴于是放声大哭，她嘴巴里念叨着："我恨，我恨呀，为什么上天要让我来到这个世界？为什么让我来到这个世界不给我一张姣好的面容，让我可以有一个美满幸福的生活？我现在怎么办？怎么办？"

一起的小姐给张琴出了主意，让她去建筑工地，那里有很多单身的农民工，只是价钱定得很低，五十元就可以出卖自己的身体。

正在张琴犹豫不决的时候，女儿的姑姑伸出了援手，答应让侄女寄住在她家中，而姑姑家距离女儿的学校也很近。于是就剩下张琴一个人了，问题就好解决了。她终于找到一份大厦清洁工的工作，同时给一家小型超市看夜。收入不高但因为解决了住宿问题，也就能勉强维持娘俩的生活了。

张琴双手撕扯着衣襟，还是向这两个小学同学一吐为快了。是呀，她没有朋友，也不会向家人说起这些。于是几年来这样的辛酸往事便成为禁锢在她心底的蛀虫，肆虐着她的心灵，却死活出不来。

林小曼和周贝贝听得目瞪口呆，她们的生活距离这样的底层已经非常遥远。她们不相信眼前就是她们的小学同学张琴，这些年会有这样的经历——差点沦为五十元一次的娼妓。

林小曼捂住心口，微蹙了眉头。她感受到的是一阵阵的心惊。

周贝贝也沉默不语了。她知道任何人的生活状态都是跟她自身各方面的条件，以及自身的努力吻合的，但是她还是无言以对，毕竟张琴是她的小学同学，是她身边熟悉的人。一向理性冷漠的她也难以做到无动于衷。

小曼用纸巾帮张琴擦了擦眼泪，自己的眼泪却流了下来。她想她必须帮帮她，尽管她们年少时也不算是相交甚密的朋友，但毕竟是儿时的伙伴。

张琴抬起头，羡慕地望望她们说："看看你们多好，一个是阔太太一个是女强人。怎么老天爷把一切的好都给了你们呢？不但人长得漂亮还都有满肚子的学问。"

林小曼和周贝贝对视了一眼，无语默叹。是呀，看到张琴她们更应该满足于自己的生活了。

10. 小曼把张琴当作了亲人

林小曼没跟秦风商量就做了决定——聘请张琴来家里做类似管家的工作，吃住都在家里，周末还可以把女儿可心接来。日后的主要工作是照顾小曼即将出生的儿子，工资则是张琴眼下两份工作收入的两倍。

这样的好事对于张琴来说："简直是天上掉馅饼。她的眼睛又湿了，哽咽着说不出话。

周贝贝倒是忙提醒林小曼："你不跟秦风商量下？"

贝贝这样说意在阻止小曼仓促决定。尽管是小学同学，尽管张琴的确值得同情也需要帮助，但是轻易让一个十几年没有来往的人住进家里，多少是有些不妥的。

林小曼却摇头说："不用，这些事情他听我的。"

贝贝不好再多言，眼中掠过一丝忧虑。

果然，秦风对此没有丝毫异议，并且张琴手勤话少，虎虎出生后，更是照顾得无微不至，给秦家帮了不少忙。这更让秦风欣喜。

当然，还有一个重要原因是张琴的到来，让豪门深院的林小曼减少了些许的孤独寂寞。林小曼多了个伴儿，秦风便多了份自由，这岂是用钱可以换来的？

一晃张琴在秦家就做了五年有余。虎虎也五岁了，跟张琴亲得不得了。而这五年来，小曼也从没有把她当管家保姆，一直把她当朋友——仅仅无法跟周贝贝相比的朋友。由于张琴跟小曼整日相处，有些事情周贝贝都不知晓，而张琴则会成为小曼第一时间的听众。

张琴也的确善解人意。这些年来由于秦风对林小曼的疏忽，使得后者的情绪常常不稳定，偶尔还会无端哭闹一番。起初张琴都会好言相劝说："其实秦风很不错，对你，对你家人都没得说的。像他这么有钱的男人能做到这样，你得知足呀。"

林小曼最不爱听的就是别人对秦风的夸赞，尤其夸赞出自她父母、弟弟，那让她更加有苦说不出。而张琴明明知道她的苦也还那样说："她便有些恼了，没好气地说："他再好，当初也是他追着我嫁给他的。他就是给全世界的人都买了房子、车子，却不给我片刻温存，他能算好丈夫吗？"

每每这时张琴就会沉默，陪着小曼或是悄悄走开，等后者平静下来时，会及时递上一条热毛巾或一杯热牛奶。这样的细微举动，让林小曼感受到的是如亲人一样的关怀，渐渐地她也把张琴当作了亲人。

11. 热切的期盼

林小曼在热切的期盼中度过了一周。

每天晚上她都会换上新添置的不同颜色的睡衣，喷上雅诗兰黛的香水，之后用眼神询问着张琴，当张琴红着脸笑着冲她频频点头时。林小曼知道自己一定是娇美可人的，于是她更加信心满满了，相信只要秦风真的想跟她修复夫妻关系，就不会对她无动于衷。

可眼看着一周过去了，秦风几乎没有注意过她身上衣着的变化，或憨笑着询问她一天是如何消遣的，或躲闪着询问虎虎的情况，抑或心不在焉又似心事重重的。至于温存似乎是比登泰山还难的事情。

林小曼又有些烦躁了，把虎虎丢给张琴就跟周贝贝去吃马路砂锅了。

林小曼从来没有吃过那种马路砂锅。穷的时候，这种叫做"马砂"的北方城市特色路边摊还没有兴起。兴起后，林小曼已经是秦太太了，不可能接触到这种最老百姓的饮食了。

幸好有个周贝贝。周贝贝对于阳春白雪、下里巴人都颇有兴趣——她跟公司的同事吃了两次"马砂"，就喜欢上了那种自在逍遥。

周贝贝作出吃羊肉串的样子说："在马路边吃羊肉串，吃砂锅豆腐，再来两扎冰镇啤酒，那种快乐是那么轻而易举就可以得到的。空旷的地界，摆满

小方桌子，配套的是那种小时候在操场开联欢会要带的小马扎。所有的人在这样的环境中都变得本色自然。"

可任凭周贝贝怎么描述，林小曼却死活不跟她去，说："马路上烟熏火燎的脏不脏？那么不卫生会得病的。"

周贝贝耻笑她："秦太太，我们可都是穷人家的孩子，就算现在境遇变化了，至于那么忘本吗？还怕得病。知道非典是怎么引发的吗？据说就是因为吃很昂贵很高档的动物做成的菜肴才造成的恶果。"

林小曼不是忘本，她想即使她现在还住在那个普通的居民区里，她还是不太可能跟周贝贝坐在马路边儿吃吃喝喝。这跟贫富无关，应该是性格使然。

林小曼有着与生俱来的浪漫情怀，周贝贝则是喜欢享受现实中的自由自在。一个浪漫唯美、抚琴品茶的女子怎么可能在马路上大吃大喝？

但是林小曼的骨子里还有极为突出的一点，就是在她古典雅致飘飘然的浪漫色彩下，其实充斥着叛逆的意味。不错，林小曼的骨子里是十分叛逆的，所以在她身上发生任何无法想象的事情都不稀奇，打破常理主动约周贝贝去"马砂"真就不算是新鲜事情了。

周贝贝特意给她准备了一套旧 T 恤短裤说："千万别穿晚礼服，否则会被丐帮盯上，砸了你的车子，抢了你的包，不把你掳走，卖到山沟里给一家兄弟仨当媳妇就是万幸。"

林小曼换上周贝贝给她准备的衣服，肥大的 T 恤不再彰显她婀娜的腰肢，宽松的蓝色短裤松松垮垮的，让她的大腿显得有些苍白干瘦。谈不上美感，可就是觉得特别舒服，舒服得林小曼走起路来想甩搭胳膊，想哼唱歌曲，真是自在逍遥。索性把长发梳成两个长辫子，俨然回到十九岁的少女模样。

周贝贝双臂交叉于胸前，审慎地望着小曼说："看你这架势，不像是跟我出来享受邻家女孩子简单生活的，而是出来发泄的，至于为什么发泄，发泄什么都不重要，总之你只要能发泄就好。好，那我今天舍命陪你这个小女子，咱们扎啤猛灌不醉不休。"

林小曼垫了垫脚尖，望望不远处呈现出一片热火朝天的甚为壮观的路边摊，挥了挥右臂说："好，不醉不休。"

先醉的自然是林小曼，原本她就不胜酒力，还偏要逞能上来就干杯，只喝了半杯扎啤，她就开始"咯咯"笑。林小曼喝多了的表现就是笑，很放肆的那种笑。

周贝贝一看她先醉了，也不敢多喝了，否则两个人都醉了，可不好办。因为就是不穿晚礼服，也掩不住娇美容颜。真遇到个小混混，被占了便宜可不划算。

周贝贝与"咯咯"笑着的林小曼相扶相携地进了秦家门。

因为第二天是周末，林小曼便留周贝贝在家里住一晚。她说："我心里有事堵得慌，可我喝多了说不出来，等明天酒醒了，我们再说。"

周贝贝点头应允说："我心里也有事，可我喝了酒就好了，这就是我跟你不一样的地方，这就是我能让自己快乐的原因，我没心没肺。"

"哈哈。哈哈。"两个人说着，闹着，直到看到眼前一副极其温馨的画面，那肆无忌惮的笑声才戛然而止。

餐厅里，昏黄的灯光，很暖的色调。

餐桌上，几碟小吃，一壶普洱，两个蓝色印花的小茶碗。

餐桌两侧是谈笑风生的秦风和张琴。

林小曼跟跟跄跄地冲过去斜睨着他们，"咯咯"笑着问："说什么呢？那么高兴。"是呀，她很少看见秦风这样轻松悠哉的谈笑——至少跟她几乎没有过。

张琴的眼里掠过一丝慌张说："在说你小时候的事情呢，我说你小时候就有艺术天分，是我们学校合唱团的指挥——对不对，周贝贝？"

"呵呵，是。"周贝贝淡淡地笑了笑，淡淡地死死地盯着张琴细小的眼睛。

周贝贝的大长毛毛眼与张琴的小细眼相对都有股冷冷的寒气。

林小曼真的是醉了，听了张琴的话像是想起了年少时的美好时光，笑得更加诡异放浪。

一时除了林小曼的笑声，竟然没了声息。

沉寂得有点可怕。

还是秦风打破了僵局说："贝贝，我们到书房谈点正事。"

秦风最近在力邀周贝贝加入秦氏集团，但周贝贝拒绝了。

秦风并没有死心，还想跟她好好谈谈。

　　"好。"周贝贝应着，目光从张琴移到林小曼，显然，她对小曼有些不放心。

　　张琴忙站起来，扶林小曼坐稳，然后对他们说："你们去谈吧，我照顾她，我给她弄碗茶醒酒。"

　　"嗯。"秦风点头，"那就麻烦你了。"

　　周贝贝看得出，秦风对张琴不是一般的信任。她的心中多了一丝疑虑。

　　但看看张琴再看看林小曼，简直是天壤之别。

　　周贝贝想倘若秦风没疯，或是有什么特殊爱好，是决然不可能放着美貌娇妻不爱，而对一个粗粗拉拉的女人移情的。但世上的事真的说不好呀，英国王储不就不爱万众偶像戴安娜，而钟情老女人卡米拉吗？男女之间的事情，很多时候是没有常理可循的。

　　于是刚进了书房，周贝贝就毫不客气地对秦风说："秦总裁，两年前我跟小曼去捉奸，结果认识了魏一然。我算是冤枉委屈了你。不过今天我可感到苗头不对呀。莫非你山珍海味吃腻了，阳春白雪看厌了，真的要换换口味？"

　　秦风脾气的确好，周贝贝如此无礼，他仍旧憨笑说："贝贝，我一向喜欢你的快人快语，小曼有你这样的朋友我都羡慕，所以我也不跟你兜圈子，这次你又冤枉我了。我秦风什么都不敢保证，至少能保证我一生只会有小曼一个女人，从打我想娶她那天开始就这样决定了。而且我是一个一言既出、驷马难追的男人。"

　　秦风这样表白，周贝贝便不好再理论，毕竟有当初冤枉秦风的事实在前。再冤枉他一次，周贝贝想她跟个"大嘴巴"的三八婆就没什么区别了。

第二篇

依然期盼情与爱

但凡吃过鱼的人差不多都有被刺儿扎伤的经历。没有人会因为嗓子扎了根刺就永远不再吃鱼，只要把刺儿拔掉，伤口迟早会愈合。伤口愈合了，再吃东西时候小心点就是了。不过，肯定有很多人在伤口愈合后，仍旧不小心，看见自己钟爱的各种做法的鱼就馋涎欲滴，继而恨不得狼吞虎咽，结果再次被扎，这就是所谓的好了伤疤忘了痛吧，但真的可以忘记的痛还算是痛吗？

1. 捉奸

上一次对秦风的冤假错案也的确缘于周贝贝。

那是两年前，虎虎三岁的时候。

虎虎多大，林小曼就独守空房了多久。不，应该说自从怀上了虎虎，她便成为不折不扣的寂寞少妇了。

最初，林小曼甚至连周贝贝都不好意思相告。她实在无法告诉别人，三年多来，她的丈夫没跟她有过一次男欢女爱。甚至她好多次主动献身，主动去刺激挑拨秦风，都没能换来一次恩爱云雨。

对于女人，一个美丽的女人而言值得同情，令人叹惋，但更是丢脸没面子的事情。

林小曼是个极端的女人，时而把面子看得比什么都重要，时而又可以舍弃一切。当然，一切因循于当时的情形和她自己的承受状态。

总之，三年了她无法承受了，再不想为了维护秦风的面子，而让自己在好友面前都不敢吐露心中的悲情。终于，她对周贝贝和张琴一吐为快。

张琴默不作声，只是时不时地帮哭得昏天黑地的林小曼揉捏虎口，来缓解她的情绪。

周贝贝则坚持自己的想法，认定秦风有了外遇，她说："一个男人，一个生理正常的男人，即使已经四十岁了，别说三年多，就是两个星期不沾女人，自己先受不住了。男人是要往外释放的，沉积的多了会憋死的。女人则不同，女人是接收的一方，有便更加肥沃，没有也照样活着。"

张琴反驳说："我看秦风很正派的样子呀。不像是会在外面找女人的。"

林小曼也点头，一边抽泣一边说："是呀，我再怨恨他冷落我，都不会相信他有女人，他一向很自重，公司里那么多年轻女孩子他都是极有分寸的。"

周贝贝无法理解这两个女人的迂腐，这两个女人一天一地，但有一点却是相同的，全是封闭得很久的女人，某种角度林小曼比张琴更加封闭，因为张琴毕竟还感受过疾苦。

周贝贝想，既然跟她们讲不通，那干脆用事实说话。当然她是不会用自己去试探秦风的，那纯属玩笑。

刚好，周贝贝所在业务部的一个女孩子郭梅的男朋友是做私家侦探的。周贝贝就请他帮忙查一查。

原本她对那个摔跤运动员出身的，留着高平头的男孩子小孙也没有抱太大希望，可不到三天那小孙就给了她一个地址，小孙很是得意地说："这三天，这个秦总裁中午都会去这个地方。"

周贝贝看了眼那地址："魏氏古董行？"

"对，"小孙点头说："是一家老字号祖传的店铺，至少从清代就从事古董行业。"小孙一边说一边把自己的手指关节按得"咯吱咯吱"响。

周贝贝听到那"咯吱"声，就起了一身的鸡皮疙瘩。她生怕小孙会把自己的手指头按断了，不由得愣怔了一下，竟然想不起要询问什么了。

敦敦实实的小孙却非常聪明，试探着问："周姐，你是不是想问那古董行里有什么吸引秦风的，难不成老板是个美女？"

周贝贝笑了说："是呀是呀。难不成那老板是个美女？"

小孙摇头说："还真不是，老板叫魏一然，是个男人。并且魏一然是独子，也没有妹妹姐姐跟他一同经营这家老店。"

"哦？"周贝贝不由得对小孙刮目相看说："你查到的还真不少呀。"

小孙反倒谦虚了说："别逗了周姐，这些都是最基本的，要是连这点都查不到，我干脆别做这行了。不过我也就查到这些，至于秦风为什么每天中午都去魏氏古董行，我就不知道了。但魏氏古董行很气派，尽管也坐落在鼓楼一带，跟一般的小古董行是有区别的，店面大而洁净，最里面还有一间茶室，都

是上等的好茶，专门为了招待大客户用的。店员是两个灵秀的江南女子，甜美可人。哈，那个大老板不会是冲着那两个小姑娘去的吧？"

周贝贝也笑了说："你知道他老婆有多美吗？估计不是那两个小姑娘能望尘的。"

小孙撇嘴说："周姐，你这就有点老土了。在男人眼里，女人的美丽成为习惯后，便是最平常的。每天跟张曼玉在一起，待上几年也觉得是黄脸婆一个。随便到哪个饭店吃顿饭，看见个二十岁的透着鲜灵水气的小姐，没准就能舍了张曼玉。喜新厌旧本来就是男人的本性嘛，要不然怎么有好多男人为夜店里的小姐能抛弃自己的老婆呢？"

嚯，周贝贝想，这80后的小男人都成精了，给她上起课来了。但一番话语也颇有道理，他说出来的的确是女人的悲哀。

美人一旦迟暮，就堪比黄花了。

周贝贝站在办公室的窗前，她所处的是这栋二十二层的写字楼的第十七层，俯瞰着下面，三三两两的行人是那般渺小。

周贝贝的脸上显出一丝凝重，一丝跟她的大而化之很不吻合的凝重。

霎时间，她感受到宇宙中人是多么卑微，无以抗击能力范畴以外的东西。别说林小曼就是她周贝贝这样的独立女性也一样，只不过她习惯了坚强面对而已。可林小曼不行，她是没有经历过风雨温室里娇艳的花儿，正如她"兰花"小姐的名号一样，她不知道这个世界充斥着太多的虚伪狡诈。

周贝贝放下交叉在胸前的双臂，做了一个决定，无论如何得让林小曼面对现实一些。

于是，转天中午周贝贝利用午休的时间，专门陪林小曼去魏氏古董行。

林小曼的心里是极其复杂的，一方面她根本无法相信温和宽厚的秦风会有别的女人，会移情别恋。另一方面，她似乎很希望这件事情有个结果，至少能让她明白秦风样样对她依顺，却单单就不跟她有肌肤之亲的原因。

周贝贝安慰她说："现在别想太多，就当咱俩是来见识一下真正的古董家什的，至于其他就是意外收获。总之，我不赞同女人自欺欺人地把自己蒙在鼓里。小曼，倘若秦风真有别的女人，你不能是最后一个知情的傻女人。"

周贝贝这样说的时候，自己的心颤了颤，她的眼前出现了另外一个女人幽怨的眼神。

"嗯。"林小曼微微闭目让自己安静，可心里就是百感交集。

就在这时，不远处飘来了难以用言语形容的一种琴曲声。那琴曲如同一股青烟袅袅而来，在头顶上面慢慢的旋转，瞬间又变成一条湿滑的青蛇笼着青烟，阴柔的把身体融入烟雾中蒸腾缭绕。

林小曼不由得停住了脚步忘我静听。琴声在一阵轻柔的绵绵后，是穿越山水般空灵的飘忽感，摸不到抓不住，却死死地被它牵引着。如同迷迭香，让人欲罢不能地随着它，毫无杂念地随着它，穿过小桥流水，穿过波澜壮阔，穿过青山峻岭，穿过古道羊肠……

林小曼身心激荡，平静地激荡，强烈的反差中欲哭欲笑。她握住周贝贝的手说："你听，你听，此曲只应天上有呀。"

周贝贝耸耸肩，她是难以跟林小曼有共鸣的，她更喜欢听酒吧里菲律宾乐队声嘶力竭地投入叫喊。不过她承认这琴乐声的确好听，但对于她来说仅仅是好听而已，林小曼那种欲醉欲痴的身心相合，她是决然没有的。

林小曼已经忘记了此行的目的，她加快了脚步急急切切地对周贝贝说："快，快，我们快循声找去，看一看抚琴的是何人，一定要结识，能抚出这样曲子的，一定不是等闲之人。"

周贝贝跟在她身后，大长腿不停地倒步子，麻质的灰色肥腿长裤发出因快速摩擦而产生的"嗖嗖"声，她撇撇嘴巴说："不是等闲之人，一定是个大闲人。像我们这样一天到晚为了挣那份薪水，忙得连头都抬不起的，是没那闲工夫，费那么大劲跟那几根琴弦玩命的。"

林小曼也不理会她只顾前行，忽然她停住了，因为琴声就是从面前两层楼的二楼，打开的窗子里传出来的。

林小曼回眸冲着周贝贝嫣然一笑，说："就是这里。"随即拉了周贝贝就往里走，直冲上二楼。都不容周贝贝看一眼那悬挂在大门上的招牌，也没顾得上看一眼一楼的店堂。仿佛她寻到的是世间的神秘所在，充满了魂灵的所在，与俗世的尘物没有丝毫的关联。

　　老式的楼，楼梯是木质的，两个人都穿着高跟鞋，鞋跟踩在木质楼梯上发出"吱呀吱呀"的声音。而这声音并没有影响抚琴人，他仿佛在无人之境，只有琴，只有曲，只有琴曲中的人和情。

　　林小曼手扶着扶梯，呆呆地望着眼前的琴和人。那是一个扁长形音箱，长约一百三十厘米，宽约二十厘米，厚约五厘米。而那个抚琴的人一身白色的中式衣衫，一双淡然从容的眼睛，还有那修长细滑的手指，轻抚琴弦间让人眼前出现朦胧之感，仿佛来自仙境，来自悠远的深谷。

　　林小曼彻底陶醉于眼前的画面中，她觉得自己仿佛置身于虚幻的境界，幻境中是真实的，真实中是虚幻的。

　　周贝贝也有些好奇，她想笑。她奇怪怎么会有人有这样的气场，不像是生活在现实中的，像是古装片里的书生。至于那琴那曲倒是精致典雅。除了琴声一片寂然。

　　周贝贝突然打破这种沉寂，推搡了把呆愣的林小曼，"嘿嘿"笑了说："这不就是古筝嘛，没有什么稀奇呀，不过很好听。"

　　周贝贝这一推一笑一语动静实在是大。

　　琴声戛然而止。

　　抚琴的人静然地望向她们说："不是古筝。它不如古筝响亮欢快，演奏效果立竿见影。它是平和沉稳的，有一种往心里去的吟唱。"

　　"嗯。"林小曼脸蛋涨得红红的说："我知道的，这是古琴，是一种只适合独奏的乐器。"

　　"你知道？"那抚琴的人脸上掠过一丝淡淡笑意说："的确是古琴，它是细腻含蓄的，指法不动声色地控制着轻缓急重。这样的声音决定了它不宜作合奏乐器，而适合独奏。"

　　抚琴的人又兀自微微一笑，并不看她们直视着琴说："你的确说对了。"

　　"嗯。"林小曼点头说："我以前是学音乐的，认得不少乐器。"

　　"那你也能抚琴？"那男人站了起来，饶有兴趣地追问，"可知道刚才那曲子的名称？"

　　林小曼忙摆摆手，摇摇头说："我不会，只是听过，也不知道那是什么曲子。"

男人善意而温和地笑了说："刚刚一曲，是西汉司马相如的《凤求凰》，那是以古琴为媒的一段爱情故事。"

周贝贝"哦"了声，恍然大悟地说："我知道，就是因为这曲子，一代才女卓文君就被司马相如拐跑了，或者说得更直白点，俩人就私奔了。"

男人被周贝贝的话语说愣了，面上有些尴尬，大约他是有更生动美妙的言语，却被周贝贝通俗易懂的解释生生压了下去。

好在，他是一个心平气和的人，只尴尬了瞬间就继续平静地说："是呀，当年司马相如一曲《凤求凰》，赢得了卓文君的芳心，留下一段佳话。"

说完，男人又坐下，重新入境，融入琴乐中。

一曲完整的《凤求凰》后，连周贝贝都屏气凝神了。

古琴的声音委婉缠绵，是那种回旋往复的缠绵，有点让人心痛。

林小曼不无感慨地说："如此妙曲，该有知音人呀。"

男人笑笑不语。

周贝贝却发现在琴的对面有一个竹帘，竹帘后隐约有茶器有人影。她心想这个古董行真有几分神秘，不让人毛骨悚然，也让人觉得脱离现实，与尘世隔绝。总之她要是每天在这种氛围中，一定会成为跟了司马相如去私奔的卓文君。"哈。"周贝贝不禁失声而笑。她可不想。

再看林小曼，林小曼望着那男人的眼神儿已经不对了，她一双纯净美丽的大眼睛里盛满大梦初醒的激荡，那么惊艳那么惊喜。

周贝贝被她的眼神吓着了，明明是来捉奸的，看来要创造一段艳遇。

就在这时，林小曼张口了，说："先生，你是这里的老板吗？"

男人点头。

林小曼又上前了些说："我不是来看古董家什的，我只是寻音而来的。这琴音美妙绝伦，所以，先生可否抽出一点时间，收我这个学生，让我能亲身感受琴的玄妙？"

2. 竹帘后的人竟是秦风

"这……"男人尚未回答，却听到"嗡"的一声。竹帘后茶杯落于木地板上，并没碎只是弹了一下的声音。仿佛为这琴声加了一个天然的结尾。

男人掀起竹帘问："怎么了？"

周贝贝和林小曼也望向里面，一个高大壮实的男人正俯身拣拾茶碗，等他起身全都愣住了。

"小曼，贝贝。"高大壮实的男人先开了腔。

"秦风。"林小曼和周贝贝异口同声，之后都笑了。原以为那竹帘后是抚琴人的心上人，应该是一个比林小曼还古典雅致的女子，没想到竟然是秦风。

四个人围坐在茶桌旁，两个男人保持着温和，两个女人笑容满面。

周贝贝笑是因为知道了这里就是魏氏古董行，抚琴的男人就是古董行的老板魏一然，而他是秦风高中时代的同学，最好的朋友。秦风经常来这里，不是为了那两个清秀可人的江南小妹，而是来听老友抚琴，与知己品茶。可她周贝贝却找了私家侦探，一番兴师动众，当作了奸情。

周贝贝是爽快的人，她是敢作敢为的，举起茶杯说："秦风，我以茶代酒，向你赔罪，不耻下我的'三八'行为。"

秦风回敬她说："好几年了，从认识小曼就认识你，聪明大气的周贝贝干出这种事情并不稀奇。说实在的，我是没有胆量出轨的，就算能瞒得过小曼，也骗不了你。没有，还能想出来；若真有，一定不会给我说话的机会，就让我无葬身之地了。"

周贝贝爽朗大笑说："知道就好，所以以后有则改之，无则加勉，秦总裁。不过我还有一个疑问，你们既然是最好的朋友，怎么这么多年都没有引见给我们认识呢？你看我是小曼最好的朋友，不是早快把你家的门槛踢破了吗？"

还未等秦风回答，只听魏一然淡然一句："我喜欢清静。"

林小曼并没有周贝贝那么多想法，也似乎没有听到他们的对话，她只是开心地笑。

当然，她的笑并不是因为秦风并未出轨而带来的喜悦。她很简单，她相信有秦风的关系，魏一然一定会收下她这个学生，她为可以跟魏一然学琴而笑。

人与人，人与物都是讲究缘分的。冥冥中她能感觉到，她与琴与这个抚琴的魏一然都有着深深的缘分。就像她跟周贝贝，一同入学别人都是男女同桌，她们俩因为个子高，便成了唯一的两个女生的同桌。那不是缘分又是什么？

林小曼抚摸着木质的粗纹路的茶桌，凝视浸泡了上等毛尖的瓷制盖碗，盛着青绿透明的茶水的小小的圆筒形的瓷质小杯。再看看她们坐着的奇形怪状的树墩，那般简约而古朴。竹帘已经掀起，古琴映入眼中。琴面是一块长形木板，表面呈拱形，琴首一端开有穿弦孔，琴尾为椭圆形。琴底形状与面板相同但不作拱形，整块木料下半部挖出琴的腹腔。底板开两个出音孔，腰中近边处设两个足孔。面、底板胶合成琴身，在琴首里面粘有舌形木板，构成与琴腹相隔的空间。面板背部设音梁。琴腹中有两个音柱。弦轴多为圆形或瓜棱形，中空，琴弦由丝绒绳系住拴绕于琴轸上。琴弦用丝制缠弦。岳山镶嵌于面板首部，也开有穿弦孔。底板上有四个琴脚，琴首部两个叫凫掌，琴尾部两个叫焦尾下贴。面板上嵌有十三个螺钿或玉石制作的徽。

林小曼毕竟是音乐学院毕业的高材生，尽管是师范系，但各种琴乐知识都算知晓，对于古琴也能道明几分。这样的氛围她有种说不出的兴奋，便侃侃谈道："古琴造型优美，常见的为伏羲式、仲尼式、连珠式、落霞式、月型式等。主要是依琴体的项、腰形制的不同而有所区分。琴漆有断纹，它是古琴年代久远的标志。由于长期演奏的振动和木质、漆底的不同，可形成多种断纹，如梅花断、牛毛断、蛇腹断、冰裂断、龟纹等。有断纹的琴，琴音透澈、外表美观，所以更为名贵。这架琴……"

林小曼翩然起身置于琴前，微微一笑说："这架琴当属仲尼式，至少是宋唐时的。"

秦风与周贝贝不禁鼓起掌来。因为秦风知道这架古琴的确是唐代的，也的确是仲尼式。他虽然对音韵一窍不通，但与魏一然二十几年的交往，多少已

经成为爱好者，不懂却愿意欣赏。

周贝贝自然什么都不知晓，林小曼说得对不对，对于她来说并不重要，她说："小曼，就冲你能背下那么一大堆比高等数学的公式还难记住的东西，你那四年大学没白上，没因为嫁给秦风彻底没了浪漫古典美女的气场。"

秦风憨笑，一如既往的好脾气，不跟周贝贝计较。秦风常说："在我眼里你们还都是孩子，童言无忌，全都可以原谅。"

魏一然的脸上没有大喜大悲，他始终淡淡的，说："嫂夫人所言极是，这架琴正是唐代的仲尼式。"

"唐代的？"周贝贝的兴趣来了，走过去刚要伸出手指拨弄。被魏一然和林小曼齐齐的一声"别动"震慑住了，手悬在琴弦上。周贝贝如同木偶一样，躬着身，手悬着，头仰起，又长又大的眼睛眨都不眨一下，定定地望着他们。好像在问，怎么了？你们哪根神经不对了？

林小曼走过去抓起她的手，抻抻她的胳膊，拉她直起身说："贝贝，别没有轻重的，你可知道这架琴的价值？"

周贝贝侧了头，又瞥了瞥那架看上去有些陈旧的唐代古琴，联想到漆皮锃亮的高档钢琴，没有那么雍容华贵，却别有一番深沉神秘的感觉。周贝贝不由得激灵了一下说："会不会上百万？"

林小曼低头略微思忖了一下，竟也拿不准，便抬头望向琴的主人，那个默然饮茶的魏一然。

魏一然放下茶杯走到窗前。

不知何时，窗外已经下起来淅淅沥沥的雨，雨水不密但雨滴不小，雨滴撒落在铺着灰色石板的古董街上，街面便光洁了很多。仍旧有三三两两的游客冒着雨，或撑着伞或干脆接受天浴洗礼，而不管怎样脸上还是十分舒展的样子，悠闲地游走。魏一然肃静的脸上露出了淡淡的笑意，。他喜欢欣赏这样的情景，喜欢置身于这样的情景中，清静的环境，自然的心境。如此，即使一辈子生活在这里也不会厌倦的。不过，魏一然知道他不会一辈子都留在这里的。这条古董街是一个小小的有些脱离尘俗的所在，但只需要走出去一百米，便到了最大的商业区。所以所谓的世外桃源，只是自己的一种心理安慰，其实，只需瞬间就会融入世俗的。不过，在魏一然的心里的确有那么一个希望久居的所在，那个地方充满了少数民族的风情，原生态的雪山河流，还有背离了人烟的居所。最重要的是，那里有魏一然最纯真美好的记忆。这样想着魏一然的脸上是无比圣洁的笑意。

林小曼和周贝贝望着他，心里却是巨大无比的反差。

周贝贝想笑，她觉得这个男人的超凡脱俗之气置于这个色彩缤纷的大千世界，简直是一种冷幽默。

而林小曼则不然，她被深深吸引，她的目光中散发出久违的光彩，那是一个女人最美好生动的光耀，倾注了女性很多特性的灵魂之光。

是的，从那一时起，林小曼便深深迷恋上了那个叫魏一然的男人。只要能够看见他，她就会流露出会心的笑。

当然，林小曼的这些小细节不可能逃得过秦风和周贝贝的眼睛。

那秦风和周贝贝是什么人？全是人精呀。

可也就是奇怪了，秦风却没有一丁点儿的不快，那般大度大气，真与他秦氏集团总裁的身份相吻合。他看穿林小曼的心思，竟代林小曼开口说："一然，小曼本是学音乐的，既然对古琴有这样浓厚的兴趣，那么你就勉为其难，抽时间教教她吧。"

魏一然轻淡却不飘忽的目光在秦风的身上掠过。有一丝狐疑，却仅仅是瞬间。之后便低头默许。

林小曼张大了嘴巴，高兴得有些失去常态。她不由自主地在秦风脸颊上亲吻了一下，用少有的撒娇语气说："谢谢老公呦。"

周贝贝被她的平生娇媚弄得有点不知所措。柔弱可人的林小曼早因为秦风这几年的疏离，而淡忘了女人的撒手锏，撒娇于她而言好比喝酒一样难，只有真的喝多了才会有瞬间的千娇百媚。此时的花枝乱颤分明是因为魏一然的欣然应允，而那一吻虽然吻在秦风的颊上，却是意会给魏一然的。

从那以后，林小曼每周都会到古董行两次，跟魏一然学琴，风雨无阻。直到一周前，她向魏一然表白被拒绝。换言之，也就是这一周，她在对秦风的热切的期盼中才没有延续两年来的坚持。

魏一然近乎狰狞的冷漠是真的让林小曼很受伤，而对秦风的期盼则是骨子里传统保守的林小曼渴望安稳的表现。只是秦风能满足她并不高的希望吗？

第二篇·依然期盼情与爱

3. 什么是爱情？

一周、二周……一个月、两个月、三个月过去了。秦风对林小曼是温和但绝无温存的。

每天秦风回来后，林小曼的目光都在追随他，竭尽全力地想引起他的注意。但秦风的顾左右而言其他，就像是把林小曼当成了夏季该收割的麦子，都熟透了却不去收获，等到麦粒饱满地撑破了外皮，想收拾可就难了。

这期间，周贝贝却更加忙得不亦乐乎。林小曼一给她打电话，就感觉她心不在焉。气得满腹委屈无处倾诉的林小曼好几次说到一半，就先"啪"地挂断了她的电话。

最后一次，周贝贝再打过来竟然说："哎呦，小曼，你这样下去，古典美女就变成旧中国的苦情女祥林嫂喽。秦风要是真这么不解风情，我就是听你说上一百遍也没有用呀。相反，女人间的倾诉是会导致抑郁症的，我看你现在的状况就不妙呀。"

林小曼真气坏了，心想我只有你一个知心友人，只有最近才有些喋喋不休，如果不是无法控制内心的烦躁焦虑能如此嘛？越想越生气，使劲挂了电话，关了手机，一头扎进古董房，并叮嘱张琴："要是大忙人周贝贝来电话，别叫我接。"

张琴略为惊讶了一下，很快便点头应允。

古董房幽黄的光线顿时让林小曼沉静了些，她默默地换了一炷香。烟雾缭绕中，她好像又看到了魏一然。

魏一然？林小曼三个月来很少想起了。不知道是他那天的冷酷无情截断了林小曼的思念神经，还是对秦风的希望淡化了林小曼的迷离欲念，总之是很少想起了。可此时猛然间的恍惚中，魏一然的傲然之气还是一下子又侵袭进了她的骨髓里，她忙晃晃头想让自己清醒。

她想起周贝贝的话："你对那姓魏的老古董未必就是爱情，因为这十年你的爱情神经已经退化了，任何的新奇都会给你力量，给你向秦风抗议的力量。"

林小曼再次晃晃头问自己："那是爱情吗？什么是爱情呢？难道我这一生就不会经历爱情了吗？"

正想着张琴敲门进来了，平日里除了林小曼吩咐打扫，她很少走进这间古董房。张琴觉得这间房子里都是名贵的家什，她生怕有什么闪失，磕了碰了，到时候说也说不清楚。张琴是谨慎的也是敏感多虑的。

"什么事？"林小曼问她。

张琴搓了搓一双胖胖的手，肉肉的脸铺展开，关切地说："我怕你一个人又在这里跟自己过不去，就进来看看你。"

"哎。"林小曼叹了口气，的确，她近来情绪很不稳定，只有张琴清楚明了。她感激地望望张琴说："多亏有你陪着我。"

张琴默然摇头说："我们还用说这样的话吗？"

檀香的味道很轻柔，轻轻的呼吸间，那香味融进身心，让人身体轻松，心里平顺。

"呵。"林小曼忽然很想笑，说："张琴，你说秦风上辈子是不是瞎子？要不然怎么这辈子对我能这样熟视无睹？我看他跟你的话都比跟我多，看你的眼神还有种轻松呢。怎么一面对我就跟看见英国王室一般，尊敬得要命呢？"

张琴有些不知所措，一双手不再揉搓。秦风的确总是跟她有说有笑的，难道林小曼多想了？

张琴更加慌张了，她那般小心翼翼，决然是不能搅和到他们夫妻间的，那样她就很难在这个家里立足了。不，她不能离开这里，不能失去这份工作。张琴张口结舌难以进退，只好借着去看正在午睡的虎虎忙往外走。

林小曼对于她的惊慌失措，却没有任何感觉。倒是风风火火赶来的周贝贝，在张琴给她开门的刹那觉出了端倪。她狐疑地望着张琴一张通红的脸，玩笑道："嚯，跟谁偷情了吧？紧张成这样。"

张琴脸更加红涨，转身去看虎虎了，给了周贝贝一个厚重的背影，算是对她的胡言乱语的回击。

周贝贝耸耸肩，并不介意张琴的无语抗争。她并不是刻薄的人，但对于

张琴的确少了些友好，不知道为什么，她对张琴始终有自己的看法。所谓人与人之间的感觉总是一样的，张琴不喜欢周贝贝的随心所欲、潇洒自我。周贝贝同样对张琴的过于周到、精细表示怀疑。她一边关上古董房的门，一边对林小曼说："害人之心不可有，防人之心不可无。凡事你还是避讳点张琴吧，我总觉得她有问题。"

林小曼白了她一眼，刚刚的怨气未消，说："你怎么什么事情都大大咧咧的，偏偏总跟张琴较真呢？再说："她对我怎么样，我心里没数吗？"

周贝贝嘻嘻哈哈，"啪"地按动了开关，古董房四个顶部的四盏白光磨砂灯亮了，幽黄的房间里终于呈现了阳光般的明亮。

这四盏灯是周贝贝力荐林小曼务必要安装的，她说："你要是不怕虎虎进来以为到了鬼屋，你就别安。"

这话果然奏效，林小曼便无奈采纳了。不过这四盏灯的使用率很低，除了周贝贝别人没开过。

房间里亮堂了，周贝贝顿时舒了口气，压抑的感觉没有了，继续说："即便你是帮了张琴，她对你感激不尽，但我总觉得能把每件事情做得滴水不漏的人是可怕的。这样的人一定是很有心计的，你小心点，没准秦风就喜欢淳朴耐劳的，回头恋上张琴，可就真把你打入冷宫了。"

林小曼正用鸡毛掸子掸抚古董房里的家什，听她这样说："鸡毛掸子便落在她肩头说："你竟胡说什么？好几年了，张琴怎么对我的，你看不到？"

周贝贝一屁股坐在古琴前的圆形坐塌上，伸出手指胡乱拨弄着琴弦，也不看林小曼，阴阳怪气地说："我在社会上打拼了那么多年，对人的认识肯定比你准确。先不说张琴究竟是个怎样的人，但是至少你得对她有所保留，俗话说拿人钱财替人消灾。张琴的薪水不仅是你付给的，也是秦风给的。我就不相信如果你不能给予她这样的帮助，她还能对你言听计从，一副誓死追随的架势。"

林小曼俯身，心疼地把她修长的手指从琴弦上移开说："你那双打电脑的手就别祸害我的琴了。"

周贝贝转身又坐到了红木的烟榻里，两条腿还悠闲地搭在烟榻边儿上，斜睨着林小曼说："你别不爱听，别等有一天哭哭啼啼地跟我倾诉。我告诉你，现在是一个物欲横流的时代，人与人之间充斥的就是利益，人情越来越不值钱了。只要沾上了利益两字，就会让人失去原有的本性，什么友情爱情都会成为殉葬品。知道为什么我坚决不去秦氏集团吗？"

"为什么？"林小曼"啪"的一声，又把四盏白色的磨砂灯关掉了，那光太刺眼她受不了，她一点没觉得那样的灯光明亮惬意，相反，她只感觉到冰冷。如果说只点燃了香和烛的古董房有鬼屋般的魅惑感，那么光亮如昼时，便像是透着冷漠阴森的停尸间了。

古董房里又恢复了幽幽黄黄的带着薰香味道的肃静，林小曼则轻舒了口气，跟周贝贝正好相反，这样的环境氛围才会让她轻松。林小曼说："我正不明白，为什么秦风诚邀你加入秦氏集团，你却一口回绝呢？"

秦风给周贝贝的条件很好，收入要比她目前的高薪还多一倍。

秦风倒不是因为周贝贝是林小曼的闺中密友，才高薪邀请她加入公司的，而是确确实实看上了她的能力。

周贝贝一直在一家德国独资的货代公司做业务经理，流利的英语，自学的简单的德语，极强的沟通能力，让她在整个行业都小有名气。秦氏集团本身就有一家货代公司，秦风希望周贝贝跳槽过来，全面管理秦氏的货代公司，甚至希望能最终成为自己的得力助手，秦风知道周贝贝有那样的能力。可周贝贝就是不领情，一点商量余地都没有就拒绝了。

林小曼在周贝贝身边坐下，洗耳恭听她的高论。

周贝贝摇晃着她的两只脚丫，涂着浅绿色指甲油的脚趾甲，在这间没有灯光的古董房里显得分外醒目，如同一片片绿色的叶子，透过斜洒进来的阳光闪闪的。"哈。"周贝贝盯着自己的脚趾甲笑了，"小曼，你看我用的指甲油是兰蔻的，进入秦氏收入会比现在高一倍，可也还是用兰蔻的指甲油。但我跟秦风的关系就变化了，到那时候你跟秦风有什么事情，我还能找他理论，甚至任由自己成为市井泼妇对他破口大骂吗？"

周贝贝停顿了一下，目光从脚趾甲移到了林小曼的脸上，神情不再稀松，而是只有她在工作状态才会有的严肃。她霍地起身，双臂交叉在胸前坚决地说："不，我肯定不能。"

"为什么？"林小曼疑惑不解。

　　周贝贝侧头望望林小曼，又无奈地摇摇头。她往前走了几步，手轻放在门边的一个清代的雕花门扇上，触碰到花纹，那花纹细滑玲珑，精妙中有一种隔世的阴柔。哎，周贝贝叹息，心想林小曼当了十年的豪门阔太太，就快变成这门扇上的雕花了，美则美矣，也透着灵气，但终究是尘封的摆设，并且不是寻常人家添置得起的摆设。这样想着她觉得真应该跟林小曼好好谈谈了。

　　周贝贝告诉了林小曼一个最浅显的道理："小曼，我之所以不能，是因为倘若我进入了秦氏，秦风就是我的衣食父母。人活于世什么最重要，自然是生存。我们再笃深的感情，也抵不过人生存的欲望。所以我成为秦氏集团的员工，拿秦氏的优厚薪金，就不可能为了你得罪秦风。而我现在有不错的收入，能过比较好的生活，我不想为了过得更奢华点，而让我们多年的友情承受不必要的考验。你说我们俩是从小就非常投契，但倘若我大四那年不是你把比赛的奖金借给我，让我得以去德国交流半年，才有了后来难得的就业机会，得到比很多硕士博士甚至海归都好的就业机会，我们的感情也会很好，却未必好过现在。何为遇事见真情？当初你倾囊相助与我就是真情，如今我为你拒绝秦风失去更好的机会也是真情。但话说回来，如果我现在不是这样的生活水准，一定不会放弃这个机会，在生存面前，任何的情意都是虚幻中的感念了。"

　　周贝贝说得很明白了，林小曼也终于清楚了她的想法，一时不知道是感动周贝贝对自己的情谊，还是无奈于世事的苍凉，很是伤感。她端坐于琴前轻抚琴弦，一曲《凤求凰》。

　　周贝贝望着专心抚琴的林小曼，莫名的有一种担心。一个女人沾染一点超脱凡尘的气息会令她越发动人，但如果到了不食人间烟火的地步，一旦陷入现实的泥潭，连挣扎的本能都难以拥有。

　　周贝贝按住林小曼的手，琴弦划了一下，发出闷闷的声音，全然没有了古琴应有的幽渺。她俩的心都惊悸了一下，还是周贝贝先恢复了正常说："小曼，别活在自怨自怜自哀里了。这些天，我都想跟你好好谈谈，你该是美丽多情才华横溢的卓文君，怎么可以任由自己沦为深闺怨妇呢？"

　　"那我能怎么样？"林小曼抬起头，眼里已是一片泪海。

　　周贝贝坚决地说："走出你的深闺，走出你的古董房，走出来不是出轨是脱轨。脱离你现有的生活轨迹，脱离你十年未曾改变的生活轨迹，既然你已经感受到了它给你带来的难以承载的窒息。"

林小曼含泪而笑，无奈地笑，说："贝贝，我能做什么？我从来没有工作过，现在你让我走出去，我能做什么？"

"嗨，"周贝贝为林小曼的越来越难以沟通而叹息说："你出去不跟我们似的，为了挣钱为了养活自己，你不过是为了让自己的生活充实些丰富些，不让自己整日沉浸在这些小情小调的伤悲中，更不能让这些伤悲逐渐演变成为伤痛，慢慢地毁灭你。你走出去还可以多结识点朋友，开拓你的视野。你整日跟一个算得上是底层的女人交流相处，目光会越来越短浅的。"

林小曼冲她做了一个堵嘴巴的动作，嗔怪道："别这样说张琴，她是我们的发小同窗，何况她有很多想法未必是你我能想得到的，因为我们没有过她那样的生活经历，你再怎么驰骋在你的领域，也没有她承受得多。承受得多，明白的就多，身份境遇的高低怎么能决定一个人的高贵或低贱呢？"

周贝贝靠在门边，随手关上了古董房包裹了红木有超好隔音效果的门，说："小曼，这样的话也只有你这样的人才说得出来，几近白痴但白痴得令人感动，这也是你的与众不同，在你身上就没有有钱人的张狂傲慢，别小看这一点，这几乎是有钱人绝种了的品性。"

林小曼嘟囔着："什么有钱人没钱人，我只想跟大多数普通女人一样，老公孩子热炕头。倘若能那样，就是穷困点儿也心甘情愿。"

周贝贝撇撇嘴说："快算了吧，别说那样的生活，就是我这样的生活，你也受不了。不信咱俩换换，你看我也算是年薪二十万的白领，可你知道我每天加班，累得跟头驴一样多难受吗？就说这些天，我实在是顾不上你。公司南北合并，不知道哪方能占上风，倘若南方的公司成为最终领导层，那我跟我老总就不会有好日子过，我们就只能选择滚蛋，重新找工作。"

"那怎么办？"林小曼没想到周贝贝遇到这么大的麻烦，很是着急地说："万一你们北方公司处于下风，你老总肯定没问题，一定到处都抢他，可你怎么办呀？他能带你一起走吗？"

周贝贝嘴巴抿起，少有的沉静柔媚地微微一笑说："放心，我跟了我老总十年，会共进退的。他有好去处也不会不管我，更何况我们的业绩终于好过

南方公司，最终很可能是我们老总当一把手，那我也会升职加薪的。"

"可要是不能呢？"林小曼没有周贝贝那样的心理素质，她知道周贝贝从学校出来，工作上一直很顺利，怕眼下可能的挫折让她难以适从。于是她握住周贝贝的手腕说："既然这样你还犹豫什么？干脆来秦氏，年薪四十万，不仅能体现你的价值，还能解决目前的危机。何乐而不为？"

周贝贝的头晃得跟拨浪鼓似的说："首先我坚决不成为张琴的高级版本，靠你们秦家生活。其次我一定会跟我老总共进退，不会自己先寻觅了好的去处。嘻嘻，你最了解我，从小我的小名就叫仗义。"

周贝贝停止了拨浪鼓的摇晃，高高地扬起下巴，一副桀骜不驯的样子。

手机短信的提示音响起，自然是周贝贝的手机，林小曼是没有可以发信息的人的。

周贝贝迅速看了一眼屏幕，又迅速回复。

之后，她揽住林小曼的肩膀说："心情好点了吗？我老总找我，我得赶紧去。你不要胡思乱想，秦风总的来说就不错了。当然，我理解你的苦衷，所以，所以，呵呵，我支持你找个喜欢的人，哪怕仅仅是做个知己，但那个人一定不是仙人魏一然。"

周贝贝一边说一边风风火火地往外走，到了大门口她停了下来，低声叮嘱林小曼："听我的别太过相信张琴，我就是感觉她不对劲。"周贝贝用手指敲敲自己的脑袋，微微皱了皱眉头说："不知道为什么，她总是让我想到一句话，可怜之人必有可恨之处。"

林小曼边捂住周贝贝的嘴巴，边往外推她说："快忙你的去吧，那么冷漠的话说给你的客户吧，少用在张琴身上。"

周贝贝不以为然地说："客户可不能说那话，客户得不动声色地说尽好话，因为他们是上帝。"

4. 就是那一揽

周贝贝走了，偌大的房子顿时冷清了。

虎虎在睡觉，胖胖的脸蛋红晕晕的，完全是属于孩童世界的安逸。

林小曼捧了本张爱玲的《半生缘》，慵懒地倒在卧室落地窗前的摇椅上，心情随着曼贞的命运跌宕。

张琴呢？张琴站在她跟虎虎的房间的窗前。只是她拉上了湖蓝色印有卡通熊的窗帘，窗帘的遮蔽性很强，把外面明媚的初秋光线牢牢地挡住了。却无法挡住张琴脸上的怨怒，眼中的泪光和无奈。

刚刚古董房的门没有关严，她本来是想给林小曼和周贝贝送些茶食的，却无意中听到周贝贝针对她的那些话。张琴恨不得把放了绿茶和茶食的盘子整个扣在周贝贝的头上，让她白净的脸庞被滚热的茶水烫掉一层皮，再也不能找到体面高薪的工作，跟她一样只能在发小家里做管家当保姆。让她尝试下穷途末路，只能寄人篱下的滋味。看她还怎么心高气傲，还怎么轻视她无视她的尊严。

张琴这么一站就是一个多小时，她还从来没有这样偷懒过。尽管林小曼和秦风从来不要求她，但她知道自己的身份，她从不偷懒不把自己当做林小曼的同学朋友。她的眼泪顺着胖胖的脸颊更加肆虐地流下。怕吵醒虎虎她只能用厚厚的手掌捂住自己的嘴巴。

"妈妈，妈妈。"虎虎在梦中叫着妈妈。这样的呼唤让张琴一阵恍惚，她想到女儿可心。是呀，为了可心她甚至可以去做娼妓，眼下的苦痛郁闷又算得了什么？

张琴笑了，含泪而笑，可心给了她力量。想想林小曼，她除了有一张漂亮的脸蛋还有什么？张琴的嘴角流露出一丝不易察觉的不屑。周贝贝说得没错，她张琴是在社会上混过的，她深谙人情世故，脑瓜更是灵光，否则秦风怎么会那么喜欢跟她聊天呢？张琴自信自己比林小曼有头脑，甚至有深度。什么单纯

不单纯，现在的男人更喜欢有经历有思想的女人，更何况林小曼即使单纯，也难保永远纯净，对魏一然的近乎花痴般愚蠢的迷恋还不能说明什么吗？

张琴的不屑从嘴角游移到了眼角，三角形的小眼睛还挂着泪痕，眼角一扬，已经风干的痕迹被撕裂开，好像眼皮上被小刀轻轻刮了些道子，不仅难看还特别恐惧。张琴喃喃着："可心，妈妈一切都为了你，所有失去的尊严和承受的困苦都靠你未来成凤立枝头得以补偿了，可心，一定不要让妈妈失望呀。"

的确，张琴的女儿可心聪明伶俐，学习成绩很好，并且多才多艺，小小年纪也跟着林小曼学习抚琴，天赋很高。特别是可心天生一张洋娃娃一样的脸蛋，是那种人见人疼的模样。即使对张琴十分不信任的周贝贝也甚是喜欢，常常说："这丫头长大了，还不迷死男人，那可就没有咱们混得份儿了。"

可心是张琴的骄傲和希望，也是她为之可以付出一切的，她想只要可心顺利地完成大学学业，之后像林小曼这样嫁一个有钱人该不是天方夜谭。到那时候，她的后半生才真的像人一样的生活。所以，为了可心她什么都能忍，什么都能做。

想到这里，张琴跑到洗手间，洗了洗脸，还擦了点林小曼给她的高级润肤品。脸上又恢复了憨厚质朴的笑容。

张琴敲了敲林小曼卧房的门问："小曼，秦风说晚上回来吃饭，咱们做炸酱面好吗？"

林小曼打开房门气呼呼地说："他回来吃，就做他爱吃的？做西餐，他不喜欢吃什么就做什么。"

张琴的小眼睛又眯了起来，她挎住林小曼的胳膊安抚劝慰道："你呀，每次跟周贝贝聊完火气就见大。她是时尚女人，跟你不一样，你是贤妻良母。再说："秦风回来吃晚饭，我们准备他最爱吃的炸酱面，你再打扮得美若天仙，说不定……"张琴意味深长地盯着林小曼。她是有分寸的，不是林小曼主动跟她提及那最为痛楚难堪的事情，她是不会掀开那块遮羞布的。

林小曼倒是无所谓，她不介意跟她表达真实，更是不会避讳她的。柔美的林小曼烦躁的时候会习惯性地摸自己的鼻子。此时，林小曼又在摸自己的鼻子，忿忿然写满娇美的脸蛋，"哼，"她的鼻子里发出这样不耻的声音说："你以为我好吃好喝好伺候，就能换来他的恩宠吗？我哪天不是这样好吃好喝好伺候？从上次我去找魏一然，他无奈宠幸了我一次，到现在整整三个月了。你最清楚，他整日笑容可掬，却没给我一点点该有的温存。你说："我还能怎样？"

"忍耐、坚持。"张琴突然蹦出这两个词儿，连她自己都着实吓了一跳。这难道是她的心声吗？幸好，林小曼并没有多想，她只是沉浸在自己的忿满中。

林小曼嘴上说得狠狠的，仍然光鲜靓丽的迎候秦风。她把顺滑的长发梳了个利落的马尾，一身海蓝色棉布家居服衬得她更加白皙光洁。海蓝色的绣花布拖鞋，右脚踝是一条意大利工艺的三色金的精致脚链，不奢华，不性感，却透着一种清淡的雅致。

秦风的笑容是毫不吝惜的。从他进门到围坐在餐桌前大嚼炸酱面，他的脸上一直布满了笑，对虎虎爱昵无限的笑，对林小曼温和却有些客气的笑，对张琴轻松开心的笑，还不停地叨念着北方炸酱面的历史以及哪里的面馆最好吃。只是在提起林小曼请他吃炸酱面的往事时，才对林小曼展露出肆无忌惮的快乐，甚至还揽了揽林小曼的肩膀。

就是那一揽，让林小曼的整颗心强烈的跃动了一下，身体有些僵。

就是那一揽，才让林小曼就要迸发的怒火一下子熄灭了。

是，她差点在饭桌上就被秦风对她惯有的温和激怒了。好在有这一揽，揽在她肩头，也抚慰了她的心。

原来他还记得她当初请他吃炸酱面的情形。

林小曼的脸颊泛起了红晕，她在心中暗暗祈祷，不要再让我失望，只要今天你能像一个丈夫一样给我该有的柔情，我不会介意长久以来你让我承受的孤独和苦闷，因为你是我的丈夫，我唯一的男人。

林小曼的内心独白并没有成为言语的表达，她只是用眼神向秦风传达着信息。

晚饭后秦风很有兴致，一直在一楼的客厅陪虎虎游戏。时而趴在地上，当虎虎胯下的大马；时而躲在沙发后面，跟虎虎玩起了捉迷藏；时而鼓起腮帮，做起了鬼脸，逗得虎虎咯咯笑。

林小曼和张琴都被这样的天伦感染，一悲一喜是她们俩的真实写照。

张琴是悲伤的，她想到自己死去的丈夫。如果还活着，不管穷富她会拥

有一个完整的家，她的可心也会得到更多的来自父亲的疼爱。但是现实是多么残酷，她不仅成为死了丈夫的可怜女人，还要整日感受着别人的快乐幸福的生活。

张琴的心在她胖胖的身体里膨胀，胀得她很疼，疼得要流泪了。

她果真流泪了，但她说是被秦风父子逗得笑出了眼泪。

没有人怀疑她的话，张琴，那么朴实的张琴怎么可能说假话？

林小曼是喜悦的，她看到了秦风对孩子的爱，也就是看到了他对家的爱，爱家爱孩子又是那么宠爱她，还有什么不满意的吗？

林小曼不由自主地靠近秦风，偎依在他身边，小脸扬起，下巴顶在秦风的肩头，没有穿内衣的饱满柔软的双乳紧贴在秦风的胳膊外侧。林小曼的双臂自然而然地环住秦风健硕的身体，秦风实在是太壮了，林小曼要用了力才能在另一侧双手汇合。

这样一来，她的双乳便被狠狠地挤了一下。

那是绝对令男人馋涎的美乳。

女人永远都清楚自己的优势，林小曼作为女人，她自身的优势实在是很多，单纯上天的赋予就令其他女人只有惊羡的份儿了。

林小曼又用了点力，隔了两层软软的棉质布衣，那种肌肤之亲多了一份隐藏感，悄悄的无声无息的轻佻挑逗，足以让她自己涨红了脸。

林小曼脸羞红，明亮清澈的大眼睛先忽闪了一下，而后长长的睫毛垂了下去。躁热！林小曼的身体焦灼到躁热。

张琴知趣地带虎虎回房间去了。林小曼就那么静静地贴着秦风，嘴角和眼角都呈现出满足的喜悦。

女人对性爱的需要，不一定非得云山雾雨，有时候纯粹的抚慰更能温暖心扉。

好，很好。秦风没有找借口脱离她，尽管他有些木然，但当林小曼把整个身体卧在他怀里的时候，他还是用双臂托住了她。尽管他托住她的时候，不像是对待一个女人，更像是对待一个孩子，眼里没有柔情，但充满慈爱。不过都没有关系，总之她在他怀里。

林小曼开始在他的怀中扭动身躯，双手勾住他的脖子，湿滑的唇凑近他厚实的嘴巴。

秦风淡淡地笑着移开了，拍拍她的后背说："看会儿电视吧，虎虎说不定会随时窜出来的。"

"不。"林小曼把脸埋在他胸膛，扭摆着，撒着娇说："她们不会出来的，虎虎不懂事，你当张琴什么都不懂得吗？她也是女人呀。"

说着，她的舌头便放进他的嘴巴里，去缠绕他的舌。

他竟然本能的把她的舌头顶了出来。好像纠缠他的不是林小曼的舌头，而是沾满了毒素的海螺肉，有多好吃就有多毒。

林小曼已经睁开了眼睛，她盯着他，粉白的脸色渐渐苍白。

秦风勉强笑笑说："家里还有两口人呀，在客厅万一被他们看见，多不好意思呀。"

"好。"林小曼挣扎起来，一把拉住秦风的手腕满脸挑衅地说："我们回房间。"说着她使劲拉他，可她怎么拉得动？

秦风真是左右为难，不跟妻子回房间，显然是不近人情的；跟她回房间，他真的不想也很难进行那样的男女欢爱。一次次看似漫不经心地拒绝林小曼，其实他都是绞尽脑汁的。还好，还好。一位不速之客帮他解了围。

5. 不受欢迎的来客

一个女人的到来，一个秦风不愿意看见的女人的到来，让他暂时摆脱了尴尬境地。

这是一个皮肤和身材都保养得非常好的女人，甚至连声音都像年轻女孩般甜美。不过她的的确确已经是六十几岁的人了。这个女人穿了一件紫蓝色棉质略带弹力的改良旗袍。除了腰身的收起，其他地方都进行了微妙的改动，整件旗袍上没有老式的疙瘩扣，只是在后身有一条暗含的拉链，从臀部直通到领口，约有一寸的立领服帖地包住她的脖颈，很难看到她脖子上最能显明年龄的

纹痕。长长的开衩下摆，依稀是穿了丝袜修长的腿。脸上倒是素净，淡淡的口红，淡化的娥眉，没有一点粉底却仍旧白皙的皮肤，但只要略懂美容就能看出很多处都是动过刀的。风韵的确犹存，也能想象出她当初是多么的风华绝代，气质不凡，但现在的美少了一份真实。

这个女人不是别人，正是秦风的母亲，也是秦氏集团在秦风正式接手前真正的当家人。想当初闻名商界迷倒众生的美丽女人卓雯菲。

卓雯菲的到来，使整个房间的空气有些凝固。而秦风脸上的表情比空气还要僵。

一向习惯性带着憨厚笑容的秦风，面对自己的生身母亲却难展笑颜，甚至眼神中还有一丝轻蔑。

他仅仅冲着她点了下头，就靠在沙发背上，左手托了下颌，眼睛盯着电视机。

卓雯菲对于秦风的态度早已习惯，并不觉得尴尬。她端坐在秦风侧面一个单人沙发里，微笑着接过林小曼递给她的咖啡轻声说：“谢谢你呀，小曼。”

倒是林小曼有些不知所措，木讷地笑笑不知说什么好，因为林小曼清楚卓雯菲此行的目的。她有点进退两难，搞不清楚是回房间，把这里留给他们母子好，还是一边作陪静观动态。

没等她思索完，卓雯菲就指了指另一个单人沙发说：“小曼，坐呀。我们好久没见了，你可好？又添置了什么新家什了吗？古琴学得怎样了？”

林小曼只好坐下并一一作答：“妈，我还好呀，谢谢您关心，添了几件小玩意，不值钱但很别致。”

古琴？提到古琴林小曼忽然想起，当初婆婆是极其反对她跟魏一然学习古琴的。于是她迟疑了一下轻声说：“有三个月没去学了，只是自己偶尔在家练练。”

“好呀，”卓雯菲浅笑点头，既而又不无遗憾地说：“今天还想听到你的琴声呢，可惜你们没有来。”她是对林小曼说：“目光则落在秦风身上。对，实际上她是在找儿子要一个不参加她六十六岁生日会的理由。

林小曼也望着丈夫，用眼神告诉他不要对自己的母亲太冷漠了。

秦风在沙发里舒展了下身子，并不看卓雯菲说：“是我不让她们娘俩去的。”

卓雯菲端着咖啡杯的手微微抖了抖，但她还是尽量让自己平静，说："秦风呀，妈妈六十六岁的生日呀，我只有你一个独子，只有虎虎一个孙子，小曼还知道提前给我送去礼物，你怎么能不让我的儿媳和孙子去看看我呢？"

　　"哈。"秦风冷笑，"你需要我们吗？你那么多老朋友，都是达官贵人，需要我们吗？就像当初你需要我父亲吗？你不需要，所以我们不去给你添乱。"

　　卓雯菲苦苦一笑喃喃道："风儿，我怎么不需要你们呢？我当初怎么不需要你父亲呢？今天妈妈没请一个朋友，一直在家中等着我唯一的亲人，你们一家三口呀。妈妈老了，妈妈越来越需要你们了。"

　　秦风烦躁地摆摆手说："你有李局长、赵总裁、何处长，甚至汪副市长，他们不是也都退的退，离休的离休了吗？你每天找一个陪你就不寂寞了，我们还是别打扰你了。"

　　林小曼实在听不下去了，借着递给秦风一杯茶的机会低声说："别这样，那毕竟是你妈妈。"

　　秦风接过茶，眼皮又耷拉下去，不看谁也不想再说话。

　　偌大的客厅异常地安静，三个人的心跳声清晰可辨。秦风的心跳有点快，显然他有些激动；卓雯菲的心跳则有些杂乱，忐忑而无奈；林小曼的心跳弱得很，的确，她被这母子弄得有些压抑。

　　林小曼嫁进秦家十年，跟卓雯菲的接触却少得可怜。

　　因为秦风自从父亲去世后，几乎不跟母亲来往。

　　更奇怪的是这婆媳俩第一次见面竟然是在秦风和林小曼的婚礼上。而之前秦风经常带着她跟父亲秦旺奇吃饭喝茶，却几乎不提及母亲。

　　起初林小曼想很可能是卓雯菲反对她这样的灰姑娘嫁入豪门，所以不愿意见她，后来才知道是秦风跟自己的母亲之间问题严重，他不想甚至觉得母亲没有必要见他的未婚妻，没有必要参与他的生活。

　　秦风的父亲秦旺奇是一个非常儒雅而充满慈爱的人，一点看不出是一位大集团的创始人。秦风告诉林小曼父亲是绝对的儒商，当年也是靠专利起家，秦氏转投房地产后才真正发展起来，但那时候便都是母亲卓雯菲在打理了。父亲挂着董事长的名衔，实则是完全退休的状态，整日侍花弄草，心无庞杂。

　　想到公公小曼有些伤感，因为在他们结婚后不久，那样一个可亲的老人，

竟然吃下整整一百片安眠药，就那么长眠不醒了。也就是从父亲去世后，秦风彻底接手了秦氏集团，也几乎跟卓雯菲断绝了来往。

林小曼不明白，秦风这么温和的人为什么那么厌恶自己的母亲。在林小曼眼里，卓雯菲是一个她这样的年轻女人也不禁会多看几眼的女性，大约是舞蹈演员出身的缘故，她有一种优雅而天然的风情。

十年前，在林小曼的婚礼上，她第一次见到她，简直惊呆了，而她身边的伴娘周贝贝更是目瞪口呆。跟她们差不多的高挑身材，整齐地盘在脑后的发髻，乌黑浓密。

那时候，卓雯菲也已经五十六岁，但看上去也就四十多岁的样子。特别是她的笑容，真正的透着贵气又不乏亲切和柔媚。

而这样的一个贵妇人，对林小曼家的穷亲戚没有一丝怠慢，是那么平易近人又周到礼貌。这让林小曼对这个初次见面的婆婆心存感激。

但秦风却不领情，他几乎视母亲于不见，偶尔的几次跟母亲的交流也是冷冰冰的。林小曼依稀记得秦风对于前来跟他协商事宜的母亲很无礼很冷漠地说："你那些达官贵人自己招呼吧，他们跟我无关。"说完整整西装，拉了林小曼的手就去给亲戚敬酒了。

林小曼一边跟着他走，一边回头望着婆婆，婆婆脸上的无奈定格在她的心里。那么一个女人却对自己的儿子无能为力，他们之间究竟有怎样的矛盾以致如此呢？

让她更为惊讶的是，卓雯菲仅仅难过了片刻，就再次焕发风姿卓越的神采，一脸从容的笑容，径自走进贵宾室自如地周旋去了。似乎她早已经习惯了儿子对她的冷漠。

那间贵宾室里可谓高朋满座，都是市里商界的顶级人物，而卓雯菲身在其中绝对没有一丝逊色。

满座的男人，她是唯一的女人也是主人，她令那些身居高位身价过亿的男人们钦佩并欣赏，却没有丝毫的轻薄，仿佛她是高高在上的女神，她的笑容已然是对人们最好的回报。

在林小曼的心中，对这样的婆婆是有些好奇的。而周贝贝悄悄把她拉到一边低声说："刚才在那边有几个人在议论你婆婆呢。"

"说什么？"林小曼也压低了声音，不知道为什么，她感觉秦风对婆婆的态度跟那些人的议论是有着紧密联系的。

"哎呀，"周贝贝双手捂住微红的脸蛋说："好难听的话呀，说你婆婆为了发展秦氏集团给你公公戴了无数顶绿帽子呢，说那一屋子的贵宾全是你婆婆的……哎呀呀，我说不出口呢，哎呀，就是说那些男人全跟你婆婆……"那时候的周贝贝才是刚刚大学毕业的女孩子，有些话说不出口，于是她把两个大拇指合拢在一起，死盯着林小曼说："明白了吗？那些人全部跟你婆婆那样过呢。"

"贝贝，"林小曼把食指贴在嘴巴上，示意她不要再说了，"不管听到什么，千万别多问，更别跟着议论呀。"

周贝贝使劲点点头，长而大的眼睛眨了眨，又白了她一眼说："我有那么多事吗？嘻嘻，就是一听那些话多少有些好奇，这样的一个女人一定有很多故事。"

林小曼摇摇头说："我是什么都不清楚的，你知道秦风从没带我见过他母亲，甚至没有提起过，要不是公公偶尔会说起，我还以为秦风的母亲已经不在了呢。不过……"林小曼顿了一下，四下看看，确定没有人在听，才继续说："今天我看到秦风对他妈妈的态度实在是过分，他那么好脾气的一个人怎么独独对自己的母亲无礼不敬呢？你知道他有多孝顺他父亲吗？所以里面一定有事情。"

周贝贝偷笑："呵呵，我对这位秦夫人很感兴趣。"她一边说一边踮起脚尖，侧了头寻找卓雯菲的身影。

林小曼还想说些什么，秦风已经来到他们面前。她们俩毕竟年轻，神色都有些紧张。秦风自然看出端倪温和地问："你们怎么了？"

两个人互相对视一眼，都抿紧了唇不言语。

秦风难掩尴尬地笑了，他已然明白她们窃窃私语的原因，这样大的婚礼上，宾客众多，他的母亲必定会是大家闲谈的话题，至于谈话的内容，秦风不听也知，因为那已经不是秘密。他认真地对林小曼说："记住，从今以后你只需要跟我一起孝顺我的父亲，至于别人你可以当做跟你没有丝毫关系的人。"

这话再明确不过了，等于告诉林小曼，卓雯菲是跟他们没有关系的人。

6. 除非我的父亲能够生还

但秦风彻底不与母亲往来，是在父亲自杀之后。

林小曼隐约听到秦风跟卓雯菲的争吵，好像公公秦旺奇留下了一封遗书，但卓雯菲不管秦风怎么暴跳如雷，就是一语不发，决然不把那封遗书拿给他。

林小曼看到了秦风眼睛里的怒火，那是可以把自己和对方都烧伤的火焰。而他要烧伤甚至烧死的不是别人，正是自己的母亲。

卓雯菲白皙的脸越发苍白，透着一种无泪的哀伤，不，不是哀伤是悲壮。

她承受的不仅仅是丧夫之痛，还有很多很多，但她不能说出来，一说出来就有更多的人要一起承受了。

她望着秦风，她唯一的儿子。

她已经失去了丈夫，这是她唯一的亲人。

她细长如柴的手伸向儿子。

而秦风毫不犹豫厌恶地避开，狠狠地说："从今以后，你可以彻底逍遥了，过你名流贵妇的风流生活，但我跟我的家人和你不再有任何关联。"

秦风是那样说的，也是那样做的。转眼十年，除了卓雯菲偶尔贸然来访，秦风从没有去看过自己的母亲，好像他从来就没有过母亲。就像虎虎问他："爸爸，你是怎么来的？是不是跟虎虎一样，也是从妈妈的肚子里出来的。"他竟然不顾及虎虎的年幼无知，竟然不怕虎虎会依葫芦画瓢，非常认真地对虎虎说："爸爸没有妈妈。"

天真的虎虎却直摇头说："不对，妈妈说奶奶是她的婆婆，是爸爸的妈妈，爸爸是从奶奶的肚子里出来的。"

每每此时秦风会收敛了温和憨厚的笑容，对林小曼严肃地说："小曼，少带虎虎去她那里，她来就让张琴带虎虎回房。"

林小曼不赞同秦风对卓雯菲的态度，但也没有必要太过坚持，毕竟她与婆婆之间只是彼此感觉都很好的婆媳。卓雯菲不是林小曼的妈，她没有必要为了婆婆跟秦风起争执。所以婆婆的六十六岁大寿，她事先送去了礼物，却没有违背秦风的意思，没有去参加卓雯菲的生日派对。

卓雯菲老了，六十六岁的卓雯菲真的老了，她已经没有了当年的承受能力，她强忍了眼泪黯然神伤地说："风儿，妈妈今天没有邀请你说的那些人，妈妈跟那些人的确是很好的朋友，但妈妈只希望跟自己的儿子、儿媳、孙子共享天伦。"

"哈，"秦风冷笑说："别想了，除非我的父亲能够生还。"

之后，他便一言不发了。

卓雯菲站在客厅中央，如一株刚刚入秋便已萧条枯萎的蝴蝶兰，美丽的花瓣垂下去，没有了盛开时的高洁芬芳。那是怎样的一种境地，让人无法不心生痛惜。

林小曼情不自禁地扶住婆婆轻声说："妈，对不起呀，没能带虎虎给您去祝寿。"

卓雯菲苦笑，反手握住林小曼的手，眼中有些复杂难以说清楚的东西，有怜惜，有不忍，也有歉疚。

这种眼神让林小曼不知所措。

"哎，"卓雯菲叹了口气说："你是个好女孩呀，婆婆对不起你。"

卓雯菲再度哽咽，转身冲了出去。

林小曼追到门口，望着婆婆原本婀娜，现今却已有些苍凉的背影，不知为何她同样感受到了悲哀。她气呼呼奔到秦风面前，挡住他凝望电视屏幕的双眼说："那是你亲生母亲，你不觉得过分吗？"

秦风抬起头望着她，竟然笑了，破天荒地拉了她的手，揽她在身边坐下，夫妻二人难得亲密无间地坐在沙发上。

秦风仍旧注视着电视屏幕，而林小曼刚才的愤慨变成了心跳加快的紧张，瞬间她变成了一只安静的小兔子静等着爱抚。

林小曼凝神屏息偎在秦风身边。

7. 最悲哀的女人莫过于柳下惠怀里的那位

但半个小时过去了，秦风就这样揽着她，却没有继续深入的征兆。

林小曼略带羞怯的紧张渐渐变成彷徨不觉地无助。她让自己稍微再耐心些说："我们回房吧。"

说完不等秦风回答，便拉了他往楼上卧房走。她不知哪来的力气，只把高高大大的秦风拉得踉踉跄跄。

"你去洗澡吧。"进了卧房关上房门，林小曼不容置疑地说："也不看他，只把一件灰色暗格的开怀睡衣甩给他。"

秦风知道这句话后面的潜台词，但好比华山险路只一条，他是别无选择了。

洗完澡秦风躺在床上，忙打开卧室的电视机，已经是深夜了，电视里几乎每个台都是他最讨厌的韩剧，但此时他也能看得津津有味。

等林小曼洗完澡出来，一股清雅的香气便溢满房间。

林小曼长发披散，发梢有些许凌乱，白色的丝质长睡袍在边封处有七色丝线绣的朵朵小梅花，高耸的胸部使粉嫩的乳头犹如两朵缀在胸前的小梅花，起伏间好似在微风中摇曳。娇美绝伦！

的确，娇美绝伦这个词用在林小曼身上，尤其是此时略带水气的林小曼身上绝对不过分。

但秦风的眼睛死死盯着电视屏幕，甚至没有一丝余光恍惚在林小曼身上。

林小曼的心底又是一阵烦躁，秦风的状态跟她每次投怀送抱前的征兆是一样的。

但这一次，林小曼想得很清楚，正如周贝贝说的，为什么女人就得是被动者？为什么男人有需要的时候可以憨皮赖脸，甚至可以霸王硬上弓？女人就只能暗示，只能含羞带怯呢？

当然，人家秦风可从没跟她憨皮赖脸，更没有霸王硬上弓。

人家秦风堪比当代柳下惠，而这个世界上最悲哀的女人莫过于柳下惠怀里的那位了，无疑现代柳下惠秦风怀里的那位最悲哀的女人非林小曼莫属。

这样一想，林小曼又多了一份委屈和气恼。这种情绪注入她的身体，致使她自己都无法理解自己的行为，她究竟是需要发泄欲望，还是需要发泄怨尤？总之，她疯狂并任性。

林小曼直直地站在床边，下巴向下沉，眉头微蹙，脸上有点怒怨怨的。她发狠般地用双手从两侧拽下轻飘飘地搭在香肩上松紧口的睡袍，丝质的睡袍倏地落地。

轻轻的摩擦声还是刺激了秦风，他微微侧了下身，看见妻子碧玉无瑕的身子，微嗔的脸，勉强挤出一丝笑，便又迅速把视线转移到电视屏幕上。

这一笑一转，彻底激怒了林小曼。

她没给秦风丝毫喘息的机会，措不及防地就扑到他身上。

秦风魁梧壮实的身体被林小曼纤修的身体压下，仍旧感觉到了呼吸的困难，他本能地想推开她，却又不敢太过粗鲁。

而他想推开她的意识已经让她感受到了。

林小曼的嘴巴撅了起来，双眉拧在一起，不仅是委屈简直是一种侮辱。

不知道哪来的一股劲儿，雅致精妙如蝴蝶兰的林小曼在秦风的身上扭动着，一副不管不顾的劲儿，直到更加稳当地趴在他身体的正中间，方才停了下来。

她沉着脸，用来抚琴的修长手指利落地解开秦风的衣服扣，瞬间便与他肌肤相触。

她的身体柔软而温润，他的身体僵硬而冰冷。她的双手按在他的胸部，上半身欠起，傲然的双乳直冲着他的视线。她也骄傲地扬起下巴。

"别闹了，我今天很累了。"秦风的声音是温和的，但语气是坚决的。

并在这样决然的话语后，双臂环住林小曼，一倒身就把她放在了床上。把林小曼变成了一只攀附在墙壁上的壁虎，要不坠落要不仍旧孤独地攀附的壁虎。

林小曼彻底失去了理智，或者说是彻底释放出了积压在心中已久的怨恨怒火。随手抄起一切可以利用的东西，变成痛打秦风的武器。

一边打一边说："你出去，你出去，我再不想见到你，你，你，你……"她想说你这个禽兽不如的家伙，却一时有些语无伦次，她想起了周贝贝讲过的那个有关"禽兽不如"的荤段子。

好像是说一个强盗去到尼姑庵抢劫，看到一俊秀的尼姑欲强行奸淫，关键时刻尼姑怒道："你这个禽兽。"强盗一想是呀，偷东西就偷东西吧，倘若连小尼姑都不放过是够禽兽的，于是提了裤子转身越窗而逃，小尼姑却冲着他的背影大喊："你禽兽不如。"

这个荤段子曾经让她笑得前仰后合，而此时此刻自己便成了那笑话中的主人公。不，她还不如那小尼姑呢，她还是放下身段，不顾廉耻主动献身呢。但人家不接受，不要，不稀罕。这是多么大的悲哀呀。

这就是林小曼向魏一然表白狠遭拒绝三个月后发生的事。

这一次林小曼彻彻底底死了心。

爱情本来就不存在她跟秦风之间，十年的婚姻不过是一种习惯，一种接近亲情的情意。如此，林小曼对秦风便越发厌恶。对，她对他有过敬意，有过依赖，有过不满，有过疑问，就是没有过爱情，所以如今产生厌恶是那么轻而易举。

没有别的办法，林小曼想逃，想快快的，远远地逃离这个牢笼。

第三篇

独立是女人美好生活的契机

　　似乎有大把的岁月可以挥霍，不知不觉中，女人就在自怜自哀或是自恋自赏中度过了最美好的时光。在婚姻中的女人更是会遇到一个瓶颈，不知道何去何从，甚至会不知所措迷失了方向。外人看起来还算不错的婚姻，其实暗藏了多少男人的心机和算计。女人想要寻得美好的生活，唯一的出路就是独立。

1. 离家出走

第二天，一个清清爽爽的初秋晴天。

天很蓝，透着洁净。

秦家灰褐色的独栋别墅在纯净的天空下散发出秋的明朗。别看秦家不是在近郊的别墅区，而是距离市中心最近的一个高档别墅区霞光别苑，但空气质量堪比郊区。首先是霞光别苑面积很大，里面的绿化完全是仿照欧洲小镇的格局和创意，苍葱绿色铺陈于一年四季。其次是住在这里的人不是上亿身价，也得有个几千万，有钱人最喜欢追求的就是生活情趣了，因为钱是能够让人自由拓展自己的生活情趣的，所以每家每户都在自家的院落大兴植树造林的园艺工程，一座座洋楼，一个个小林院儿，要多舒心有多舒心。如此，霞光别苑的上空只要天公作美，永远是湛蓝湛蓝的。

一大早，秦家并没有什么不同。

张琴弄好了早餐，中西皆有。

秦风喜欢吃中式早餐，餐餐必有豆浆。张琴便每天早上都给他用豆浆机现磨新鲜豆浆。自己磨的豆浆纯而浓，那般清香可口，让秦风赞不绝口。一大碗多种豆类合磨的热豆浆，放上一点点盐，配以油条大饼，是秦风百吃不厌的早餐。

林小曼则不同，说来奇怪，喜欢古董和古乐的她却更喜欢西式食品，大约是总跟第一代新新人类周贝贝一起吃喝的缘故吧，除了茶她也喜欢咖啡喜欢新鲜果汁。林小曼的早餐便是一杯热咖啡，一片抹了厚厚花生酱的全麦面包，外加一小碟的蔬菜沙律。

虎虎的早餐却是有讲究的，必须严格按照儿童应该摄取的各种维生素啦，蛋白质啦等成分合理搭配，总之，不是想吃什么就吃什么的。

幸好，张琴把他带大，早已经熟悉他的喜好，便会根据他的喜好和需要有效安排。

一顿早饭多少讲究。

这就是有钱人和穷人的区别，穷人只要吃饱，有钱人那是要吃好，吃出品味的。

但再有钱的人家，吃再有品位的早餐，如果一起吃饭的人各怀心事，心猿意马，那么也不及普通人家热乎乎的豆腐脑外加鸡蛋烧饼。

林小曼想起没出嫁前跟父母弟弟吃早餐的情景，白白软软的馒头，父亲抹上豆腐乳递给他们，母亲给每个人盛上葱花炝锅的白菜丝面汤。弟弟吃的呼呼的，她时不时帮弟弟擦下汗渍，姐弟俩笑着，父母也开心地笑，那是多温情的场面。这样想着小曼竟冷笑，使劲儿咬了口全麦面包，花生酱的香味在口中打转，可她体会到的还是苦涩。

早饭后，秦风吻别了儿子就去公司了。

林小曼却没有跟往日一样。

往日，她会在秦风离开后，在自己的院子里待上一个小时。因为秦家的房子在最后面，她家的院子便足足向外拓展出了三十平方米的地，加上原本的院落，这个院子足有六七十平方米。种满了各种树木，每天早上在院子里侍弄下花草，晒晒太阳，已经是她的一种习惯。

而今天则不同，今天她懒散地靠在沙发上，随意地指挥着电视遥控器。直到她确定秦风的车已经开走，她的脸上便呈现出怨恨和坚定。她喊道："张琴，给虎虎收拾东西，我们走。"

张琴听出她的声音不对劲儿，慌忙从虎虎的房间跑出来，虎虎也跟着她颠颠地出来了。她愣怔地望着林小曼问："要去逛街吗？"

"哼，"林小曼的喉咙里发出冷冷的一声，大大的眼睛眯着环视了一遍房子，说："不，是离开这里，永远地离开这里。"

张琴的眉头紧皱，两只胖胖的手不停地搓弄着，一双短而粗的腿却像是被凝固住了动弹不得。

她张张嘴巴想劝说："但还没等她开口，林小曼就一反常态地大吼一声："你别劝我，你要是劝我，我绝对不会原谅你，我恨这里，它埋葬了我的青春我的热情我的血肉之躯。你也是女人，你要懂得我。"

话音未落，林小曼已经眼泪横飞，那眼泪中更多的不是伤心难过而是屈辱。

是的，每次在她渴望温存而不果后，她都倍感屈辱，好像她是一个不堪的女人，全部奉上都无人问津。

是的，林小曼终于下定了决心，不再奢求与秦风改善，她要出走甚至要离婚，她要找寻自己新的生活。

林小曼的出走俨然如同娜拉的出走，同样充满了斗争意味。

只是林小曼能出走到哪里呢？

父母那里不能回，他们会比秦风还急于把她送回去。

婆婆那里？其实倒是一个好去处，但不管他们母子再怎样，毕竟人家是母子，婆婆能高兴孙子整日欢腾膝下，却不会愿意看到儿子儿媳反目成仇。

周贝贝，除了周贝贝，她无人可投奔。

一通电话打过去，正在跟老总汇报工作的周贝贝意识到了问题非同小可，忙向老总请假。

周贝贝的公司老总徐文翰也是认识林小曼的，一听她出了事立刻准了周贝贝的假，还关切地说："贝贝，你自己搞不定就找我。"

周贝贝莞尔一笑说："嗯，估计除了钱，也就不需要别的了。"

徐文翰边笑边点头说："好好，钱也没问题。"说着，竟然从自己的包中取出一大叠百元大钞，足足有三万。他从老板桌后绕过来，一句话没说就把钱塞到周贝贝手里。

周贝贝忙往后闪不肯接钱认真地说："你还不知道我？那不过是玩笑话，何必当真？这钱我不要。"

说到这，她又恢复了她的嘻哈灵精，侧了头斜睨着他继续说："主要是嫌少，你要是给我能买一套百平方米房子的钱，我就立马以百米冲刺的速度跑出去，找几个民工来帮我统统背走。"

徐文翰笑了，知道她是玩笑，但还是抓住她的手腕，把钱按在她的手里，真诚地说："我最知道你了，你不是贪图钱财的女孩子，否则……"他望着她，眼中充满爱惜。

周贝贝的脸有点泛红，她忙摆摆手说："别别，别这样煽情，老大，我最受不了这个，你这样会让我觉得自己像仙女，不，是圣女，其实，我跟个女流氓差不多，哈哈。"

徐文翰笑得直拍额头，一时间忘记了工作的压力，忘记了生活的烦恼。多年来就是这个嘻嘻哈哈，看似大大咧咧，实则粗中有细，聪明过人的周贝贝给他带来了太多的快乐。

他把右手搭在她肩上说："贝贝，别跟我分得太清，这钱也不是给你用的，林小曼这样跑到你那里，不知道会住多久，这些钱算是帮她应急。"

"应急？"周贝贝撇撇嘴巴说："算了吧，她可比你有钱。"

徐文翰忙点头说："是是，不过人家有钱是人家的事，毕竟现在要住在你家，总不能天天让人家花钱吧？这样吧，你先拿着，看看是不是用得上，实在用不上，你再给我，我不收利息的。"

周贝贝扬扬眉说："谁说要给你利息？想得美。堂堂的外企老总想放高利贷呀，我可不给你犯法的机会。"

两个人相视而笑，十分默契。

周贝贝急匆匆赶到她家附近的上岛咖啡厅，跑上二楼，远远地就看到在最里面临窗的位子里，懒散地靠着沙发背的林小曼，还有已经在地上爬的虎虎，张琴则蹲在虎虎身边。

周贝贝气喘吁吁地坐到林小曼对面，一杯柠檬水一饮而尽说："怎么？想学跟溥仪离婚的皇妃文绣？"

林小曼没有回答她，只是张大了嘴巴盯着她。

张琴也表情复杂地望着她。

周贝贝迷惑不解，看看林小曼又看看张琴问："怎么了？"

虎虎的小胖手伸了过来，放在周贝贝的腿上，大大圆圆的眼睛忽闪着，说："贝贝妈咪，你刚刚喝了我的口水呢。"

原来，淘气的虎虎待在这样的环境里很是烦闷，就拿那杯水撒气，一个劲往里面吐口水。

周贝贝翻了翻眼睛，咽了咽唾沫，狠了狠心，捏了捏虎虎的小胖脸蛋儿说："贝贝妈咪喝了你的口水，定会财运亨通，明天就涨薪水，给你买哈根达斯。"

虎虎的嘴巴咧开了，眼睛睁得更大了，扮着鬼脸说："可是那水里还有我的鼻涕。"

"啊？"周贝贝再也坚持不住了，只觉得胃里有些东西向上涌，不禁干呕了几下。

林小曼盯着虎虎生气地说："虎虎，你怎么能够撒谎骗贝贝妈咪？哪里有什么鼻涕？贝贝妈咪那么疼你，给你买好吃的好玩的，怎么能这样捉弄她？"

虎虎冲着她们吐吐舌头，一下子扑到张琴的身边，好像只有张琴是可以保护他，对他最好的。

林小曼站了起来，想继续教训虎虎，被周贝贝拦住了说："算了，你知道我平时没耐心哄孩子，跟孩子总是没大没小的，虎虎跟我要闹也正常，别跟孩子较真儿了，我们还是快回去安顿好，赶紧跟我说说你的打算。"

2. 风雨替花愁

风雨袭来，这个傍晚突然间风雨袭来。

初秋的风雨顷刻间把天地笼罩在潮湿阴暗中，让人很难从心理上一下子适应，不由得被这样急速的骤变刺激了内心，感受到了清冷的秋意。

周贝贝的家位于市区边儿上的一个新型小区。这几年，城市建设越来越发展，市中心的概念也越来越模糊，就像很多道理越来越模糊一样，人们在这样的模糊中凭着感觉随性地过着日子。市区边儿不再是穷人的地盘，相反很多有钱人越来越喜欢把家安在这里，好感受远离喧嚣的宁静。

周贝贝不算有钱人，但她就是眼光极其独到，在房地产还没有彻底火起来，房价还没有像乘坐了宇宙飞船那样直上云霄前，她果断地在这个稍微偏的地点买了套一百五十平方米的跃层。四年过去这里已经修建成优质小区，房价也翻了四倍。原本四十几万的房子已经涨到一百多万了。用周贝贝自己的话，那就是聪明人永远踩在点儿上。周贝贝最满意那个赠送的大露台了，她把它弄成了玻璃花房，十几盆仍旧茂盛的花木，叶子苍翠，花朵妖娆。很难想象周贝贝能把这些盆栽侍弄得如此好。锦簇中还有一个精巧的笼子，两只可爱的小白兔，乖巧伶俐。

对于一个三十出头的女孩子，靠自己的能力打拼出这样的生活，周贝贝当然可以骄傲。不过虎虎不买账，他嘟囔着："这里太小了，也没有玩具。"

周贝贝捏捏他胖乎乎的脸蛋说："是呀，两个这里也比不上你家，秦少，凑合点吧。"

虎虎挣脱了她，迅速勾住张琴的大腿，感到安全后便冲她使劲挤鼻子，吐舌头。

周贝贝摇头叹气，无能为力地调侃着自己说："看见了吗？在男性面前，我就这么没有魅力，连这样一个丁点儿小的男人都跟我势不两立，这辈子我不独身谁独身呀。"

张琴一边蹲下身，帮虎虎擦脸上的灰尘，一边抿着嘴巴憋着笑。但林小曼没有办法笑，她阴郁而悲壮。沉着脸，对张琴说："带虎虎去洗个澡，去客房睡觉吧。

张琴收敛了笑容点头应着，拉了虎虎的手下楼去。可虎虎有些恋恋不舍，他的眼睛在那两只小白兔身上打转儿，好像那上面有超强力的吸铁石。

那两只小白兔悠闲地伏在底板上，聆听雨水打在玻璃顶上发出清脆的"啪嗒啪嗒"声，沉浸在自然界的润泽中，丝毫没有意识到危险即将来临。

自然周贝贝和林小曼更没有意识到这一点。人的问题还没有解决，被周贝贝称为一双儿女的兔子的问题怎么可能被重视？

两个人把白色的圆桌子挪到一边，四把椅子，刚刚好坐一把，另一把用来搭脚，四把椅子变成了两把简易躺椅。林小曼的心也像这简易的躺椅一样，

因为只能半坐半躺，没有办法舒展。

又是一阵急促的雨打屋顶的声音，凌乱得如同理不清的愁绪。

玻璃花房的顶部，四周缀着玲珑彩灯，反照着外面的暗，有种琉璃散落的不羁，与雨声融合便演化为一首流行小调，尾音带着空灵的质感。仿佛雨滴穿过了玻璃，落在了花瓣花叶上，颤一颤好像随时都会有遍地残红的可能。

林小曼拧着眉头，非常烦闷但没有眼泪。忽而又冷冷一笑，凝望幻化中散落的花朵，吟诵出赵秉文的词："风雨罢，花也应休。劝君莫惜花前醉，今年花谢，明年花谢，白了人头。"

周贝贝听了，不仅没激发出同感，反倒有点摸不着头绪，她挺挺身说："别笑话我呀，你知道我这些年英语说得太多了，母语水平实在太差了，尤其是古语，你说的我竟然没听懂，要不你再说一遍，说慢点。"

林小曼斜睨她一眼懒懒地道："年年岁岁，岁岁年年，时光如流水，当花谢坠落，便一切成空。所以，我不能让自己风雨替花愁。"

一声雷鸣，周贝贝不禁打了个激灵。

林小曼却一反常态，稳稳的毫不变色。

雷鸣电闪中，她坐起来双腿并拢，异常庄重地说："贝贝，我要离婚，我不会再回去，不会再回到那个笼子，不会再跟那个毫无生趣，任我枯萎的男人生活在一起。"

林小曼越说越激动，好像下定了离婚的决心，美好的未来就在向她招手了。

她的眉头渐渐舒展，眼中流露笑意，她与周贝贝面对面坐着，异常坚定的眼神望着她继续说："但是我需要你的帮助，我无处可去，只能先住在你这里。"

周贝贝眨眨眼睛，摊摊双手说："没问题，我一时半时不会把谁娶回来，一时半时也没可能把自己嫁出去，你可以放心住下去，三间房，我一间你一间，虎虎跟张琴一间，刚好够住。"

林小曼笑了，开心地笑了，说："我就知道你会帮我，不过……"她稍一迟疑，吞吞吐吐地说："还有点问题呢。"

"什么？你尽管说："除了立刻把我自己嫁出去，把家全让给你住，这实在难度太大，其他都不是问题。"周贝贝看她展现了笑容，也轻松了很多。

"那倒不用，"林小曼捋一捋长发说："我出来的时候，把所有的信用卡都留下了，也就是说我是净身出来的，我要让秦风明白，我离婚的态度很坚决，我可以不要他的钱。"

"啊？"周贝贝倒在椅子里，她真佩服死徐文翰了，先知先觉般地拿了钱给她应急。

她喃喃地说："小曼呀，净身出户不代表有骨气呀，人最大的愚蠢就是跟钱有仇。你这些年实在是没有经历过没钱的痛苦，你问问张琴就知道这样做有多傻了。如果你是吓唬下秦风就罢了，要是来真的就蠢到家了。先别说你一清清白白的黄花大姑娘跟了他这么多年，为他秦风生儿育子，就该有属于你的财产。单论资格，你没有资格搞得自己两袖清风，你没有经济来源，更没有工作经验，未来的日子还长着呢，你怎么养活自己养活虎虎？当然，我肯定会帮你，可我就是一个白领小资，没有三头六臂呀。最重要的是你即便真想离婚，也得衡量利弊，争取自己的利益呀，不为你也该为虎虎。这才是一个三十三岁的女人该有的思想和成熟呀。"

林小曼高昂的头低了下去说："可是我已经这样做了，并且刚刚在咖啡厅，已经花光了我身上的钱。"

周贝贝就剩下翻白眼了，一句话都说不出来。

林小曼可怜兮兮地望着她说："是不是负担重了点？"

周贝贝忙摇头："没有没有，我不是负担不起你们暂时的生活，而且徐文翰刚给了我三万块，说是给你应急的，哈，我开始还死活不要，但终是拗不过他。"

周贝贝起身去拿包，又从包里拿出钱递给林小曼。

林小曼接过钱，愣怔了，说："你们老总怎么对你这么好？

周贝贝瞥她一眼说："你心里有什么鬼想法呢？他这可是让我拿给你的。并且我也说好仅仅是借。你先放着，平时生活我来负担，万一有什么事情非得用再动这笔钱。但是，呵呵，凭我的直觉，你的出走不会有多久。"

雨越来越大，敲打着，时而节奏明晰，时而凌乱一片。两只小白兔听着雨声更加欢腾。林小曼随手从放食的小篓儿里拿了几片青菜叶放进笼子里，逗

着小白兔，好像她是一个超脱凡尘的仙子。

周贝贝望着她摇摇头。她有种预感，从此林小曼的生活将真正地陷入一片混乱中。女人，当女人有了脱离家庭的想法，生活会脱离正常的人生轨迹。当女人真的脱离了家庭，又没有可以依赖的事业，那么人生便会如同脱轨的列车，横冲直撞没有方向，但结果却只有一个——毁灭。

周贝贝想到这儿，不由得寒战了一下。她清楚地知道，林小曼跟她不一样，她可以独立的，快乐潇洒的立足于世。但林小曼呢？倘若她离开秦风，她可有生存的能力？

周贝贝的担忧绝非多余，但林小曼是根本意识不到这点的。所谓出红尘入红尘，没有真正的经历过，哪里能知晓其中的不易？十年的婚姻生活，林小曼俨然成了一个与现实隔绝的人，跨一步就是仙子，退一步，就是傻瓜白痴。

林小曼把手中最后一片叶子送进其中一只小白兔的嘴巴里，盯着小白兔津津有味的咂吧着咀嚼着。之后站起身，扭摆了一下腰肢，舒活了一下筋骨。林小曼侧身望向周贝贝嫣然一笑说："你还得帮我一个忙。"

周贝贝走过来搂住她的肩膀故作无奈地说："尽管说："谁让我上辈子欠了你的。"

林小曼眨眨眼睛，扬扬下巴，一副胸有成竹的样子说："帮我找工作，我不能靠你养活，更不能因为我让你欠下你老总的人情，回头再用你自己帮我偿还，哈哈，那我可成罪人了。"

周贝贝拧起来眉毛，鼓起了鼻孔，一拳落在林小曼的肩头说："你这个出走的娜拉，看来心情不错嘛。竟然编排起我了，把编排我当做回到凡尘的第一步吗？"

"啊？"周贝贝继续折腾林小曼，冷不丁的抓了她一把，林小曼最怕被搔痒了，不由得"嗷嗷"笑起来。

与此同时，她发现一个小小的细节，周贝贝的脸蛋是难得的羞红，那是一个女人在想到倾慕的男人时才会有的羞红，一如她之前想到魏一然一样。

林小曼抓住周贝贝的手腕问："贝贝，我是不是真的很傻？是不是真的不谙世事？"

周贝贝使劲点头说："对，以后我就叫你白痴。"

林小曼幽幽地笑了说："我的确是傻子，这几年我怎么就没真明白，你为什么不谈恋爱不结婚，为什么放着高职位都不去，就死守在这家公司。因为，因为……因为徐文翰，对不对？"

周贝贝托住下巴斜睨着她说："我们那叫义气，懂吗？他是带我入行的，很多东西都是他教我的，那是知遇之恩，当然要共进退。"

林小曼撇撇嘴巴说："真拿我当白痴呀，徐文翰要不是喜欢你，能对你处处关心？甚至连我这个闺中密友都因爱屋及乌而得到照顾？三万块并不是小数目，随便就拿出来？"

周贝贝蹲下身，冲着她那两只心爱的小白兔抛个媚眼，飞一个吻，像是对那两只小兔子，也像是对自己对林小曼说："什么喜欢不喜欢的，这年头有喜欢就行吗？还得有可以喜欢下去的理由，更要有喜欢下去的缘分，所以，让喜欢见鬼去吧。"

林小曼若有所思喃喃着："喜欢见了鬼，那岂不是喜欢上鬼？"

周贝贝愕然地望着她，足有几秒钟，之后啧啧赞道："林小曼呀林小曼，你就是被秦家的深宅大院禁锢得久了，倘若没有那样的禁锢，你真是了不得呀。喜欢见了鬼，就是喜欢上了鬼，一旦喜欢上了鬼，便是人不人，鬼不鬼了。所以，我们都得靠自己，靠自己独立于世，快乐生存，不能靠喜欢上的那个鬼，我们不能因为喜欢而让自己人不人鬼不鬼。"

"可是……"林小曼驻足玻璃窗前，和着雨滴的细碎轻灵的声响轻轻道出："可是我很想喜欢一个人，很渴望有喜欢一个人的感觉，之前心底暗恋魏一然的时候，多少会感觉充实。如今心里如同空荡的大房子，没有任何家什，没有色彩，全是冷冷的干净的纯白，哪都不挨哪，没着没落……"

两个人就这样静默了，这样的静默更加凸显心底的空落。可以盛满情绪的堡垒敞开着，却不知道何时何人可能进入？大约这该算是一种饥渴吧。女人对情感和欲望的饥渴，清晰地分裂着，又狂乱地混杂着。这样的气息在林小曼的每个细胞内无声无息地孕育着，这样的无声无息有多可怕？当这样的无声无息变成一种迸发的力度，那力度将会是怎样的？排山倒海还是天崩地裂？

周贝贝的心更加紧缩了一下，她打破了沉默说："小曼，别的先别想，

想也没用，现在当务之急的确是要找份工作，不是我怕增加负累，是你实在是要充实自己，让心里不空荡，不光是一份感情，还有工作。"

林小曼眼中的泪花仍在，她说："你说我能做什么？"

这还真是个难题？周贝贝琢磨着，林小曼久居深宅，不谙世事，又不喜欢现代化的东西，连电脑都不会用，做文员都不成的，更别说更高的职位。

周贝贝摊摊手表示无能为力。

林小曼吸吸鼻子，边用纸巾拭干眼角的泪，边胸有成竹地说："我知道自己能做什么，明天我就去试试，要是成功了再告诉你。"

"嚯。"周贝贝这一惊非同小可，又长又大的眼睛，睁得大大的，夸张的，眼珠子像是要流出来一样。

林小曼莞尔一笑，闭口不言，卖起了关子……

3. 屌丝男做了富婆的老公

转天，林小曼手机刚一打开，就跃出十多条短讯息，全是秦风发来的："小曼，你去哪里了？""小曼，怎么关机了？""小曼，快回电话，我很着急。""小曼，虎虎跟你一起吗？张琴跟着你们吗？""小曼，周贝贝怎么也关机了？""小曼，再不回电话，我要报警了。""小曼，快回讯息，不然，我只好惊动岳父母了……"

周贝贝探着头看完短讯，边打开自己的电话边嘟囔着："准给我也发了，他知道你也没别处可去，估计今天就会杀将过来，顿足捶胸，上演忏悔录。"

林小曼冷冷一笑说："我意已决，谁都休想撼动。"

周贝贝抿了嘴巴说："也别太绝对，见机行事吧，我党的政策向来都是要给坏人改过自新的机会的。"

林小曼撇撇嘴，没再言语，心里暗自盘算着一会要去应聘的事情。

果不其然，周贝贝的手机里也有一连串的讯息跳出。除了秦风询问林小曼的，还有两条徐文翰的短信："贝贝，林小曼安顿好了吗？""没开机呀？忙坏了吧？别忘记吃早餐呀不然胃又疼了。"

周贝贝笑了，呵呵，年纪大过八岁的男人，就是比青年男子细心。四十岁的徐文翰是一个无比体恤下属，会照顾人的老总。

周贝贝探身望一眼餐厅，又笑了，回信息："不仅收留了豪门阔太，还连同张琴和虎虎。张琴已经准备好了早餐，让我也享受下甩手掌柜的生活。"

徐文翰又很快回复："好，那就别客气，好好享受，一会儿见，看你成金枝玉叶了吗？"

周贝贝笑出声了，这个做事严谨的徐总，早已被她熏陶得浑身散发冷幽默了。

周贝贝塞给林小曼一千块钱就上班去了。

林小曼打开周贝贝的大衣柜扫了一眼，挑了一件肉粉色Ｖ字领口九分喇叭袖，下摆也是喇叭形的收身毛质长裙。

所幸的是林小曼和周贝贝身形几乎一模一样都是高挑，衣服鞋子的尺寸号码相同，才不至于让什么都没带出来的她无衣无鞋可换。要知道林小曼即使整天不出家门，第二天也是要换装的，更何况她是要去应聘，要去进行她人生的第一次谋生。

林小曼把秀直的长发梳向脑后，露出光洁的额头，瓜子脸型更加清晰。一个黑色的发圈，头发被梳成低低的发髻，发髻稍微偏向左边，使她端庄中平添一丝娇俏。

周贝贝没有粉色的鞋子，林小曼只好选了一双银色的高跟鞋，再配上银色的手袋。镜前一览仍旧有"范儿"。顿时，她对一会儿的面试更有信心了。

林小曼最后叮嘱着张琴说："要是秦风找来，别给他开门，最好别出声，实在不行，告诉他一周后我会找他谈离婚的。"她的语气是那么平静而决绝。

张琴默不作声，只觉阵阵寒气。

出了楼栋门，林小曼也感觉到了寒意。

正所谓"一场秋雨一场凉"，平时出门就上车不觉得什么，这样踱步向小区外走着，裸露在外的脖颈竟然起了一层鸡皮疙瘩。她不禁双手交叉胸前，好让自己的身体不战栗。

终于走出了小区，一辆出租车就过来了。林小曼刚要俯身上车，一转念又冲司机摆摆手。

是呀，如今身无分文，尽管手袋里有周贝贝给的一千块，可即使接了也不能随便花掉。

咬咬牙去坐地铁。

张琴告诉她了，向前面走二百米，拐弯再走三百米就是地铁站，进了地铁可以直达她想去的地方，集合了各种菜系的高档自助餐厅"金尾竹"。

林小曼是昨天在咖啡厅等周贝贝时看到的招聘启事，这家连锁的高档餐厅，北京上海早就有了，秦风曾经特意带着她们去北京吃过。现在这里也开了一家，正在开业酬宾，也正在招聘钢琴演奏者和歌手。

这家连锁店除了囊括极品的菜品外，还有一大特色，就是随时有钢琴伴奏的演唱，歌手唱的都是抒情慢歌，穿的都是清雅礼服。

林小曼想歌手她是做不来的，但是钢琴伴奏应该没有问题，这两年来，虽然她痴迷古琴，但钢琴一直也没有放下，中西合璧中才能彻底体会琴乐的魅力。最关键的是这里给的薪水高。毕竟是二百三十八元一位的高级自助餐厅，连服务员都是大学生，薪水自然不会太低。

想到就要自食其力了，林小曼嘴角又挂了笑。

如此的沉浸在对未来的憧憬中，没有注意到地铁里的人们向她投来讶异的目光。是呀，她这身装扮，这样的气质，在地铁里显得那么格格不入。

早上十点钟，"金尾竹"还没有客人，服务人员已经开始工作，训练有素的，井然有序的忙碌，并且全都是年纪很轻的俊男美女。

林小曼拦住了一个十分养眼秀气水灵的女孩子说明来意。

女孩子立刻绽放笑颜说："您先在那边的沙发上坐一会儿，我去找经理，这个事情是经理负责的。"

林小曼被女孩子的笑容感染，有些紧张的情绪缓解了些，心想不愧是全市消费最贵的自助餐厅，连一个普通的服务员都有这么好的素质，看来在这里弹琴的确是一件高雅的事情。

正想着一个高大的穿着西装的男人已经来到她面前。

林小曼起身抬头微笑着。

但刹那间笑容凝固在脸上，又渐渐融化变成愕然。

林小曼转身欲走，却被那人伸出手臂拦住了。

那人也先是一脸的惊愕，但很快就恢复了自然说："十年没见了，何必就走？"

林小曼不看他，别过脸去不语。

那人继续说："到我办公室坐会儿吧，刚好现在不忙。"说完，他并不征求她的意见，竟然要拉她。

林小曼赶忙闪开白他一眼，当年青涩俊秀充满文艺气息的钢琴王子，已然变成一个眼神有些狡黠，笑容有些市侩的成熟男人。

不错，这家豪华餐厅的经理就是林小曼的初恋男友，那个拿了秦风的钱而离开她的音乐学院高才生钢琴王子。

林小曼忽然间萌生一丝好奇，心想当初那个口口声声会钟爱钢琴一生的男人，怎么会做起了勤行？当起了餐厅经理？当初拿了秦风的钱的理由就是为了继续学钢琴呀，如今？林小曼望望前方正厅处的那架诗威德 LSK—118，再望向眯着眼笑意盈盈的钢琴王子，怎么也不能把这两者吻合。这倒让林小曼很想探个究竟，于是便点了下头，随着钢琴王子向办公室走去。

这间办公室倒是透着几分艺术气息，办公桌后面的墙壁上五线谱若隐若现，正中间是一组人物画像，从贝多芬到克莱德曼，最后是年轻英俊的郎朗，全部在五线谱中栩栩如生。

林小曼望着那组人物入神凝思。

钢琴王子浅笑着凑到她身边，望望那面墙，再望望她说："很奇怪？这么世俗的人了，还留有这片清雅？"他这样说时脸上竟然流露出一丝失落，那丝失落被轻飘掩饰着，只在眼神的末梢辗转。

他最后撇下嘴巴，摊摊手说："彻底脱离钢琴已经好几年了，这是连我自己都万万没有想到的。"

"那为什么要脱离？"林小曼的心情很复杂，她并不关心他的事情，但她却想知道其中的原委。

"为什么？"钢琴王子恢复了常态，眼中含笑地说："为了生存。"

"怎么讲？"林小曼不看他，仍旧盯着墙上的画像。郎朗充满生气的笑

脸让人想到奔放的钢琴曲，张扬中尽显热烈。

钢琴王子递给她一杯绿茶说："我毕业前就开始联系正规的艺术团体，但那些艺术团体只需要流行歌手，钢琴独奏几乎是没有人欣赏的。无奈我只好做了北漂，开始了在首都各个酒店宾馆赶场演出的生活，本想多挣些钱，好出国深造，但钢琴演奏的收入是微薄的，那点收入有时候连自己的生活都难以保证。"

林小曼把茶杯放到茶几上，看着钢琴王子，隐隐的好像能够感受到他当初的惨痛。

钢琴王子示意林小曼坐下。林小曼在他的叙述中渐渐减少了对他的厌恶，便静静地坐在了豪华气派的灰色皮沙发上。

钢琴王子也坐了下来，点燃一支香烟继续说："从四五岁就学习钢琴，整整二十几年，却混得卖艺都难以为生。当时我想是不是因为背弃你而遭到报应呢？"他这样说着，自嘲地笑笑。

林小曼的心里有点酸。那么多年过去了，她对他早就无情绪无挂念也无怨恨。于是，当他流露出愧意时，她反倒有些于心不忍。她抬起头，目光温和了很多说："那后来呢？怎么就改行了？"

钢琴王子耸耸肩说："还是缘于钢琴。在我最难的时候，就是快没下顿的时候，我到一家高档餐厅应聘钢琴演奏，就像你今天这样，结果认识了我太太，这个高档连锁自助餐馆的老板。跟你一样，也嫁给了有钱人。"

"嫁给？"林小曼不解地问。

"哈。"钢琴王子笑了说："是呀，也是嫁给，娶是要花钱的，我哪里有钱娶？我太太比我大十二岁，早年丧夫，独自经营餐饮业，是个能干的女人。她对我很好，很爱我，只是有一个条件，就是结婚后帮她打理生意，不能再接触钢琴，因为她觉得艺术会让我不稳定，会让我身边出现更多年轻漂亮钟爱艺术的女孩子。"

林小曼早已目瞪口呆，心想钢琴王子的太太比秦风的年龄都大，他们之间能有爱情吗？她轻声问："为了你太太你放弃了钢琴，是不是因为你很爱她？"

钢琴王子凄然一笑说："小曼呀小曼，你真的比十几年前还单纯，我怎么可能爱上一个比自己大十二岁的女人？更何况人一生中真爱只有一次。"

他又点燃一支烟，狠狠地抽了几口接着说："当初，我为了钢琴，为了钱，离开了一生的最爱，后来，又为了生存离开了钢琴，来到了一个自己不爱的女人身边。我想这大约就是天意吧。所幸的是在那些年的漂泊中，我更加现实了，所以义无反顾得成为我太太的小女婿。因为我终于明白，我为什么学钢琴，真的是热爱艺术吗？不是，其实我不过是想让自己生活得好。既然离开钢琴，能让我成为有钱人，过好的生活，我干吗还跟自己较劲？现在，我只在家中弹弹琴，愉悦下太太女儿。太太高兴我的生活才能更好。"

"唉。"林小曼轻叹一声，侧头望了一下他，竟有几分同情。

钢琴王子笑了，笑得并不勉强，他说："不必觉得我可怜可悲，其实人知足就常乐。我很知足，我不爱我太太，但对她也很好，因为她很疼我。更重要的是，我有一个精灵般同样对钢琴情有独钟的女儿，我有钱让她去学习钢琴，让她小小年纪就拥有昂贵的钢琴。我相信有一天她一定能成为出色的钢琴家。那时候，我坐在台下欣赏她演奏，就好像自己在演奏一样。她成功也就如同我成功了。

林小曼也微微笑笑，如此紧张压抑的气氛才稍有缓解。

钢琴王子下意识地向她这边靠近了些说："只是我一直觉得对不起你，一直期盼着你能过得很好很好。当初，如果仅仅是为了那几万块钱，我是决然不会放弃你的，可是……秦风答应会送我出国学习钢琴，那种诱惑实在是太大了。"

"秦风还答应送你出国学习？"林小曼"腾"地站了起来。

钢琴王子点点头说："是呀，你不知道？"

林小曼使劲摇摇头说："我一丁点儿都不知道，我就知道秦风给了你五万块钱，你就跟我分手了。"

钢琴王子皱了皱眉头说："后来，秦风找到我，说你知道了我们之间的交易非常生气，钱给了我就算了，绝对不允许他帮我出国留学。他说要是想他兑现，我必须亲自去找你，你答应了他立刻就办。我自知理亏哪里还有脸找你，便只好认了。不过现在想想，一切都是自己的私欲所为。所以唯有希望你过得好，心里才会舒坦点。知道你嫁给了秦风，过上了名副其实的阔太太的生活，

也就放心了。不想，今天在这里见到你，竟然是来应聘钢琴师的。究竟出了什么事情？你很需要钱吗？如果有需要我可以帮你些，但这份工作真的不适合你。不管在多高档的地方演奏，一样是在卖艺，很难得到尊重的。"

林小曼有些晕，她用右手按按头，心乱如麻。

4. 绝不是儿戏

林小曼不知道自己是怎么走出钢琴王子办公室的，不知道自己是怎么出的"金尾竹"的大门。她迷迷糊糊地在地铁里游荡，几乎把三条地铁线都坐遍了。张琴给她打电话说："秦风已经到了周贝贝家。"她拿着电话冷冷地说："你告诉他，如果我回去看见他在，我就带着虎虎去一个他再也找不到的地方。"

张琴和秦风都很了解林小曼，林小曼柔弱的外表下，有着巨大的爆发力，一旦爆发绝不是儿戏。于是张琴劝慰秦风说："不如您先回去吧，等过几天她消了气，我再跟您联系，那时候您再来或许她就不会那么固执了。"

秦风点点头说："也好，现在非让她回去，只能让她更生怨气。只是？"秦风瞅一眼虎虎。刚要张嘴就听张琴说："只是放心不下虎虎？"

秦风微笑了一下说："还是你呀，还是你善解人意。"

张琴苦笑说："因为我是有孩子的人呀，天底下的父母亲还不都是一样的。"

其实张琴的心里最急，眼看就到了周末，该接女儿的日子了，她们一离家出走，她怎么能把女儿接到周贝贝家呢？想到这儿，她对秦风说："您就先回去吧，我随时会把小曼的情况告诉您的，看看怎么着更好些。"

秦风由衷地说："张琴，只能靠你帮忙了。"

"看您说的。"张琴胖胖的脸蛋红云密布，"您对我那么好，小曼对我那么好，我当然希望你们好好的。不过，我劝您不要找周贝贝了，她思想开放，跟我们观念不一样，我估计小曼能有这样的作为，多半跟她有关系的。"

"嗯。"秦风应着说："谢谢你提醒，你说得对，周贝贝是单身女子，不了解家庭孩子的重要，我行我素惯了，跟她是讲不透的。不过你不说我还真想等等她呢。呵呵，真是有病乱投医吧。"

秦风又叮嘱了张琴一些事宜，最后给了她两叠钱说："这些是你们三个的生活费，住在人家这里已经够麻烦的了，不能再让人家花钱了。这些是给你的，跟着她们俩出来，你也心神不定了，这周是见不到女儿了，回头给女儿多买点东西，也算是种补偿。"

张琴接过钱，感激地望望秦风。更加觉得林小曼难以理喻，这样的男人去哪找？这么有钱，还这么细心，真是身在福中不知福呀，什么女人的尊严？什么女人的需求？她们这些没有受过穷的女人就是喜欢没事找事。好好的日子折腾什么？性？爱？有什么比生存更重要的？

送走了秦风，张琴立刻数了数她那份钱，整两千元。张琴的眼睛又眯成了一条缝。钱对她真的太重要了。超过情，超过爱。她的眼睛有点涩，红了。转身进屋把钱迅速放进书包的夹层里，厚实粗糙的手使劲抹了一把泪，笑了。

钱可以让人成为无情无义的人，这一点没缺过钱的人很难清晰。

 你去露台看看就知道了

秋天的傍晚，恰好跟清晨呼应，不寒冷但凉意浸透。当阳光逐渐隐退时，世界遮蔽在略带湿气的阴沉里，多少有些虚脱的恐惧。

这真是个显现着孤独的季节，不同于冬天透彻的冰天雪地的侵袭。

冬天，人们会把自己包裹得严严实实，再冷也有温暖的包围。

但此时的秋意里只是单纯的凉。

街道两旁是挺立的树木，偶有叶儿飘零。距离深秋还有段时间，树上的绿却已然不够清脆，像是挂了层霜，明显的树叶都呈现出了老态。

第三篇·独立是女人美好生活的契机

周贝贝下班后，没有像以往那样继续加班，急急忙忙地往电梯奔。她心里有点慌乱，惦记着家里的三口人。

不知道为什么，她总觉得会出事。

更让她奇怪的是秦风没再跟她联系。原本她想跟秦风好好谈谈，旁敲侧击地告诫下他，倘若他能领悟，自然是希望他跟林小曼快些破镜重圆。因为，周贝贝打心眼里觉得林小曼离开秦家是难以生存的。

电梯口遇到两个人，郭梅的男朋友私家侦探小孙，老总徐文翰的老婆，电视节目主持人潘碧仪。

小孙看见她乐呵呵地说："周姐，这么急？去约会？"

周贝贝先冲着潘碧仪礼貌地微笑点头，再对小孙苦笑道："姐姐我命苦，约会的事情跟我没多大关系，我是赶着回去当保姆和心理医生的。"

没等小孙说话，潘碧仪轻柔甜美的声音慢慢道出："周经理这样的女孩子，想必想跟你约会的男人不计其数，就看你的芳心何许了。"

周贝贝白净的脸庞凸显微红，"呵呵"笑笑说："徐太太说笑话了，我是典型的上班族，除了上班挣钱没有任何情趣，别说芳心连闲心都没有。男人多半不会把我当女人对待的，想要找个约会对象，就等下辈子像潘太太你这样，生就一副娇美样貌了。"

潘碧仪拢了下波浪长发，微仰起下巴，自信中也略带遗憾地说："什么娇美不娇美，女人一旦过了三十六岁，如同黑夜里的星星，即使明亮也已遥远。"

"呵呵，"周贝贝又习惯性地咧嘴笑笑说："我是粗人，但听得出您这话特别有学问。"

三个人都笑了，小孙说："周姐，你的冷幽默可是一流的，我最喜欢听你说话了。"

周贝贝认真地点点头说："嗯，我说的你一定都听得懂，因为我说的都是中国话。"

潘碧仪也不禁失声而笑，但很快就恢复了高贵典雅，一副标准的电视腔说："今天是我跟文翰相识十八年的纪念日，文翰在等我，我先走了。"

刚好电梯也来了，周贝贝急忙说"拜拜"进了电梯。

潘碧仪骄傲的神采在她脑海里回荡，连同那句"相识十八年的纪念日"。周贝贝冲着电梯内可以照出人影的金属壁眨眨眼睛，摇摇头，自言自语道："十八年，十年都是数字而已。"

是的，周贝贝跟徐文翰相识也已经十年了，从那个不谙世事的小姑娘，到现在干练利落的高级白领，周贝贝的成长历程都在徐文翰的眼皮底下。

而徐文翰跟潘碧仪之间的貌合神离，不，应该说是潘碧仪自我表演的恩爱夫妻的表象，也全都在周贝贝的眼里。

周贝贝只觉得潘碧仪格外的高贵更加重了某种的悲哀。

但周贝贝也是清醒的，即使悲哀人家也有悲哀的资格，这个时代"小三"已经不是新鲜词，但"小三"却是永远没有资格悲哀的，就算有些"小三"并不是为了钱，而是真的因为爱。

爱，多么游离于人性之外的词语呀，好像只有在古代，只有在梁山伯与祝英台那样的才子佳人中才真的会存在。哈，周贝贝自嘲的笑自己，怎么如林小曼一样多愁善感了，什么爱不爱的，她周贝贝从小就生活在没有爱的家庭里，母亲早亡，父亲再婚，与继母及其继母的女儿过着快乐的生活，她这个亲生女儿倒好像是外人。

也好，这样的家庭让周贝贝习惯了独立，也早就不知道什么是孤独，所以，她一直都不是个粘人的"小三"，与徐文翰更像是朋友，从来就没有过小女人的种种要求。

恰恰是这点也是徐文翰最看重她，喜欢她的地方。她的乐观独立和潘碧仪的自我做作成为对比，看似一个天上一个地上，实则一个真实一个虚假。

别说相识多少年的纪念日，就连她自己的生日，她也是常常忘记的，但林小曼和徐文翰不会忘记，十年来每次生日，这两份礼物和祝福是必定会收到的。

林小曼，想到林小曼，周贝贝猛踩油门加快车速，眼下这位佳人才是难题。

周贝贝拎着大包小包，风风火火进了家门。一边换拖鞋，一边喊道："虎虎，虎虎，看贝贝妈咪给你买了很多好吃的呦。"

贪吃的虎虎却没有立刻连跑带闹的奔出来，而是只把圆圆的脑袋探出了

房门框。嘴巴嘟嘟的，大眼睛直勾勾地望着周贝贝。

周贝贝讶异地走过去，摸摸他的头说："虎虎，你怎么了？不舒服？"

虎虎的脑袋摇得像拨浪鼓一样。嘴巴一直嘟嘟的。

周贝贝问张琴："虎虎这是怎么了？"

张琴看看虎虎，虎虎冲她直摇头。张琴再看看周贝贝说："你去露台看看就知道了。

周贝贝赶忙奔向露台，环视一周，花木依然并无不同。她撇撇嘴，心想这个张琴就是这样，神秘兮兮的，有什么就直说多好。正要转身下楼，突然她感到了些许不同，小白兔？怎么没有听到她视如儿女的两只小白兔的欢腾声呢？

猛回头望去，周贝贝目瞪口呆，瞬间眼泪竟然流了下来。她蹲下身，打开笼门，抱出卷了毛，已经断了气的小白兔，她放声而哭。

恰好林小曼回来了，她站在露台口望着泣不成声的周贝贝呆住了。记忆中，周贝贝几乎没有掉过眼泪，用她自己的话："流眼泪？那会把身体的水分消耗掉的，那还能水灵吗？为了我一张水灵灵的小脸蛋，这辈子我誓死不掉一滴眼泪。"

这样的周贝贝泣不成声了？为了她视如儿女的两只小白兔。

林小曼转身下楼喊着："虎虎，张琴，究竟怎么回事？小白兔怎么死掉了？虎虎，张琴？"

虎虎躲在张琴身后，仍旧只露出一双圆圆的大眼睛。

林小曼一把抓过他："你说，是不是你干的？"

虎虎"哇"地一声大哭起来，又点头又摇头。

张琴忙把虎虎揽在怀里，眼里也含了泪说："你别吓到虎虎呀，要怪就怪我吧，是我没看好虎虎，是我的错。"

林小曼近乎咆哮了："你就知道护着他，宠着他，我们小的时候都是这样宠大的吗？先不说那小白兔是贝贝的命根子，就说那也是生命呀，他小小年纪怎么能这样狠心？"

林小曼又抓过了虎虎，有生以来第一次在虎虎肉乎乎的屁股上落下了一巴掌。

瞬间客厅里乱成一片，虎虎哭，林小曼边打边闹，张琴边拦边央求。往日总是萦绕着最时尚的流行乐曲的房子里，被如此的疯狂乐章取代。

直到周贝贝一声大喊："好了，都别闹了。"

乐章便戛然而止。

周贝贝走到林小曼面前说："你这是干什么？小白兔已经死了，又何必吓坏虎虎？"

林小曼的怒气未消说："他太残忍了，怎么能用热水把小白兔烫死。这么残忍，究竟像谁？还有你？"林小曼又盯住张琴，"你怎么能让他做这种事情？"

"我，我。"张琴想辩解一下，想告诉她们虎虎只是想给兔子洗澡，却把小白兔误放进了开水里。

但张琴终究是什么也没有说："她从林小曼暴怒的眼神里看出了端倪，什么同学不同学，什么朋友不朋友，其实，在林小曼的内心深处，她张琴就是个保姆。此时，她张琴就是个失职的保姆。她还能说什么？不能，她只有接受，接受主人的责难。她两颊绯红，低着头，更紧地拦住虎虎。

当然，张琴心里也清楚，的确是她的伎俩造成了这两只小白兔的死亡。

虎虎闹着要帮小白兔洗澡的时候，她灵机一动，便故意端了滚烫的开水给虎虎。她明白这里越乱，她们离开得便越快，那样就可以帮到秦风，帮秦风也是帮她自己，兴许秦风还会给她一笔奖金，最起码回到秦家，她心里踏实，周末与女儿的欢聚，丰厚的薪水都不成问题了。

于是她告诫虎虎："给小白兔洗澡只能把它们放到水里，然后在一边看着就行。"

而小白兔在开水里挣扎时，她死死抱住想把它们捞出来的虎虎。她看着小白兔生生被烫死，她的心里也十分恐惧，但她没有办法林小曼可以流浪，有虎虎她再净身出户也不会真成为穷人。可她张琴不行，陪着林小曼流浪，她和她的女儿的生活又会陷入僵局。尽管这几年靠在秦家打工，也的确存了点钱，但那比起女儿未来需要的开销，甚至她还有一个小小的愿望，就是买一个小房子，都远远不够。

6. 我想自立真的很难吗

林小曼和周贝贝开车到不远处的郊外，找了个有树有水的地方安葬了小白兔。

落日余晖，洒染大地，正午的暖阳逃匿了踪影，世界呈现的是有些清凉的冷清。两个人走到车边，没有立刻上车，坐在便道牙子上。

周贝贝就是周贝贝，再大的悲伤都不会停留太久。林小曼还一脸不悦，她已经又是一副无所谓的样子了。不过，这无所谓有一多半是为了安慰小曼。

周贝贝用胳膊肘捅捅林小曼问："你今天一反常态大动干戈，不会是仅仅为了我的一双儿女吧？"

"哎。"林小曼叹了口气，把白天去"金尾竹"的经过跟周贝贝讲述一番。之后说："贝贝，我想自立真的很难吗？"

"很难"。周贝贝不假思索地回答，"不是我打击你，你从小就是浪漫矫情的，你的倔强仅仅是你清高的表现，却不是所谓的坚强。再加上你这十年来的生活，不管你骨子里是不是喜欢享受的阔太太，但是你习惯了这种生活。人们都说性格难以改变，而难以改变的程度仅次于性格的就是习惯。"

林小曼起身，仰望渐渐暗淡的天空说："难道我就没有指望了？"

周贝贝摇着手中的柳树枝说："你以为我们生存于世由得了自己吗？"

林小曼皱了眉头说："这么宿命的话不像你说的。你一向乐观自信。"

周贝贝哈哈大笑猛摇头说："小曼，我不是乐观自信，我是面对现实，正视自己。所以，我从来不给自己定下过高的标准，我所有的目标都在我能力范围之内，超出一点的我连想都不想，那样我永远是胜利的，才不会有失望和挫败感，才会越来越有信心，才会把握自己的命运。你以为命运是我们努力进取的结果吗？我可不那么认为，那是最无耻和幼稚的想法，命运的把握就是对自己定位的准确，在这个世界上，自己对自己的定位准确了才会顺利。哈，可能因为我做业务吧，我习惯了衡量。"

林小曼的自信心，被好友的一席话更加大了打击。

周贝贝看着一脸茫然无措的林小曼，不觉得难过反倒更想笑了，说："所以嘛，你就是做阔太太的命，何必跟自己较劲。不是教你学坏，没有性怎么了？你知道现在是怎么样的行情吗？只有有钱别说没有性，真是个太监也一堆妙龄少女往上扑。再说，这世上获得一份感情不易，可解决性的问题太简单了，大不了你找个情人，只要不影响家庭，彼此相安，我看就行得通。"

林小曼一个劲摇头说："我可比不了你们这些白领，我早就是一个家庭妇女了，承受不了出轨。"

周贝贝又用肩头撞了撞林小曼的肩，坏笑着说："别跟我这儿还立牌坊，前些时候谁狂恋魏一然呢？"

"你胡说什么？"林小曼一脸羞红，急巴巴地说："那是出轨吗？那不就是对一个人的欣赏吗？"

"哈哈哈，"周贝贝笑弯了腰说："亏了魏一然还算个男人，懂得朋友妻不可欺，要是换了别人俩眼一闭，心想放着这么个大美人，管他什么朋友妻不妻的，就一次两次没关系吧，哈，你看你出不出轨。"

林小曼张张嘴巴想辩解，却分明清楚周贝贝说得有道理。奇怪自从魏一然拒绝了她之后，他们就没再见过，也没有过魏一然任何的消息，可她竟然没有想念过，这究竟是为什么？当初不是满脑子都是那个人吗？怎么会一下子就没了任何念想？

周贝贝拍拍她的肩头说："很简单，因为那不是爱而是猎奇，你没接触过那类人好奇而已，你又正需要有个男人便产生了假象，所以你还有希望，因为你喜欢的人还没出现，要是真的爱过了，那以后可就真难了。"

林小曼挑下眉说："看来你对徐文翰是真爱，所以才一直不考虑交男朋友，不考虑结婚？"

周贝贝定睛望着她，忽然使劲点点头坚定地说："嗯。"

林小曼差点晕倒，无比现实的周贝贝竟然如此痴情？这岂不是理论的巨人实践的矮子吗？她白她一眼嘟囔着说："整天一堆充满理性的词儿，就跟自己多理智一样，原来更白痴。"

周贝贝给她打开车门，推她进去说："我当然理智，我只对我清楚地知

道值得的人如此用心，不会像你，把一个一眼看上去就不正常古董般的魏一然当宝儿。其实呀，与其对古董感兴趣，不如找个标准的花花公子，还能让你一享浪漫情趣，而所谓古董只能供着。"

林小曼卧在车座子里，拧了眉头侧目望着她，说："你都什么对什么呀，满嘴胡说八道的。"

周贝贝踩下油门，车子启动，她乐呵呵地说："满嘴都是真理呀，但是现在最大的真理，就是得赶紧回去，我预感到虎虎又要出什么妖蛾子。"

"当真？"林小曼也笑了说："你这个干妈比我这个当妈的对他的感应都灵敏吗？"

"嗯。"周贝贝点头，"因为我同时对张琴感觉灵敏，一个小小的虎虎能怎么样？你真以为是虎虎把小白兔烫死的？张琴那么疼爱虎虎，能让他动开水吗？难道她不怕烫伤虎虎？"

林小曼白她一眼说："你什么时候能够不对张琴有这么大的成见呀？她为什么这样做，烫死小白兔还嫁祸给虎虎？你是不是侦探小说看多了，对，你不是认识一个小侦探吗？是不是受他影响了，不是怀疑人就是审慎人，但是怀疑和审慎都得有个理由呀。你跟张琴是不融洽，可小白兔没招惹她呀？你真是不可理喻，一会儿无比通情达理，一会儿彻底小肚鸡肠。"

被林小曼一通数落，周贝贝也觉得自己的疑心太重了，原本在脑海里已然很清晰的思路一下子又模棱两可了。

7. 虎虎不见了

通常所恐惧的，所竭力排斥的事，往往最终会出现在眼前。也许用迷信的说法，是冥冥中召唤了它，是宿命中和它要注定相逢；用科学一些的说法，那叫自我实现的预期，也就是说在对人和事的预期往往会在事件的过程中自动实现。用最简单易懂的表述就是：很多事情，不想不发生，一想就会真的有事儿。

几个失魂落魄的女人，一个灰蒙阴霾的天空，这样的心境和景致，不发生点扰人的事端，似乎都不太合情理。

周贝贝的预感是准确的，车子在临近小区的时候，林小曼接到张琴的电话。

张琴没了平日的沉稳，茬了音儿，带着哭腔说："虎虎不见了，找遍小区都没找到，真的不见了。"

"什么？"林小曼的手抖了一下，电话砸在腿上，又落在脚下的车垫上。她没有立刻拾起电话，而是惊恐地望向周贝贝，直愣愣的双眼，说："虎虎不见了，是不是被绑票了？是不是？"

周贝贝也慌了神儿，不知道是该停车还是该加速，犹豫不决中她故作镇定地说："你先别着急，可能是虎虎恶作剧，故意躲在哪儿呢。"

"不不不，"林小曼使劲儿晃着头说："我有种预感，特别不好的预感，以前秦风总提醒我，虎虎身边不能离开人，像秦家这么有钱，没准早有人生了歹念，暗地里盯着呢，找准机会就绑架了虎虎用以换钱。"

周贝贝也常在报纸和网上看到富豪家的孩子被绑架的事儿，但是这个立刻跟虎虎联系在一起，她就不敢往下想了。她也晃了晃头，想让自己清醒些，说："小曼，事情已经这样，再怎么想都于事无补，我们赶紧回去问清楚张琴，是报警，是通知秦风，好做个决定，你现在要做的是，想一想虎虎可能去哪？"

林小曼像是没有听到周贝贝的话，还是愣怔怔的。好在，很快就到了贝贝家楼下，小曼没等车子停稳当就打开车门，周贝贝赶紧猛踩刹车。林小曼跟跄着下了车，就看见已经在楼门口等待的张琴。

张琴一张圆胖的脸在灰暗的暮色中显得更加沉沉。她紧皱了眉头，显出更深的双下巴，挤吧着眼泪，颤抖着说不出话来。

林小曼一把抓住她粗壮的手臂，怒问："虎虎呢？还没回来吗？你怎么让他自己出去了呢？"

张琴从没见过林小曼如此气恼相对，呜呜地哭了，一时更是说不出话来。

她越是不说话，林小曼越是生气，使劲儿摇晃她的胳膊，摇得张琴五官

都挪了位。

周贝贝见这两个人都失去了理智，估计连最起码的思维也暂时性短路了。便赶紧将二人连拉带拖地弄进车里。

三个人呼哧呼哧喘着气，周贝贝先那两个人匀了口气说："先别埋怨了，说句公道话，张琴也不想的，她很疼爱虎虎的。"

林小曼抽泣着，头倒在车窗上，清秀的脸蛋呈现出过度焦虑的绷紧状，满眼空乏。

周贝贝破天荒地把自己车上的备用水壶递给张琴说："先喝口水，慢慢说："也许虎虎就在哪个楼里，一会儿自己就出来了。"

张琴愕然地接过水壶，她想起有次她跟随林小曼一起坐周贝贝的车去郊游，忘记带矿泉水了，回来的路上，张琴的嗓子被呛了一下一直干咳，林小曼让周贝贝把水壶给张琴，让她喝口水压压，周贝贝愣是装作没听见。

张琴把水壶靠近嘴边但没挨上，她假装抬了下杯子，就放了下去。拧上盖子又递给周贝贝。默默陈述。

原来，林小曼跟周贝贝走了以后，张琴就准备做饭，而虎虎被妈妈一顿呵斥，十分沮丧。

虎虎倚着厨房的门框对张琴说："我想出去玩会儿，等妈妈和贝贝阿姨回来。"

张琴一双刚洗了芹菜的手都是水，她忙在围裙上擦了擦，蹲下身扶着虎虎的小肩膀说："那可不行，你爸爸是不允许你单独出去的。如果被你爸爸知道我让你自己在楼下玩，一定会解雇我的。"

虎虎垂头丧气地说："这是贝贝阿姨家，妈妈不允许爸爸来，他不会知道的。"

张琴还是摇头说："那也不行，我得做饭，没法看着你，我也不放心你自己下楼玩。"

虎虎抬起头，可怜兮兮地说"其实我不是想出去玩，我是想出去等妈妈和贝贝阿姨，如果她们俩回来看见我一直在等她们，就不会再生我的气了。"

张琴听虎虎这么说，心动了一下，她也不想虎虎再受责难。

虎虎是个鬼机灵借机说："琴姨，我就在楼下，哪都不去的。"

"那好吧，"张琴终于答应了，但还是再三叮嘱说："就在楼门口，不要走远，等我做好饭，就去陪你等她们。"

"嗯。"虎虎脆生生地应答，拿着他最喜欢的遥控坦克连蹦带跳的出去了。

"就这样吗？"周贝贝听完张琴的讲述问。

张琴还是默默点头。再抬头，不敢看同时望着她的贝贝和小曼的眼睛，躲闪着说："等我做好饭下来找虎虎就不见了。"

林小曼放声大哭说："贝贝，怎么办，怎么办？"

周贝贝思忖了一下，说："这样吧，咱们先逐个楼栋找一找，虎虎说不离开这里，小孩子没准儿的，说不定跑别的楼栋玩去了。"

林小曼止了哭泣，连连点头。

"哎，"张琴叹了口气说："你们回来之前，我已经把小区的每栋楼都找了。

林小曼一下子又瘪了气，双唇紧抿继续抽泣。

周贝贝拍拍她的肩说："小曼，镇定点。"之后又对张琴说："你一个人找，可能你到八号楼，虎虎却跑去单号楼那边，兴许就这么走岔了。现在咱们三个分头去找，这个小区不大，一共就这么几排，我们按前中后的顺序，一人找四排，最后在最中间的一排汇合。"

林小曼和张琴也没有更好的办法，便同意了周贝贝的提议，三个人迅速投入搜索虎虎的计划。只是这三个没有受过特种兵训练的女人，即便再认真投入，也只能是笨拙的套路——进了一个楼栋就爬到三楼，然后冲上面喊："虎虎，虎虎。"

约摸半个小时，整个小区都知道有个孩子叫虎虎了。而这三个女人，富豪太太林小曼和高级白领周贝贝已经脱掉高跟鞋，手里拎着鞋子，脸上挂着汗滴。而张琴白胖的脸红得像宣纸上泼了红墨汁。

天渐渐地黑了，三个人把小区翻了个遍，而虎虎仍不见踪影。

小曼抓住周贝贝的手说："报警吧，咱们赶紧去派出所，虎虎一定是被绑架了。"

周贝贝点头说："好，咱们去最近的派出所，但是按理没超过二十四小时，是不会按失踪受理的。不过咱们可以去试试，跟人家好好说说："即便不立案，也可以请民警帮着找找。"

"嗯嗯。"林小曼连连点头。

"我我我。"张琴吞吞吐吐地，似乎有话要说。

林小曼和周贝贝望着她。

张琴终于鼓足了勇气说："我想，我们该不该通知秦总呢？虎虎会不会是去找他了呢？"

林小曼和周贝贝猛然惊醒，俩人对视一眼都觉得张琴说得有道理。

周贝贝拨了秦风的手机号码，但无人接听。

周贝贝看了看林小曼，又拨打了秦家的电话，这一次秦风接了。

秦风一贯的稳健声音："喂，贝贝，小曼肯见我了吗？"

"哦，不是，"周贝贝踌躇了一下，一时不知道该怎么应答。

秦风继续说："那贝贝，有劳你帮我照顾她们娘俩，虎虎这孩子比较淘气，真是给你添麻烦了，等小曼想通了，回家来后，我好好请请你。"

"哦哦。"周贝贝支吾着，说："你太客气了，我会再帮你劝劝小曼的。"

"好，谢谢了。"秦风说。

"不用，应该的。"周贝贝答。

电话挂了。周贝贝耸耸肩说："我刚按的免提，你们都听见了吧，虎虎根本不在秦风那。"

张琴皱着眉头，额头也显出深深的两道抬头纹，她问："那你怎么不把虎虎不见了的情况告诉秦风呢？"

周贝贝摊摊手说："告诉他，小曼就太被动了。这个事情如果秦风知道了，小曼真想离婚的话，虎虎的抚养权是很难争取来的。"

"哼，"张琴冷冷地说："有一点我真不明白，你是真为小曼好，还是站在一边看热闹？小曼跟秦风离婚了，对小曼有什么好？你真为小曼好就该帮他们夫妻复合，让他们一家团圆呀。贝贝，不是每个人都像你那么有本事，自己一个人可以过得比谁都好。"

周贝贝被张琴的一通批评扼住了，她望着张琴一张冷漠苦楚的脸，心里有很多疑问也有很多惊叹，有个词儿映出她的脑海，那就是深藏不露，她觉得张琴真是一个深藏不露的女人。

"张琴，"没等周贝贝说话，林小曼已经开腔，"我知道你们都是为我好，不要为了我而产生矛盾，我绝对信任贝贝。"

张琴的眼中掠过一丝卑微的恼怒，而夜色将这份恼怒化成灰暗的萧瑟，不易察觉中透出凉气。

林小曼拉住张琴的手腕，面对着矮她一头的张琴，小曼甚至躬了身子恳切地说："我也同样信任你，你们都是为我好，角度不同而已，刚才我太着急了，你别怪我对你发火，现在我只能依靠你跟贝贝，我们一定得找到虎虎。"

三个人又上了车，赶去附近的派出所。

秋天的夜有种灰暗的凉，似乎是沉淀了一个白天的秋高气爽，只能余下一丝黯然的沉寂。但周贝贝还是按下了车窗，一小道缝隙，让车内换换气，而就是这一小道缝隙，吹进来的是淡淡秋风与车皮摩擦后的焦躁。

派出所不是很远，但因为三个人的沉默，因为那自然的焦躁，显得这几分钟的车程漫长至极。

已经快晚上八点了，派出所的前厅很安静，这本就是新建的居民区，派出所也是新建的，隐隐的还有一股装修后的味道。

值班民警很热情，请她们坐下，一直微笑着听取她们的讲述。讲述过程以周贝贝为主林小曼偶尔补充。

张琴始终没有开口，只是等到询问她的时候，她才点点头或者摇摇头。她小小的眼睛里充满了一种难以形容的晦涩。

她想起一件事，那还是在她短暂的小姐生涯时，有次，她匆匆走在集市，赶着买菜做饭，却被一辆穿过市集的轿车碾了一下脚。车轱辘从她陈旧的黑色旅游鞋头部碾压过去。亏了是人来人往，乱哄哄的集市，车速极慢，在她大叫的关头，车主已然停了车，不然，张琴的大脚趾恐怕会骨折。

按理是车主带着张琴去看病或者是给点钱私聊，再或者是归交通队解决问题，这些都会是合情合理的，但没有。车主是一位比林小曼还年轻的美女，她气鼓鼓地选择了报警，她报警的原因是有人在玩"碰瓷儿"。

"碰瓷儿"是北京方言，表示故意弄坏东西让人赔偿，耍骗术骗人，以讹诈取利。

张琴顾不得疼痛，麻木的不仅是脚趾，还有浑身每一个细胞，麻木到冰冷。她承认她希望私聊，不必去医院那么费事，能给她一两百块钱是最好

不过的，但是这仅仅是她受伤后的想法，她没有下贱到为了一两百块钱去骗人的地步。

但警察看她的眼神，让她瞬间明白了，她就是一个"碰瓷儿"的。她不漂亮，甚至可以说丑，身为男性的警察不失本性的笑脸相对那年轻的美女，而对她除了厌恶还有轻蔑。她穿衣打扮一看就是穷人，警察认定了一个像她这样丑陋的穷人，自然会对一个年轻美丽开着小轿车的女子玩"碰瓷儿"的。

"张琴，张琴。"周贝贝摇晃了几下她的胳膊，连叫了她几声，才使张琴从回忆中扯回来。

"哦哦，好了吗？"张琴假装若无其事地问。

"嗯。"周贝贝点点头说："都说完了，民警同志让我们尽量提供一下虎虎可能去的地方，如果二十四小时还没找到就得立案了。"

"那我们现在怎么办？"林小曼问周贝贝，也像是再问民警。

那位与她们年纪相仿的三十几岁的民警竟然起身走到墙角处，从一个纸盒子里拿出三瓶矿泉水分别递给她们。最后递给林小曼的时候，还帮着拧开了瓶盖，好像他跟林小曼是久熟的老友。他热情而温和地说："先喝点水吧，这不是着急的事，我们肯定会竭尽全力的。"

林小曼这时候才感觉到嗓子眼儿火烧火燎，便真的喝了一口水，不胜感激地说了声："谢谢"。

同龄民警笑着摇摇头说："不必客气，任何时候美女都是该得到关照的。"

张琴的脸上又掠过了一丝不易察觉的色彩，仿佛是黑暗的夜空中不能辨识的云片，漂浮中隐藏着风雨变幻。

林小曼顾不上民警的逢迎问："那我们该做什么呢？"

民警终于靠谱了些说："回家等等吧，如果再没有能想得到的孩子可能去的地儿，就先回家等等吧，能休息就休息下，恢复下体力和心情。等一有消息，我们会立刻通知你的。哦，对了，请留下电话吧。"

"那留我的吧。"林小曼刚要开口，张琴却拦了过去，说出了她的电话号码。

8. 竟然还是处女

一夜无眠。三个女人在三个房间各自辗转。

周贝贝庆幸转天是周末，不然公司里还有很多事情等着她帮徐文瀚去处理呢，她可真就分身乏术了。心爱的人和至交的朋友孰轻孰重？都是最需要她的时候。

心爱的人？周贝贝不知道能否这样称谓徐文瀚，事实上，他们俩这么多年，一起做事，一起出差，一起出席活动，太多太多的机会，可以让他们成为舆论口中的贱男和小三。

但是还真就没有。即便是在互相表白，酩酊大醉的时候。所以说很多人借酒劲儿而乱性，并以此当做无辜的借口是阴险而无耻的。酒能乱性，乱的也是想乱之人。

不知道是他们本身都太过看重名誉，还是太过爱惜对方。他们的情谊一直保持在爱慕上。

精神层面徐文瀚肯定是出轨了，周贝贝也是不折不扣的小三了。但肉体上他们最深刻的接触就是深深地拥抱，那样的拥抱足以抵得过疯狂的侵入。而周贝贝那些跟林小曼胡侃的关于性的阐述，其实就是那样的拥抱后的感触，实质的，她根本没有经历过。

可笑吗？三十二岁的周贝贝，高级白领周贝贝，与有妇之夫的徐文瀚倾慕多年的周贝贝，竟然还是个处女。

周贝贝戴上耳机，手机收藏夹里反复循环播放的是伍佰的《突然的自我》。每当听到伍佰犹如在海浪尖头驻足弹唱，飘荡而来的声音，周贝贝就似陷入了徐文瀚的怀抱中，那么激荡那么悲壮。尽管与她洒脱乐观的性格不在同一个音调上，但却给了她深沉到底的引领。

是呀，公司两大派系的竞争已经到了最后关头，成败将决定了徐文瀚和周贝贝的去留。去，他们也不怕，有的是大公司在挖徐文瀚，周贝贝相信徐

文瀚去到哪里都会带她走的。当然，如果能留就更好了，毕竟干生不如干熟。

听见你说，
朝阳起又落。
晴雨难测，
道路是脚步多。
我已习惯，
你突然间的自我。
挥挥洒洒，
将自然看通透。
……

周贝贝的脑际短暂空白，她想到徐文瀚的话。那是在几天前一个夕阳西下的傍晚，他俩下班后驱车到郊外的一泓池塘处，在波纹动荡的轻拍心弦间，他们独立而站，目送远处，而远处是正在修缮的立交桥，有些坚硬有些冰冷的灰色的建筑。透着难以想象的理智。

徐文瀚也是相当理智而冷静的声音，说："贝贝，等公司的事情告一段落，我认为我们之间该有一个结果了？"

周贝贝蓦然回首望定他？

徐文瀚微笑反问："这是不是我们这几年第三次谈结果这个问题。"

周贝贝也笑了点头。

第一次是在五年前，徐文瀚与周贝贝出差去德国，在法兰克福机场，在各种不同肤色的人流中，两个人竟然走失了。在万分焦虑的情急中，彼此找到对方时，他们深深地拥抱。

当时，徐文瀚长舒了口气说："贝贝，回去我就跟她谈离婚，我要永远跟你在一起。"

她就是徐文瀚的美女主播妻子潘碧仪。

潘碧仪是徐文瀚恩师的女儿，懂得回报知遇之恩的弟子娶了恩师的女儿，原本也是一段佳话，但潘碧仪生性骄傲飞扬，与沉稳内敛的徐文瀚形同水火。

尤其是潘碧仪对徐文瀚工人出身的父母亲轻怠的态度，导致了两个人的渐行渐远。再加上潘碧仪因害怕生育后体型变化，一直不肯要孩子，注定了即便没有周贝贝的出现，也会是一对貌合神离的夫妻。

但那一次却恰恰因为潘碧仪的有孕，而保住了她岌岌可危的婚姻。

从德国回来，徐文瀚的确提出了离婚。潘碧仪一反常态，不打不闹，只要求与徐文瀚去看望她从不放在眼里的公婆，而此行的目的就是郑重宣布她怀孕了。

那一年，徐文瀚也有三十五岁了，最后的一点果敢冲动在父母亲的恳求下渐渐消退。而本性善良的周贝贝不想看到徐文瀚为难痛苦，也不想看到一个小生命一出生就在破碎的家庭，便再次退回到好朋友的位置，选择了成全。

只可惜潘碧仪的孩子并没有保住，她为了竞争一档热播节目的主播位置，跟电视台隐瞒怀孕的事实，高强度的外景和密集的录影终令她流产。大片的血迹，流走的是徐文瀚的遗憾和无奈，而潘碧仪？她轻松了。如愿主持了热播节目，事业更上一层楼。徐文瀚甚至怀疑，流产是潘碧仪的伎俩，夫妻关系更加恶化。

第二次徐文瀚谈及离婚是在两年前。徐文瀚九十高龄的祖父去世，长子长孙的他自然该带着长孙媳妇潘碧仪守孝灵堂。但潘碧仪以怕媒体记者跟拍为由拒绝参加老人的葬礼。

徐文瀚强按着怒火，不知道为什么，他自认为是个脾气很好的男人，但是每每面对阴阳怪气的潘碧仪，他就火往脑门子撞，他说："你以为你是多大的腕儿？还有狗仔跟踪吗？"

潘碧仪用右手向上托托向内卷曲的头发，再侧了头，极为自信地扬了下巴说："你不为有这么出众的老婆而骄傲吗？"

徐文瀚再压压火说："行，即便你有戴安娜王妃的范儿，但总是我们徐家的长孙媳妇吧，接接地气没坏处的。"

潘碧仪耸耸肩无奈地说："算了吧，我也是为你们家好，不想因为我破坏了那种气氛。你也快走吧别耽误了，我得去见一个编导谈一个新的节目。"

说完，潘碧仪套上褐色长及膝盖的毛披肩走了。优雅地关门，门口的飞吻，倒不如狠狠地摔门声来得痛快。

　　尽管徐文瀚不是墨守成规的老派人物，但亲戚们的声声责难，让他痛下决心离婚。他再不能跟一个没有丝毫人情温度的女人生活在一起，潘碧仪去孤儿院，去老人院探访的报道、画面，电视镜头一并闪现，让徐文瀚感受到更浓烈的虚假。一个连自己老公的祖父都不去悼念的女人，能将爱心那么释放吗？

　　可这一次又没离成。

　　这次，潘碧仪是看出徐文瀚我意已决了，又没有腹中的胎儿做利器，她真的慌了。她从十四岁那年认识了十八岁的父亲的学生徐文瀚就爱上了他。

　　二十年了她只爱他，但是他们俩的背景出身太不相同，她的父亲是高等学府的校长教授，她从小就是骄傲的公主，但是徐文瀚似乎从来没有给过她，她渴望的追求和倾慕。为此，她总是跟他唱反调，总是希望自己更优秀更有本事，更能吸引他的注意。但事实却无法与她的期许配合。她越来越感觉他对她的疏远漠然。她也想变成他希望的那种女人，所以她不再执著，她怀孕生子想就此安心，但命运驱使她流产了，流产后的轻松感让她明白，他没有给她安全感，只有工作才能让她感到存在的价值。

　　但当再次感受到真的要失去徐文瀚的时候，潘碧仪承受不了。她失魂落魄的来到父母家，却得知父亲患了肝癌。

　　恩师临终时的再三恳求，让徐文瀚无法放弃对潘碧仪的责任。便只能再次给看到希望的周贝贝泼上一盆冷水。

　　当徐文瀚告诉周贝贝，潘碧仪的父亲对他有太多的恩情，他无法推卸对他老人家独生女儿的责任，即便是两个形如陌路的人，如果不是潘碧仪要求离婚，这辈子他恐怕都要束缚在枷锁里了，所以他希望周贝贝去恋爱，去寻觅一个伴侣。

　　那是在一家他们常去的清吧，歌手正在演唱着伍佰的《突然的自我》。周贝贝手中不是酒，而是一杯卡布基诺。她低头浅酌，厚厚的奶泡沫子沾到她的唇角。大滴的泪和着歌曲鲜明的节奏落下。她猛然如同一个贪吃的小狗，嗅到了最喜欢的吃食，伸出舌头一下子舔干净了杯子上面那层厚厚的奶泡。

　　她沾满了奶泡的嘴巴瞬间风干，点点滴滴的沫子，她紧闭了嘴巴，使劲儿挤出笑，挤得右脸颊上的酒窝如同一个小小的酒杯一般。她站起来深深地拥抱了徐文瀚，当徐文瀚抱紧她的瞬间，她便软弱无力地失声痛哭了。

许久，周贝贝脱离了徐文瀚的怀抱，双手拂面擦去泪痕，她说："去吧，我懂你。"

于是，周贝贝和徐文瀚再次回到好朋友的位置，是好朋友？是情人？应该说是有情人吧。

但徐文瀚真的希望周贝贝能够找到更好的男人吗？周贝贝真的希望徐文瀚跟潘碧仪白头到老？谁都说不清楚，只是又过了两年，周贝贝没遇到心仪的男人，徐文瀚跟潘碧仪的关系，随着潘碧仪想要孩子但徐文瀚很少配合，而越发的背道而驰。

一个月，还有一个月吧，公司的事情就会有个结果，他们之间也会有个结果，这是徐文瀚第三次给周贝贝希望了。

周贝贝用白色的被单蒙住头，脑子里出现"事不过三"这个词儿。

9. 她是一个非常爱女儿的母亲

同样，林小曼和张琴这一夜也没怎么睡。

张琴自己在楼上的客房，她熄了灯却更心神不宁，总觉得前一天被烫死的两只小白兔就在她的屋内。

她起身开了床头灯，随手拿了晾衣杆四下找寻。

她打开衣柜一通乱杵，小兔子没有出现，倒是把周贝贝放起来的夏天的衣服杵得乱七八糟。

张琴拾起一件脱落了衣架的绿色真丝连衣裤，她轻轻摸着，衣服轻柔细滑。她想试一试，但小腿就进不去了。她恼羞成怒地把衣服扔到地上，还狠狠地踩了几脚。

之后，她又一件件把衣服挂好，让一切恢复了原状。这才带着一丝得意的笑靠在床边。

她瞥一眼放在床头的手机，那还是她今年生日的时候，林小曼送给她的呢，据说是很贵的新型号，但她只会拨打电话和收发短信。

她伸手拿起手机皱了下眉头，按理秦风也得给她发个短信，报个平安呀。可怎么都后半夜了，却一点消息都没有呢？

难道？虎虎没有去找秦风？

想到这儿，张琴有点慌乱了。赶忙拨给秦风，但"您拨打的机主已关机"让她出了一身的冷汗。

秦风关机了？虎虎是否找到了秦风？虎虎究竟去了哪里？

张琴不敢想了。难道她的计划没有正常进行吗？

没错，虎虎的失踪是张琴一手炮制的。

周贝贝和林小曼去埋葬小白兔，张琴搂着虎虎，虎虎还在不停地抽泣。虎虎把头腻在张琴的怀里说："琴姨，我想回家，我不要住在贝贝阿姨家，在这里妈妈就很凶。琴姨，我想回家，想跟爸爸玩，想跟琴姨睡在我们自己家的大床上。"

张琴摸摸虎虎的头，怕他着凉又为他擦擦额头的汗渍。

张琴心想我何尝不想回去，在这里还得看周贝贝的脸色。并且林小曼真的跟秦风离婚了，自身都难保，但有虎虎秦风怎么也会让她衣食无忧。可她张琴该怎么办？她需要这份工作，这真是一份不错的工作，她的可心需要她这个妈妈有这样一份工作，不仅能有足够的薪水生存，还能让可心见识高级的生活场景。她不想她的女儿像她一样，以后只能做管家做保姆，她希望可心能有林小曼和周贝贝的运气，不论是靠老公还是靠机遇都能脱离穷人的环境。

想到这里她定睛望着虎虎问："虎虎，你真的想回家吗？"

虎虎睁着一双圆圆的大眼睛使劲儿点点头。

张琴轻舒了口气站直了，又想了想做了个决定。

她再次俯下身，拉着虎虎的双手说："虎虎，你要是想回家就都得听琴姨的。"

"听琴姨的就能回家吗？"虎虎的脸上露出了惊喜的笑容。

张琴微微一笑点点头说："无论什么时候，都不能告诉你妈妈是琴姨教你的。不然，你妈妈就会辞退琴姨，你不仅回不了家，不能跟爸爸在一起，也再不能跟琴姨一起生活了。"

虎虎一下子扑倒在张琴的怀里说:"我要永远跟琴姨在一起。"

张琴再次轻抚虎虎的头,眼中是一个母亲的柔情。她是真爱虎虎的,是这个小家伙的到来,给她带来了一份待遇优厚的工作,是这个小家伙的依赖,让秦风无比信任她,更是这个小家伙的陪伴,让她体会到女儿可心存在的感觉。

张琴又有些犹豫了,她担心虎虎自己偷跑回去路上会遇到危险。万一?她不是没想到过万一?万一虎虎没找到家丢了呢?万一出租司机起了歹心呢?毕竟虎虎一看就是有钱人家的孩子,那种贵气似乎是与生俱来的。

但很多时候,人就是容易被鬼使神差,于是犯无比愚蠢的错。

张琴本想给秦风打电话叫秦风直接来接,但一算时间,等秦风赶来林小曼和周贝贝也该回来了。那么只能是跟秦风联系好,她在这边拦一辆出租车,把虎虎送上车说明地点,秦风在那边接应。等林小曼和周贝贝回来,她再谎称孩子失踪。真相大白的时候便说虎虎想念爸爸,独自找回家去了。于是,林小曼面对父子情深的一幕,也该心软缓解了。一家三口破镜重圆时,她张琴不需要什么奖赏,只需要继续之前平静也相对安逸的生活,每个月比一般白领都高的薪水,养活她天使般的女儿,她就相当知足了。

但张琴给秦风打了好多个电话都没人接。

心思缜密的张琴看看墙上墨绿色的钟表,已经快七点了,林小曼和周贝贝随时都可能回来了,她竟然做了个大胆的决定。

张琴给秦风发了一个短信,说明了一切,叮嘱秦风在别墅区外接虎虎,还再三强调接到后给她回复一个短信。

之后便拦了一辆出租车,告诉好司机地址,把一百元放进虎虎的兜里,嘱咐虎虎,如果爸爸没在别墅区外接他就自己给司机钱,然后自己走进去,等爸爸回来。

虎虎眨眨眼睛低下头说:"琴姨,我想你陪着我。"

张琴捧住虎虎的脸蛋说:"琴姨也想陪着你回去,但是如果那样你妈妈会怪我的,她会辞退我,你再也见不到琴姨了,而且,如果那样你妈妈还是会生你爸爸的气,会认为是你爸爸教唆你回去的,只有你自己想回去,你

妈妈才会为了陪你，而不再生你爸爸的气，跟你和你爸爸一家团圆。"

虎虎对张琴的话似懂非懂，但还是点点头。

张琴又看了看司机，那是一个圆脸微胖的中年男子，面带笑意，十分憨厚，张琴自认自己还是会看人的，这个司机的面相不坏，是个老实人，于是她悬着的心又放下些，转而拜托司机说："师傅，辛苦你了，孩子小路上照应点。"

司机一边踩了油门一边说："放心吧，都是有儿女的人，我理解你这当妈的心思。"

张琴被误认作是虎虎的妈，十分不好意思，竟然红了脸。她最后冲着车窗内喊了句："霞光别苑。"

也就是这最后一句造成了阴差阳错。

那司机的确是个老实人，一路上一直哄着虎虎，说说笑笑地很是开心。但他却不是一个灵透的人，开着开着车就忘记了是霞光别苑，还是霞光别道，而实际上这是背道而驰的两个方向。

车子开到半路就要决定走向了，司机问虎虎："你家是霞光别苑还是霞光别道。"虎虎跟司机叔叔说笑得正 high，再加上平时出入都有张琴陪伴，本就搞不清楚，便含糊着说："就是霞光啦。"

那司机也"二"得很说："好喽，咱们驶向霞光别道啦。"

虎虎"咯咯"乐着，在后面的座位上撒欢，自言自语着："回家了，又可以骑在爸爸的肩上啦。"

霞光别道也是很高档的一个小区，小区门前也栽种了大片大片的紫薇花。虎虎看到熟悉的紫薇花，以为到了家，恨不得立刻就下车。

司机一边急刹车，一边叫道："这孩子，你小心点，磕碰了算谁的呀。"

虎虎冲着司机师傅做了个鬼脸就要下车。

司机看虎虎这么兴奋琢磨着应该没错，但还是问了句："看好了，这是你家吗？"

"是。"虎虎大声回答。

司机也跟着下了车，但没看到有中年男子等待虎虎便问："你爸爸没等你呀。"

虎虎原地转个圈说："我爸爸忙，我自己可以进去。这是琴姨让我给你的钱。"虎虎将一百元递给司机。

司机返回车又拿了六十元找给虎虎说："把钱放好，交给你家长，我可走了。"

虎虎做了个弯弓射大雕的姿势说："拜拜，叔叔，拜拜，我回家喽。"

之后，便一溜烟地跑了进去。

但当虎虎跑到以为是自己家的位置后，他脸上的欢笑渐渐退去，这并不是独立的别墅而是四层的洋房。房子也很漂亮，但跟他家的别墅还是有很大的差别的。虎虎在这个小区里转来转去，天渐渐黑了，恐惧袭来。他紧紧捏着那六十元钱，边哭边走，走出小区，走过一条马路，又走向另一条马路。

而这时林小曼、周贝贝和张琴也正逐个楼栋在找虎虎。

虎虎的失踪其实就是张琴安排的这样的一个阴差阳错。

张琴不停地打给秦风，秦风的手机却一直关着。

张琴彻底害怕了坐立不安了。

正在这时，林小曼披头散发地冲了进来。张琴赶忙下了床扶住她问："小曼，你怎么了？"

林小曼明亮的眼睛因失神而无光，刘海儿显然被汗渍浸透，一绺一绺的沾在额上。张琴的心揪了下，不管怎么样她也是一个母亲，并且是一个非常爱女儿的母亲。

林小曼瘫坐在地上，张琴扶着她，随着她一起瘫坐在地上。

林小曼嘤嘤咽咽地哭出了声说："我刚才梦到虎虎了，我梦到他自己走在黑夜里，不停地哭，不停地喊着妈妈、琴姨。"

张琴的鼻子一酸也哭了，她何尝不担心虎虎。可虎虎究竟在哪里？这个秦风在搞什么呀。她瞥了一眼自己的手机，还是没有任何提示。

周贝贝循声上楼来扶起她们俩，好说歹说地安抚着两个人坐下。伸手撩起窗帘，天已微明。

周贝贝想了想说："你们俩都别哭了，等天亮了，该吃吃，该喝喝，之后给秦风打电话，这事的确得通知他了。"

张琴"嚯"地站起来，扁鼻梁子更塌陷了些，肉肉的鼻头鼓起，狠狠地说："都是你，都是你，如果不是为了那两只兔子，虎虎能离家出走吗？"

张琴一边说着，一边真的把这个理由当作了事实，一声高过一声地哭起来，既伤心又委屈。

林小曼累了倒在床边，想说张琴又懒得开口，就闭着眼睛默默抽泣。

周贝贝还是第一次见到张琴如此泼辣的样子，倒吸口凉气。她双手交叉胸前，倚在衣柜边上冷眼观察。张琴的悲和怒都真实得酣畅淋漓，似乎没有一丝假象，但她还是有种异样的感觉。感觉她的悲和怒另有隐情，而自己不过是她转移这种隐情的借口。

周贝贝是见过世面的，不会计较小女人的小心思，她不会因为张琴对她发飙而气恼，也不会因为张琴跟她示好而就天真的觉得好。她的心里永远有自己的度量。

不过，周贝贝的确意识到张琴说的有一点是很有道理的，林小曼这样养尊处优惯了的阔太离开秦风很难生存。

没错，这世界上太多人想过自由自在的生活，但又有太多太多的人为各种事情牵绊、束缚，想拥有自我既是自私的也是奢侈的，有时候甚至是痴人说梦的。面对现实是每个人成长之路上的必修课。

周贝贝用一个紫色螺旋状的发圈扎起头发，便转身下楼去到厨房，煮小米粥，热牛奶，烤面包，煎荷包蛋，切火腿。一通忙活天已经大亮。她洗净了手又来到楼上。先拉起佝偻着身子坐在床边上的张琴，又拽起倒卧在床上的林小曼说："你们俩快去洗漱、吃饭，吃完咱们就去秦家，我怀疑虎虎是被秦风接走的，他故意不动声色让我们着急，这样就迫使小曼只得回家了。"

林小曼听周贝贝这么一说："本就因一夜无眠而显得有些凸显的眼睛差点流出眼眶。一时甚至有些口吃，她说："真——真——真有这个可能。"

周贝贝点头，又与张琴对视一眼，张琴眼里迅速闪过的是慌乱，不是与林小曼一般的惊讶。

周贝贝几乎可以确定了，这一出虎虎失踪的闹剧，应该是秦风和张琴的杰作。她轻轻舒了口气，合作就合作吧，张琴的本意也是为了秦风跟林小曼可以复合，即便有私心也有为了林小曼着想的成分。只要虎虎没事周贝贝就不会戳穿张琴的心思和伎俩。

10. 完美高富帅

吃过早饭，三人出门准备回秦家。

初秋的早上，是非常舒服的凉爽。让人们紧张而焦虑的情绪得以舒缓。

林小曼一上车，一脚踩到了一个甚为坚硬的东西，伸手拿起竟然是前一天掉在车上的手机。她拍下脑门说："看我乱的，手机一直躺在这儿。"

手机黑屏了，没电了。

周贝贝用车充充上电。过了好一会，手机才响了一声，自动开机了。这一开机不要紧，未接来电和短信提示音交替响起，热闹非凡。

周贝贝忙把车停在路边说："小曼，快看看，看看谁打来的，信息是什么内容。"

林小曼皱着眉头说："你还是快开车，咱们去找秦风吧，别耽误时间了。"

哎呀。周贝贝真是不知道怎么说林小曼才好。她简直没了一点思考能力，万一这未接来电和短信都跟虎虎有关系呢？

于是，周贝贝拿起电话，有六个未接来电都是一个号码，但没有显示储存姓名。再打开信息一切明了了。

五条信息：

"你好，是虎虎的妈妈吗？我在路上遇到虎虎，给你打电话不接，请看到信息速回电。"

"你好，是林女士吗？请给我回个电话，我联系不上你。"

"你好，怎么一直不回电话，也不接电话呢？"

"我带虎虎回我家了，看见短信请回电话。"

"你是一个什么样的母亲呀，自己的孩子找不到了，不着急吗？"

最后一条短信，明显的那个人已经非常气愤了。

林小曼一下了拔下充电器的插头，握住手机的手都颤抖了，眼泪和鼻涕一起流下来。她顾不得擦一下，立刻拨打过去。鼻涕眼泪落在手臂上。

　　周贝贝"扑哧"乐出声，忙用纸巾帮她擦。而张琴一颗悬着的心也落了下来。

　　电话很快接通了，是一个男人的声音，非常有磁性动听的声音，但说出来的话确实气愤而有些冷漠："你终于回电话了，终于想起自己的孩子了吗？"

　　没有前言没有后缀就那么直愣愣冷冰冰的。

　　"我我。"林小曼有点哑然。不知道怎么回答。

　　那个男人继续说："告诉我你在哪里，我现在送虎虎回去。"

　　"哦，哦。"林小曼痴愣愣地，机械地说出周贝贝家的住址。

　　"那就先挂了吧，我这就带虎虎过去。"男人的语气稍微缓和了一下，大约是因为终于联系上了，减少了些因焦虑而平添的怒气。

　　男人还很礼貌地等待林小曼先挂掉了电话。

　　而林小曼刚一挂掉电话，嘴巴一瘪就哭了，张琴也哭了。周贝贝伸出双臂，拍拍这两个女人笑着说："一场虚惊，谢天谢地，咱们赶紧回去，等待虎虎，同时烧烧高香，另外看看收留虎虎的那位先生是不是帅哥，如果是我准备下手。

　　林小曼破涕为笑，张琴也不禁笑了。

　　人就是这样，心情决定天气。尽管此时天空中飘飘洒洒的雨丝摇曳，但林小曼竟觉得是一种美好。途径一段正在修的路，因为雨水的缘故，车子驶过有些泥点溅起，并让车身颠簸前行，人在车中晃荡。这些都没有影响林小曼，在颠簸中她竟然有些兴奋，似乎这样的颠簸，才能反映出她此时的心情，尽管曲折、惊惧，但还是过去了。她的虎虎就要回到她身边了，想到这儿，她嘴角都是笑意。车子又一颠，没有系安全带，她的脑门撞到了前面，但她摸摸有些红肿的脑门"咯咯"地笑。

　　是呀，这轻微的疼痛能换来虎虎的归来，该是多么值得。

　　这几年来，林小曼一直纠结着自己跟秦风的婚姻状态，对于虎虎相比较，她似乎都没有张琴照顾看护的时候多。而这一次虎虎的失踪，真正让她感受到了孩子的重要，那种切肤的疼痛，那种空白的恐慌。

　　"虎虎，妈妈一定会多用心思在你的身上。"林小曼心里默念。同时，她侧身伸出手握住张琴的手，眼里尽是感激。因为就在这个瞬间，她感念到了这几年来张琴对虎虎的付出，那份心思那么细微的倾力地。

周贝贝三人回到家，没多久门铃就响了。

周贝贝跑过去开门。

在打开门的一刹那，虎虎就先钻了进来。

"妈妈、琴姨，"虎虎喊叫着扑过来。

林小曼和张琴不约而同地抱住虎虎。又摸又看，生怕虎虎的身上少了点什么似的。一时没顾得上在虎虎后面进门的一位高大的男人。

这男人三十左右的年纪，身高至少有一米八，不胖不瘦，下身穿了条牛仔裤，上面是一件白色的 T 恤，外罩一件棉质白紫色相间的格子大衬衣，休闲装扮中有一丝文艺气息。而周贝贝有些惊呆的表情，足以证明这男人有张标准外貌协会的脸。不算大细长的眼睛，眼角是透着温情的笑意，是那种与生俱来的温情，高挺的鼻子，与身材比例十分恰当的不大不小长方形的脸庞。再配上一头柔顺浓密有些弯曲的头发，简直就是韩国电视剧里的男一号。还是那种对苦情女一号忠贞不渝的高富帅版的。

周贝贝甩甩头乐了，心想都说男人好色，女人何尝不是，看见这么帅的男人照旧也会愣神，哈，看来真是爱美之心人皆有之。

"你好。"男子主动开口对周贝贝说："既然虎虎已经安全到家，那我就先告辞了。"

"哎哎哎。"周贝贝忙不迭地拦住"高富帅"说："您先留步，我们这还乱作一团，不明就里呢，您怎么着也得赏脸先进来坐会儿，让我们整个明白并对你表示感谢啊。即便您不渴望得到一句谢谢，而我们不能不说呀。"

"高富帅"笑了说："你这么一说："我是没有走的可能性了，好，那我就先看看这母子相见的感人场面。"

周贝贝也笑出来声说："好，咱俩一起看。"

两个人站在一边，看着林小曼、张琴和虎虎。而那三个人全然不觉，似乎他们并不存在。

周贝贝耸耸肩说："没办法，当妈妈的可能都这样吧，不像我这种剩女，体会不出那份心情。"

"高富帅"点头指着张琴悄声问周贝贝："这位就是虎虎的妈妈吧？"

周贝贝侧目盯着他，更加压低了声音问："虎虎尽管比较像他爸爸，但

难道真的那么丑吗？"

"高富帅"有些尴尬，不知所措。周贝贝便指着林小曼说："那位才是。"

"高富帅"望向林小曼愣住了。林小曼正满眼泪花的紧紧地抱着虎虎。那尖尖的下巴，温润的嘴巴，秀气的鼻子，大大的眼睛，还有那一头乌黑的天然直直的发。配上滴落在颊上，睫毛上的点点泪花，是那般楚楚可怜又清丽怡人。林小曼自有的那份古典气质在最失魂落魄的时候也会自然流露，形成最让人心动的娇柔。想必任何一个人男人见了，即便不会产生歹念，却会充满了想去保护怜惜的冲动。

周贝贝走过去扶起娘仁说："好了，好了，招呼下客人吧。"

林小曼这才意识到什么，接过周贝贝递过来的纸巾，擦拭了下挂在脸颊上的泪，白净的脸蛋微微有些难为情的红。她对已经走到面前的"高富帅"说："真是不好意思，让您见笑了。"

"高富帅"微笑摇头说："这很正常，一个目前正常的反应，我很理解。"

周贝贝让张琴带虎虎去洗脸，自己与林小曼、"高富帅"坐了下来。

周贝贝倒了百分之百纯度的橙汁递给"高富帅"说："先喝点东西吧。"

"高富帅"接过去说了声："谢谢。"

周贝贝继续说："介绍下，这是虎虎的妈妈林小曼，我叫周贝贝。"

"高富帅"把杯子放到茶几上，诚挚的目光落在林小曼身上说："我叫孟不凡。"

第四篇

缘分的果实

　　一棵无名的果树开花了，人们都在欣赏，看其绚丽，闻其幽香，复制在相机里，匆匆留下靓丽而潇洒的过客，谁又有耐心去等到秋天，再去品尝那更香甜可口的果实呢？一丝袅袅的风吹过来，婀娜多姿，青青的，略带苦涩的味道，没人想把它放在口中，还没到成熟的季节。一阵沥沥的雨落下来，深情而执拗，孤冷冷躺在秋叶之中，已经过了收割的时节，顺流而下，汇流于空旷的夕阳处，怎么又能埋怨这雨打落了这世上最美的果实。

　　一切都经历过了，真的能品尝到那缘分的果实的人，该是一个多么让人羡慕的幸福的人呀。

1. 这个叫孟不凡的男人对林小曼一见钟情了

当尘埃落定，空气中的物质都会不知所终，仿若苍白的纸张，不用放大镜看不到上面有丝毫的杂质。

一切似乎告一段落，但生活的角逐不像一场球赛，究竟是完结了还是中场休息，都是一目了然的。而生活的角逐中，看似的尘归尘，土归土，很可能是更强烈的风暴前的一种假象。

"高富帅"叫孟不凡。虎虎之所以被他送回来，是因为他恰巧在路上遇到找不到家的虎虎。

那时已经很晚了，虎虎又冷又饿又怕，瑟瑟发抖。

原本，孟不凡想把虎虎送到附近的派出所，但虎虎死活不肯去。虎虎认定派出所是关押坏人的地方。

孟不凡没有带孩子的经验，看着坐在地上大哭的虎虎手足无措。最后，只好先把他带回自己的住处。

虎虎出来的时候还没有吃晚饭，小家伙饿得直按肚子。孟不凡便叫了匹萨。

等虎虎狼吞虎咽地吃完，才又想起了妈妈。一瘪嘴又哭了。

孟不凡被虎虎弄得头都大了，他一个大男人，哪里带过孩子。

虎虎哭，孟不凡在房间里搔着脑袋走来走去想办法，终于，他一拍自己的头想出了办法。

孟不凡双手抓住虎虎的小肩膀问："虎虎，你记不记得你们家里人的电话，比如你爸爸或者你妈妈的？"

虎虎眨眨眼睛，说："我只记得我妈妈的。"

孟不凡轻捏一下虎虎肉肉的小脸蛋激动地说："这就好办了呀，我给你妈妈打个电话，她们就可以来接你，或者我就可以送你回去了。"

虎虎瞪着眼睛撅着嘴巴，然后，似乎明白了说："那你快给我妈妈打呀。"

孟不凡应着："好好。"便四处找寻电话。

虎虎从餐桌的一把椅子上找到他的电话，递给他说："在这里，你乱放东西呦。"

孟不凡轻轻地推揉一下虎虎说："你这个小家伙，我是乱放东西，可你连自己都丢了呢。"

一个大男人和一个小男孩你推我一把，我推你一把，一个没了带孩子的负担，一个没了找不到家的恐惧。嬉笑开了。

于是，便有了林小曼手机上的六个未接来电和五个未读信息。

孟不凡讲完了整个过程，林小曼站了起来，坐到孟不凡边上的椅子上说："真的不知道怎么感谢你了，我们几个都要急疯了。今早才发现我的手机昨天傍晚落在了车上，一着急都没想起找手机。"

孟不凡稍微侧了下身，跟林小曼形成了面对面。他摊摊手，又是嘴角带着温和的笑意说："原来是这样呀，那我刚才对你态度实在是有点坏，不要介意呀。"

林小曼轻轻抿了下嘴巴，可能是这一天光流眼泪，没喝水的缘故，她的嘴巴发干。

细心的孟不凡把那杯橙汁递给她林小曼忙推辞。两个人互相推脱着，周贝贝便又倒了一杯给小曼。在那一来一往间，林小曼也惊觉到这个男人实在是英俊潇洒，就如同少女时代看的言情剧里的男主角。

林小曼是不太善于与陌生男人交谈的，很快就冷了场。好在周贝贝及时说："孟先生，你看，你帮了我们这么大的忙，就让我们中午请你吃个饭，以示感谢吧。"

孟不凡笑了，非常朗朗的笑声，说："哪里有让女士请客的，要是吃饭

也得我请。不过今天中午我的确有事情，我表哥早就约了我，改天吧，改天我一定请你们吃饭。"

正说着，虎虎跑了出来，扑向孟不凡，孟不凡被他扑倒在沙发里，一个大男人，一个小男孩，一个哈哈笑，一个咯咯乐。

林小曼和周贝贝都被感染了，也会心地笑了。

此时，张琴却躲在厨房没有出来，因为秦风的电话终于打来了。

张琴站在厨房外墙，距离客厅最远的角落里，用手捂着嘴巴，压低了声音问："秦总，您怎么才回电话呀？"

秦风的声音有些低落说："昨天很想虎虎，心情不太好，很早就回家了，电话落在公司，这才刚来拿，刚看到信息。"

"哎。"张琴叹了口气，心想阴差阳错的，虎虎差点丢了，计划却泡汤了，这便是所谓的人算不如天算吧。

秦风显得有些着急问："张琴，现在我真的得依靠你了，你看还能想想什么办法，好让小曼带着虎虎回来？"

张琴探头向客厅张望下，看到孟不凡起身要走忙说了句："秦总，你别太着急，咱们再想办法。"便匆匆挂了电话。

女人都是敏感的，张琴只看到了孟不凡与林小曼在门口的寒暄道别，就断定这个叫孟不凡的男人对林小曼一见钟情了。因为他的眼中是那么温柔的光彩，那光彩如同玉龙雪山下的河流一般，清澈极了，深邃极了。

张琴都看出了端倪，周贝贝就更不用说了。

周贝贝关上了大门，转身瞥了眼小曼说："此时倘若你春心荡漾，我还是可以理解的，这个男人超帅、有型，并且得体、温情，眼睛清澈而略带笑意，是浪漫的艺术家而绝非浅薄的眼带桃花，属于一身正气型大众情人。

林小曼撇嘴皱眉歪着头瞅着她，好一会儿说："神经，我看是你自己看上人家了吧？那赶紧还没走远追去。"

周贝贝故作沉思说："别说，这哥们，还真是我的菜，只可惜我桌上的菜太多，没空地儿了，存着又怕馊。"

林小曼伸手拧她的脸说："什么人呀？你这嘴也太损了，谁敢娶你呀，非得成齐天大圣不可。"

俩人的嬉闹终止于张琴的惊叫。

"你们别闹了，快来呀。"张琴搂着虎虎，一张脸又弯成了苦瓜状。

"怎么了？"林小曼和周贝贝齐声问。

张琴用自己的额头贴住虎虎的额头说："虎虎好像发烧了。"

的确，虎虎白白的脸蛋通红，眼睛有些深陷。

林小曼也用额头贴住虎虎的额头，"天呀，"她惊叫，"很热呀。"

周贝贝迅速找出体温计。一试竟有三十九度了。

小孩子最怕发烧了，发烧如果不及时治疗，很可能转别的病。三个人难得的步调一致，二话没说，立刻送虎虎去医院。"

2. 挂号的队伍就是条"长龙"

儿童医院的门前，永远是车水马龙的。整个城市每天每个时段都会堵车的地方就属儿童医院了。

更何况这是周末，周末的儿童医院，比儿童乐园人还多。

距离医院大门还有几百米，车子就开不进去了。周贝贝的车一点点蹭但举步维艰。林小曼当机立断说："贝贝，算了，我跟张琴带虎虎在这下车，先去挂号，你停好车去找我们。"

"好。"周贝贝应着，给她们开了车门。

张琴抱着虎虎，林小曼帮着拖着虎虎的腿，好让张琴省点力，两个人连跑带颠的。好不容易跑到门诊，一看黑压压的一片，全是攒动的人头，孩子的哭声，大人的焦虑，没病都能挤兑出病来。

挂号的队伍就是条"长龙"。林小曼眼前一黑差点晕倒，亏了张琴抱着虎虎的大手给了她点力，她才站稳了。林小曼说："挂号就得等一两个小时，这样的话几点才能看到呀？"

张琴点头说："是呀。再把虎虎的病耽误了，可就得出大事了。"

林小曼忽然想起来了，周贝贝公司老总徐文翰的一个同学就是儿童医院的大夫。林小曼拨通周贝贝电话问："贝贝，你停好车了吗？"

周贝贝回答："我把车停在医院外围了，正往医院赶呢。十分钟，我十分钟就到门诊。"

十分钟后周贝贝到了，可"长龙"竟没有看出短来。

林小曼一把抓住捂着肚子哧哧喘大气的周贝贝说："徐文翰的同学是这里的大夫，对不？我记得你说过，你们公司员工的孩子病了，他总帮着找大夫。"

周贝贝呼哧呼哧地点头。与此同时，她看到张琴在林小曼的背后冲她摇头。周贝贝是何等聪明呀，她立刻明白了，张琴不想让她帮忙。因为以往虎虎生病，自然会是神通广大的秦氏公司的秦总裁一个电话就可以搞定的。张琴是想借此机会，给秦风一个带回妻儿的机会。

周贝贝的脑子里闪过前一天张琴对她的指责，是呀，林小曼离开秦风怎么生活？不管周贝贝对张琴有多少怀疑，这点她在深思后是认同的。林小曼不是她周贝贝，她是过了十年养尊处优生活的秦太太。

周贝贝的头晃得跟拨浪鼓似的说："你记错了，那人不是在儿童医院，是第一医院。"

林小曼的眉头更加深锁。张琴在一边提醒说："小曼，我有话不知道当讲不当讲，毕竟秦风是虎虎的爸爸，咱们还是赶紧通知他，让他解决这个问题吧。"

"是呀，是呀。"周贝贝连声附和说："张琴说得对，秦氏的秦总裁来了，院长都会亲自帮虎虎找大夫的。还是赶紧联系秦风吧。"

林小曼愕然地望着周贝贝眼中充满疑惑，她说："你们俩战线如此一致，可真是破天荒。"

周贝贝和张琴对视，她俩都有些尴尬，还是周贝贝反应快说："谁说得有理，就得听谁的，人家张琴说得对呀。这样吧，我来打电话吧。"

说着，周贝贝就要拨给秦风。

林小曼把手放在她要按号码的手指上说："不，我还是不想找他。以后，我这样带着虎虎面对一切的时候多了，难道都得找他。"

尽管林小曼这么说着，但周贝贝和张琴都已经看出了她眼中的犹豫，她对自己的能力是担忧的，对未来是缺乏信心的。

周贝贝恳切地说："小曼，你不能拿虎虎的身体当做表现自己独立性的筹码，那样，虎虎真出了什么事你会后悔死的，再有你跟秦风的事情，也不能这么草率，每个人在做抉择的时候，其实只要考虑一件事就行，那就是利弊，衡量利弊……"

"贝贝，"林小曼打断她说："我现在不想提那些事，现在我只想赶紧给虎虎看病。"

周贝贝点头说："那是后话，我会跟你好好聊好好分析利弊，眼下我们别无选择，找秦风甩掉长龙。"

周贝贝拨通了秦风的电话。她说道："虎虎发烧，我们现在在儿童医院呢。"秦风就立刻回答一句："你们别急，我马上到。"

果然，秦风很快进了门诊室。

周贝贝惊叹："嚯，你开直升机来的？"

其实，张琴之前就发短信通知了他，他早就候在外面呢。

秦风顾不上跟周贝贝斗嘴，直奔虎虎，摸摸虎虎的额头。虎虎看见爸爸，红红的脸蛋更红了，伸出双臂抱紧秦风喃喃着："爸爸，爸爸。"

秦风的眼泪差点流淌下来，这就是父子天性吧，他想到了他的爸爸，他小时候生病时，也喜欢这样抱紧他的爸爸。

林小曼看着这一幕，内心也有些酸楚，她开始怀疑她的行为是否妥当。但……想到秦风憨厚的脸冷漠的眼，她还是很厌烦，便说："行了，别秀父爱了，赶紧找人看病要紧。"

秦风瞅她一眼淡淡地说："都安排好了，你不用担心了。"

儿童医院的院长跟秦风都是政协委员。秦风又帮过他一些忙，自然对虎虎的事情十分上心。

院长帮着请了最好的大夫，确诊虎虎就是因为感冒引起的发烧，但是近期的感冒都是病毒性的，小孩子一旦患病就很难好。有的孩子会拖拉很久。

秦风没犹豫，请院长帮忙安排了单间的高级病房，让虎虎留院方便治疗。

院长劝道："其实没必要的，那个病房很贵，你儿子的病也很普遍，还是遵医嘱回家吧，如果不见好再来找我。"

秦风摆摆手很坚决地说："不不，住院，无所谓有多贵。省得来回跑，每次都得找你，住院了反倒省心。"

院长笑笑，心想有钱人家的少爷就是少爷。但也没再说什么，便去给安排了。

3. 很多时候希望就是海市蜃楼

守护在病房内的林小曼，在周一的一大早收到周贝贝发来的短信："小曼，咱们这么多年的朋友，有些话我还是难以当面启齿，因为怕伤害你，所以只好发短信说出我的心里话。我觉得你没有能力承受离婚的后果，如果仅仅是你自己，那么没问题，大不了我们洗尽铅华总能生活，但虎虎怎么办？你怎么照顾他的同时去工作，你们怎么生活？其实像我们这个年龄的人，做事情不能仅仅是靠感情用事了，理智是我们更好生活的手段，就像我那天说的，我们做任何抉择的时候，只需要衡量下利弊。你冷静的衡量下，你跟秦风如果真的离婚，利与弊？利，可能是你觉得得到了暂时的解脱，甚至还可能是得到了希望，但希望往往会落空，这是经久不衰的真理。很多时候希望就是海市蜃楼，你固然貌美，可男人也很现实，谁能乐意给你的虎虎当爸爸呢？何况经此一遭，秦风怎么会对虎虎放手？而弊呢？弊就太多了，你冷静想想都能想出来。所以，我建议你再给秦风和你自己，你们的家一次机会。秦风不是坏人，他不过是一个不够浪漫风情的男人，你再努力下，也许结果就不同。"

这是周贝贝深思后的建议。经过这几天，她已经彻底明白，一个人改变自己的生活习惯是很难的，尤其是十年的生活习惯，林小曼不可能成为一个坚强独立的单亲妈妈。所以，她彻底认同了张琴的话，真为小曼好就该劝小曼面对现实，尽量去接受秦风，而不是潇洒地一拍两散。所谓因果每个人都要为自己当初种的因而接受现在的果。林小曼这十年也得到了很多女人梦想的生活。这天下的夫妻，有几对是幸福的？想十全十美某种角度也是不懂得对生活的珍惜。

人有时候总会有点无所畏惧的冲动，但往往如此，就会让自己伤痕累累，所以，少尝试未必是坏事。

林小曼举着手机，反反复复看了好几遍。

"哎。"她叹口气走到窗前。

这个秋天真是多雨，这又是一个不见阳光的阴天，没有到乌云密布的地步，但天空中看不到一片云朵。清晨的朝气被一股湿漉漉的气息替代。有些人会觉得湿润舒服，有些人则会发闷烦躁，全看自己的心情了。

林小曼是怎么样的？她自己都搞不清楚，她想推开窗子，深深呼吸那种带着湿滑味道的清新，又想拉上窗帘，不去看阴霾的雾气。

没错林小曼是矛盾的。

林小曼知道周贝贝说得对，尽管她不是一个深谙世事的职场女人，但毕竟也是一个五岁男孩的妈妈，基本的人之常情和对生活的感应她总是有的。这两天的窘困和慌乱，她自己都羞于想起，那么没用，那么低能。她比不得周贝贝的应对能力，也比不了张琴的吃苦耐劳。她不过就是一个没真正经过风浪和苦难，只知道生活在自己的小情小调中的小女人，甚至她都不是一个合格的妈妈。

林小曼的眼泪淌了下来，只为对自己深一步的了解。她算什么，什么都不算，不过就是秦家的摆设，尽管光鲜亮丽，尽管没有旧的礼教的制约，但自身的性格和能量决定了一切，她的社会名片只能是——秦风太太。

她抹了把脸，素净的脸上再看不到泪水滴落的痕迹。她笑了，认命很多时候是超脱的开始。她觉得她该选择认命了。当然，在这个认命的过程中，她还要努力让自己的命运越来越好一些。

林小曼做了决定，在虎虎入院五天后，准备出院的时候，没有秦风的哀求，

也没有大家的规劝，一家三口顺其自然地回家了。

回家后，林小曼没有再像以往那样，使出浑身解数去吸引秦风。而是吩咐张琴，把她的东西都搬到了客房。

张琴还在犹豫，秦风却开了腔说："就按小曼的意思做吧，不过，我住客房，主卧收拾出来让小曼住。"

林小曼没再反驳。张琴便动手收拾。

林小曼和秦风默默地坐在客厅的沙发上，两个人都很疲累，都没有什么话要说，似乎都很清楚对方，又似乎觉得没必要清楚对方。

虎虎先是在他们俩之间躺着，后来觉得很无趣便回了自己的房间。

寂静是这套房子最大的特点，寂静在某种情境下的另一层含义就是没有生气，因为充满冷漠而没有一点生气。

如果说以前在这个家，还有那么一丝温情和暖意，那是因为林小曼的心并没有完全死掉，而现在她的心里也没了温度。不知道为什么，她越来越恨秦风，她觉得她这十年的脱离生活，如白痴一般的行为状态，全部都拜秦风所赐，甚至她隐隐觉得秦风娶她另有隐情，根本就不是喜欢她，也绝不是简单浅薄地看重了她的貌美如花。像是在毁掉她。

她晃晃头让自己不过于胡思乱想。就像是做一道难解的数学题，解到一半却没了思路的时候是很头疼的。林小曼便是如此，她认定自己的感觉没错，但是她搞不清楚秦风究竟为什么要毁灭她？她是普通人家的女儿，跟秦风没有商场上的对决呀，她之前都不认识他，也不会有什么世仇宿怨呀？她按照电视剧里面演绎的故事桥段想了很多，都是不可能的。她得不到答案，便更觉得荒谬无趣，"为什么"在瞬间会变为"无所谓"应该会是缘于厌恶。

没错，林小曼觉得她非常厌恶秦风，所以，还是分居吧。省得为了讨得一次半次的欢爱，而把自己弄得狼狈不堪。

林小曼轻轻地自言自语道："不值得。"

秦风在喝茶，但还是听到了这句"不值得"。他的心里动了一下。他也感受到了林小曼这次的变化，如果说以前，甚至林小曼大胆追求魏一然，都不算什么的话，那么林小曼现在的冷漠和不屑，足以说明她的心思变了。

秦风放下茶杯，温和的语气，谦卑的态度，他说："这几天累坏了，赶紧去休息吧。明天我带你们出去吃顿大餐。"

"嗯。"林小曼冷冷地应了声，冷着脸从秦风身边走过，径自回房间了。

秦风又喝了口茶，久久没有放下杯子，他若有所思。

4. 我不想成为一个没有温度的人

转天，一大早林小曼就出门了。

张琴一边送她到门口，一边试探着问："小曼，你去哪里？今天才周四，周贝贝是要上班的。"

"嗯。"林小曼应着说："我不是去找她。"

"那你？"张琴还是想一试究竟继续问，"去古董行？"

林小曼摇头说："不去了，古琴也不学了。对了，可心学的话，你周末自己带她去。我不想再见魏一然，没意思。"

"哦。"张琴真的有点搞不懂林小曼了，怎么又没意思了？

林小曼见她一副丈二和尚摸不着头脑的样子笑了，说："回头我跟你细说。总之，我想明白了，我这十年是白活了，什么男人，什么爱情，什么金钱财富都是瞎鬼。自己，张琴，你明白吗？自己做了些什么，自己想要什么这才是重要的。所以，我得自己长本事，我得自己努力争取自己的生活，没那本事，我就得认头做这秦家的木乃伊。两种选择，我总得努力下。"

张琴摇头说："不明白。"

林小曼抓住她的手腕，压低了声音，说："知道卧薪尝胆吗？差不多的意思。"

张琴还是难以理解。林小曼不再解释，只说："一切才是开始，等我真的觉得自己有了一定能力的时候，我再跟你细说。现在就麻烦你帮我照顾好虎

虎，这周不去幼儿园你就更辛苦了。但这周末一定接可心，别为了我亏了你的宝贝女儿。"

张琴点头，还是很感激地望着林小曼的背影，很久。

张琴觉得她对林小曼的情感越来越复杂。林小曼关心她的时候，她也会感动，而林小曼变身秦太太与她成为雇佣关系的时候，她真的会有一种恨恨的情绪。张琴知道林小曼肯定比一般的雇主对她这个保姆强多了，但是小学同学的关系，以及一个贫民区出来的背景，让她的心里总是充满了对这样不平等的境遇的愤懑，有时候这种愤懑会蔓延到林小曼的身上。

"琴姨。"虎虎在叫她。

张琴忙关上门，恢复了思绪，去看虎虎。

虎虎经历了这几天的波折，似乎是受了惊吓，总是内心很不安的，几乎一刻离不开人。

往往一个家庭，不管男人伤害了女人，还是女人伤害了男人，只要有孩子，最可怜的最受伤的都是孩子。

很多人把生儿育女看做是自然而然的婚姻行为，其实传宗接代是一种手段，而不是一种情感的时候，生儿育女就是最自私的人性反应。是不负责的。但所有的父母亲，尤其是家庭破碎的父母亲都会争抢着表白自己对孩子的爱，其实，那种表白甚至真切的行动都是很无力的。不过是隐藏内心的愧疚和自身的无能罢了。

当林小曼和秦风都无法意识到这一点的时候，他们俩所有看似正常的个人行为，都已经为将要付出的代价做足了准备。

林小曼所谓的"卧薪尝胆"就是要从第一份工作做起。

她想好了，她要工作，要让自己逐渐强大起来，成为一个有能力照顾自己孩子的母亲，成为一个有能力应对生活变故的女人。

林小曼站在"金尾竹"楼下，仰望蓝天深深地舒了口气。

这是这个秋天难得放晴的日子。天空是真正的秋高气爽的舒展，一扫前几日阴霾天气的雾霭沉沉。

林小曼抖擞精神，俨如面临人生重大抉择般将长发向两鬓拢了去，坚定地走了进去。她步伐轻盈，面带笑意。倒真有几分刚刚毕业的艺术院校女大学生的气息。

"金尾竹"的经理，林小曼的初恋男友，当年的钢琴王子已经在办公室等候她。俩人相见不禁都笑了。

时光虽流失，却总会有一些的兜兜转转。

"钢琴王子"，哦，不，现在的陈总，陈子聪，上下打量了一下林小曼，一身湖蓝色的连体棉质长衣裤，裤子设计的很长，也较为肥大，在一双湖蓝色的中跟浅口软皮鞋的衬托下，显得飘逸轻灵。胸前是手工刺绣的粉紫色基调的花朵，右侧铺陈，只在尾部漫到了左侧，形成了不规则却透着灵秀之气的娇俏。

他不由得轻叹说："小曼，别说，你随便往那一站，还是那么有艺术气质。"

林小曼也瞧瞧他。一身的名牌，名贵的手表，一丝不苟的头发。她"扑哧"笑出声说："你随便往那一站，谁还看得出当年那个狂热的钢琴王子的模样，标准的老板了。"

陈子聪也笑了无比自嘲地说："此一时彼一时，我现在是有女万事足，所以我不是什么老板是管家，但我会当好我管家的角色。"

听了子聪这番话，林小曼竟然有些感动，难道有了孩子成为父亲，这种角色的转换后，真的能给一个人带来巨大的变化吗？陈子聪不再是当年那个轻狂的钢琴王子，他的浑身上下尽管多了一些叫做现实的商人气，但也多了一些叫做沉稳踏实的成熟。简单地说："就是此时身为人夫人父的陈子聪靠谱多了。

林小曼想到秦风，秦风在外人眼里，似乎从来都没有不靠谱过，甚至他经营那么大的秦氏，也没有陈子聪那种看似有些油滑的商人标志，永远是稳固如山的风格。但只有林小曼清楚，清楚他的别样，他的冷漠，他的纯粹的自我。他也有孩子呀，他也有妻子呀？即便不爱妻子，他难道不爱孩子吗？他是爱孩子的。林小曼给了自己肯定的答案。秦风是爱孩子的，那么他为什么没有陈子聪那种从容的坚定，为了孩子不惜一切的坚定？

林小曼晃晃头不想再想了，一旦想到秦风的冷漠无情，她的良好状态就

会无存，取而代之的是同样的冷漠，像冰冻般的冷漠。她不想，她不想也成为一个没有温度的人？

"小曼。"陈子聪问："恕我直言，既然你已经搬回家去了，为什么还要来我这里做钢琴师呢？"

"因为，我不想成为一个没有温度的人。"林小曼不假思索地回答。

陈子聪摊摊手说："有点深奥，不过，我们那么多年的朋友，我也不必知道你为什么，只要你需要我的帮助，我也有能力帮助你，我会尽力。"

林小曼起身说："那好，那我什么时候可以上班？"

陈子聪侧了头疑惑地问："那么急？"

"嗯。"林小曼忽闪着眼睛说："猴急猴急的，胜过三急。"

陈子聪"哈哈"笑了，他没想到当年的清纯玉女林小曼也能如此调侃。他说："那好，我们这里每天十一点正式营业，你要是这么急，今天就可以。"

"真的？"林小曼睁大眼睛。

"当然。"陈子聪微笑回答，"一天有两个上班的时间段，早班是从十点半到下午两点半，晚班是晚上五点到九点，周末晚班会延长到十点半。我们这里已经请了几位钢琴师，轮班制，人员是够的，所以你不必轮班，就是你想上哪个班就上哪个班。"

林小曼凝望着当年那个愤世嫉俗、自我轻狂的"钢琴王子"，眼泪差点落下来，她幽幽地说："你这分明就是为了帮我。"

陈子聪轻舒了口气，说："也算是吧，这些年我经历的多了，内心对过往的事情就更加清晰，我觉得我一直都是欠你的，如今能有机会补偿，其实也不是我帮你，还是你帮我，让我心安。不过，小曼，你放心，我没有任何邪念，生活对我而言，已经是太美好了，我几年前就皈依了佛门，我很满足我的现状，也不会去破坏它，更不会有非分之想去破坏你，别说我们曾经有过一段感情，即便就是普通的同学我也愿意帮忙。人活着都太不容易了。男人难，女人更难。有钱的难，没钱也难。但有钱的总比没钱的容易生活些，男人总比女人承受力强一些。这是真理，不仅仅是道理。所以，小曼，不要多想，不管是你帮我，还是我帮你，我们只要心安。"

子聪这么说时，眼中少了圆滑，多了真诚。林小曼主动伸出手，他们彼此握住对方的手，互相望着对方，那么真切，那么清澈，那么一切尽在不言中。

当天，林小曼成为"金尾竹"的一名钢琴演奏人员。

林小曼端坐在那架诗威德LSK—118钢琴前，心情无比激动，倒不是因为这钢琴实在名贵，而是因为餐厅里已经陆陆续续的有了很多客人。这么高档昂贵的餐厅，食客也比较讲究体面，不管真的假的都显得温文尔雅。男人绅士，女人淑女。刀叉交错间会关注下钢琴演奏，甚至一曲罢了，定是会有掌声的，似乎谁不轻轻鼓掌便是低了别人几分。

连续演奏了几首曲子，轮到林小曼休息的时间了，陈子聪早就准备了一份牛排。日本佐贺进口的牛肉，五分熟的烹制，一刀切下去超多汁。边上还有一点黄色的鹅肝酱，看着就能想到它有多香。

当然，还有一杯满是奶油泡沫的卡布基诺，不加糖独特的醇香。

林小曼一时不知所措说："子聪，你这是干吗呀？"

陈子聪示意她坐下说："你这么多年没吃过什么苦，来这里演奏已经很不容易了，当然得吃好一点。"

林小曼撇下嘴巴嗔怪道："这里的员工都是这种待遇？"

陈子聪笑了说："当然不是了，员工有员工餐，而你不能去吃员工餐呀，尽管我们的员工餐也不错的，我怎么也得照顾你，哎呦，你千万别多想，我仅仅就是想照顾你，一个老朋友……"

林小曼有些感动也有些感慨，岁月真是改变人，陈子聪的变化是巨大的，这说明他那个大老婆应该是个很难得的女人，因为每个人的变化基本上都跟自己的感情经历有关系。

"子聪，"林小曼非常真诚地说："我怎么会多想，我就是觉得……呵呵，尽管你身上多了点商人的气息，但是你真的成熟了，稳重了，心眼儿还越来越好了，你的油腔滑调包裹下是平和和善良。估计这得归功于你老婆。"

陈子聪点点头说："归功于我老婆，也归功于我女儿，更归功于生活。其实我想照顾你，还不仅仅是我们曾经的关系，还是一种怀旧的情结。看见你就想起了很多很多，那时候的我们尽管轻狂无知，甚至自私自我，但是真的很

127

年轻。现在我们，至少是我，多了很多沧桑了。"

林小曼若有所思，然后说："好，那么这一餐就全当是我们久别重逢，你请我的，之后不要破例，我跟着员工一起就餐。如果我到了你这里，还是被照顾，那么我出来工作的实际意义就没有了，我还不如在家看电视弹弹琴，出门逛街买东西喝喝咖啡呢，至少还不给你添麻烦呢。"

陈子聪先点头后摇头，连声说："你可没给我添麻烦，说实在的，你的钢琴弹的可是大有进步，这些年看来不仅没丢还长进了。"

"是呀。"林小曼喝了口咖啡，奶油泡沫沾到嘴巴上喷喷香的。她说："我成天闲着，能干的事就那么几样儿，练琴就是重要的事了，能不长进吗？对了，我还学会了弹古琴，至少能弹几支曲子。"

"真的吗？"陈子聪惊讶地问，"你还会弹古琴？"

"嗯。"林小曼一边应着，一边放进嘴巴里一块冒着血丝的牛排，故友就是故友，一旦说开了她觉得跟子聪之间很轻松。

陈子聪思忖了下说："小曼，你看这样好吗，我们下午茶时间特别安排四十分钟你的古琴表演？"

林小曼用纸巾擦拭了一下嘴巴说："没问题，尽管我的技艺不算绝顶，但简单的演奏还是可以的。"

"那太好了，"子聪很高兴，说："其实我们店里早就准备了古琴，因为下午茶时间都是来这里谈事的，很安静，配合氛围的自然是古琴，但没有找到可以来演奏的人，所以就放点轻音乐了，哈，但我们是全国连锁的高档自助餐厅呀，一切都得有一定的品质。哎呦，小曼，这下真的是你帮我大忙了。"

"真的？"林小曼将信将疑说："我真有这么大的作用吗？"

"当然了，"子聪由衷地说："现在的专业人才很难找的，尤其是古典乐器演奏人才，还有几个？艺术院校的学生都不好好学习专业，直奔着当歌星拍电视剧之类的去了。要不就是咱们这样的，找个好人嫁了吧。哈哈。"

陈子聪的说笑，却让伤感又在瞬间对林小曼全身心的侵袭而来。

是呀，原本以为找个好人嫁了吧，现在看来人家陈子聪倒真是找了个好人"嫁"掉了，而她林小曼是找了个牢笼关进去了，但最可悲的就是关了十年，不知道被关押的原因是什么，并且无处喊冤难以得救。所以只能自救，自救的方法现在只有一条，自己长本事。

"我想挣钱。"林小曼突如其来地冒出这么一句，把自己和陈子聪都吓了一跳。

陈子聪忙说："小曼，你放心，你的待遇没问题的，你希望怎么样就怎么样。"

"不不不，"林小曼连忙摆手说："我不是这个意思，我那话是说给自己听的，我想挣钱，我如果有本事挣钱了，就可以离开那个家。"

陈子聪坐到她的对面，深思了一下，语重心长地说："小曼，别傻了，人，一个人成熟的标志是什么？认命。你知道多少人羡慕你吗？没有十全十美的人，更没有十全十美的情感。得到一些就珍惜全部。"

"得到一些，就珍惜全部？"林小曼喃喃自语地重复一遍，她觉得这句话十分有理，似乎一语道破很多东西，但怎么就不像是在说她跟秦风呢？

5. 这就是缘分吧

林小曼的工作热情超出了陈子聪的想象，她请求从当日起就进行下午餐时间的表演。任凭子聪怎么劝阻，甚至说："小曼，你一切要慢慢来，太过力了，你身体吃不消。"

林小曼头晃得跟拨浪鼓似的说："不不不，我没事，我闲得倒是快得病了，还是那种无法医治，喝一堆汤药，吃无数盒西药也治标不治本的病。"

"以毒攻毒都没戏吗？"陈子聪被她逗得也开起了玩笑。

"没戏。"林小曼假装严肃地说："只能重新组装，由清闲孤独的小妇人变身轻灵自在的文艺女青。"

置身接地气的"金尾竹"，小曼说话的声音都干脆了很多。

第四篇·缘分的果实

陈子聪感受到了林小曼内心的欢实便不再劝阻，吩咐人去准备琴。再由林小曼亲自调弦。

一切都弄好了，距离下午茶还有段时间，林小曼便去员工休息室休息去了。原本子聪想给她单独安排一个休息室，林小曼拒绝了。她竟然挑着眉毛，用十分调皮的神情说："老板，我请求接地气。"

陈子聪只好答应，望着喜形于色的林小曼有说不出的感慨，不过就是一份工作，但是给予林小曼的快乐却是无穷的。可见，她之前的日子虽富有却是多么的束缚。"

陈子聪甚至有些心疼她，心疼她因为那么一点点小小的愿望得以满足而升腾出的无限乐趣。子聪的眼里充满了怜惜。

林小曼走到门边转身打招呼时，看到陈子聪那有些情义无价的眼神。她收敛了笑容又走近他，特别真诚地说："子聪，这么多年这次再见，我真的很高兴你的变化，尽管你离开了音乐艺术，但是你有了踏实安稳的生活，没有什么比这更重要的。我想我们能再次成为朋友，不仅是因为时间抚平了过去的痕迹，让内心不再纠结，更是因为你的变化让我欣赏和信任，但我绝对没有一丝超过友谊之外的想法，如果我在你面前的忘乎所以有些过分的话，那么请你理解我，一定不能误会。"

陈子聪被这劈头盖脸的一通弄懵了，好半天才意识到林小曼或是误会了他，于是他故意调侃地说："那如果不是误会呢？说着，他轻轻颔首，我们能否重续前缘。"

林小曼愣怔住了，眨眨眼睛，再眨眨眼睛，之后斩钉截铁地说："陈子聪，我能接受你的帮助，是因为你对家庭的责任心，和对生活的适度妥协让我信任，要是你这么说："那么，我……"

"哈哈哈。"还没等林小曼慷慨激昂地说完，陈子聪已经笑得不行了，他缓一缓说："小曼呀小曼呀，你真是如同当年那么单纯，你难道听不出来我是在开玩笑吗？从我的眼中看不出真诚的友情吗？"

林小曼撇了撇嘴巴，想了想说："好像可以看出来。"这么说着自己也笑了。

陈子聪把一只大手放在林小曼的肩头说："你呀，真是太简单了，你这样子还是先在"金尾竹"锻炼下吧，哪都别去，省得我不放心，太容易上当受骗了，哈。"

林小曼鼓着嘴巴憋住笑问："有这么严重吗？"

"很严重。"陈子聪答，"其实，小曼，学会看人很重要，人是有面相的，善与不善全部都在脸上，尤其是眼睛，你只要注意对方的眼睛就行。那句老话眼睛是心灵的窗户绝对正确，眼睛里流露出的，尤其是无意中流露出的基本上就是本性。"

"嗯，"林小曼点头，她的脑子里出现了秦风的眼神，于是她问，"那么如果眼中流露出的总是躲躲闪闪的呢？"

陈子聪不假思索地回答："很简单，不真诚不自信，总之都是跟'不'有关系的，或者不值得信任吧。"

陈子聪轻描淡写地解释，竟然令林小曼有茅塞顿开的感觉，是呀，一个眼神总是躲躲闪闪的人，怎么能让别人信任？自然也定是心中满是秘密，不想被人知的秘密。

那么，秦风的秘密是什么呢？

这样的想法一来，林小曼便有些烦躁，于是，抓紧去休息，让自己不再去想。

林小曼也没有真的休息，她非常看重这第一次在公开场合表演古琴的机会，在休息室认真地修理起了自己的指甲。

弹古琴的时候，对指甲还是有点要求的。右手需要略微留些指甲。如果右手完全没有指甲，则声音较为混沌、发闷。如果右手指甲太长，弹出的声音会太干、太燥。我们中国的古人讲究阴阳的平衡，所以无论左手按弦还是右手弹弦都需要"半肉半甲"，认为这样的音色是最好听的。当然，左手的大指也要留一点指甲，因为按中音以大指和名指用的最多，大指的按弦点在指甲根向上的两三毫米处，按弦时要半甲半肉按到上准（靠琴首一侧的高音区位上准）易多用甲。另外还有一个按弦点，为大指末关节右侧的挺骨处，以纯肉按弦，多用在按两或三弦时做辅助。

修理好指甲就接到秦风的电话："小曼，在午休吗？"

"没有。"林小曼漫不经心地答。

"虎虎呢？"秦风继续问。

"应该在午休吧。"林小曼还是没往心里去。

"你不在家？"秦风是何等的聪明，一下子就听出了端倪。

林小曼一惊，继而是厌烦，就简单地回答了一个字："对。"

"哦。"秦风踌躇了一下说："晚上，带你们出去吃饭，五点钟我准时回家接你们。"

"不去了。"林小曼随口就回绝了，说："虎虎病还没全好，吃不下什么。"

"嗯，也对。"秦风觉得林小曼说得有道理，但他还是说："那这样吧，让张琴带虎虎，我们俩单独去吃。"

林小曼放下修指甲的小刀子，斜靠在沙发边上说："不了，谢谢，没什么事挂了。"

"哦。"秦风轻声应了一下。

林小曼随即就挂了电话，不知道为什么，当秦风那一声"哦"出来的时候，林小曼好像立刻看到了他眼中漂移的神色，那让她特别不舒服，特别寒冷，特别心惊，更特别得有距离感，甚至特别厌烦。

林小曼不去想了，给周贝贝打了个电话，兴奋地告诉她，她上午已经成为一名钢琴师，下午还会表演古琴。好像这样兴奋地表达后就可以抹去秦风带给她的烦躁。

古琴演奏是需要一个平和的心境指引的。古琴所能给予听者的是渺远和清幽，即便是再激情的曲目，也是高山流水的清澈。

为了保证不出现纰漏，林小曼决定先抚一首她练习的最为熟悉的《梅花三弄》，这曲子也较为大众，听着也会觉得亲切。

很多人以为《梅花三弄》就是姜育恒演唱的同名电视剧的主题曲，而实际上《梅花三弄》是一首古琴曲，由笛曲改编而来，借物咏怀，通过梅花的洁白、芬芳和耐寒等特性，来赞颂具有高尚节操的人。此曲结构上采用循环再现的手法，重复整段主题三次，每次重复都采用泛音奏法故称为"三弄"。

林小曼也是很喜欢梅花的，她记得她会背诵的第一首古诗就是王安石的

《咏梅》：墙角数枝梅，凌寒独自开。遥知不是雪，唯有暗香来。

陈子聪想的没错，下午茶时间多是来这里谈事的。所谓的高层次的人物，最起码也是高级白领阶层，这类人多半会觉得自己比较与众不同，那么能够欣赏古琴古曲是自然而然的事情。当然，不会欣赏的也得装作会，这样似乎才与自身层次匹配。

所以，当林小曼全身心的投入古琴的演奏时，餐厅里是那么的安静，安静到可以听到每触动一根弦，而连带着触动人们心里继而产生的轻颤声。

事实是，不管听得懂的还是听不懂的，甚至连曲子都不知道的，都的确在这乐曲中得到了享受，一种久远的却是必需的如同针扎了下心，而后又只有麻麻的感觉，让心无限舒缓了的情怀。

《梅花三弄》后，林小曼稍作休息调整，又静坐在了古琴前。这一次，她面带微笑，轻抚琴弦，弦音响起，竟然有人轻声说："《渔舟唱晚》。"

尽管林小曼还是相信很多人喜欢古诗古词古画古物和古乐曲，但这里的客人多是生意人。她太了解生意人了，秦风与魏一然二十几年的好友，常常听魏一然抚琴的，也不见得说得出几首曲子的名字。倒是张琴的女儿可心，小小年纪跟着她们偶尔去跟魏一然学琴，竟然能弹得简单的曲子，叫得出很多曲子的名字。所以，一听到有人叫出曲子的名字，林小曼还是稍微惊讶了一下，而且那声音似乎有点耳熟，不过，为了更好的演奏林小曼并没有循声望去，稍一分神便又很快专注于琴。

这首曲子的确是《渔舟唱晚》，此曲为唐代诗人皮虫休、陆龟蒙泛舟松江，听渔人醉歌而作此曲，表现了皮、陆的借醉论政，以醉泄愤的情绪。音乐利用分节奏、滑音指法和音型的重复来表现豪放不羁的醉态，其中有着表现放声高歌的音调和类似摇橹声的音调。全曲素材精炼，结构紧严，是一首精致的琴曲小品。

林小曼的弹奏技法其实并没有多强，但胜在她极为投入认真，前面的舒缓怡然，后面的洒脱自在如同她内心的渴盼，表现得淋漓尽致。

此曲弹完掌声四起，客人们三三两两，彼此轻声称赞。

林小曼相当心满意足地向休息室走去。陈子聪跟她说得很清楚，三点到

第四篇·缘分的果实

五点，两个小时的下午茶时间，她只需要演奏四首曲子，其他的时间还是轻音乐代替。子聪玩笑道："好的东西不能一下子就让人们得到，咱们得吊足胃口。好吃的也不能多给。"

林小曼知道他是不想她太过疲累，本想力争但转念一想，自己的水平也没到连续演奏两个小时不出纰漏的地步，那么还是悠着点的好，保证演出的水准更重要，所谓重质量而不是数量。

这大半天下来，该是林小曼十年来付出辛苦最多的一天，但她的心情无比舒畅，脚步都轻盈得很，如同踩在绿油油的草地上，尽享与生命的融合。

"林小姐。"有个男人的声音，就是刚才道出《渔舟唱晚》的那个男人的声音。

林小曼停住回身，愣住了。

细长的透着温情笑意的眼睛，浓密柔顺略带卷曲的头发，高大的身形。

"孟先生。"林小曼没想到在这里再次遇到了孟不凡。

只不过今次，孟不凡不再是上次的纯休闲装扮，白色阿玛尼的无领式衬衣，竟然用的是开司米的衣料，或者只有阿玛尼才会有这么新奇的设计。下面是蓝色西装裤。简洁但透着一股子洋气，甚至是贵族气。

孟不凡带着柔和的笑意，如同清澈的微风般，没有一丝轻佻只有舒展，他说："真没想到在这儿遇见，你一上场我就一下子认出你了，但不好打扰。"

林小曼轻轻莞尔一笑说："我刚听见那句《渔舟唱晚》也觉得声音有点耳熟，但就是想不出是谁呢，竟然是你。"

"是呀。"孟不凡礼貌地请林小曼靠边一下，把过道让出来，省得妨碍别人。他说："我跟朋友来这里谈事情，没想到你在这里演出，我们真是，真是……"孟不凡一时没有找到很合适的措辞兀自笑了。

林小曼也笑得眯起了眼睛说："真是有缘，我是第一天来这里上班呢，竟然遇到熟人，我刚才的表演不会让你见笑吧？"

"怎么会？"孟不凡连连摆手，说："简直是太惊叹了，我一直在想，什么能跟你匹配，钢琴过于华丽，琵琶有些凄婉，唯有古琴高贵隽永。堪称绝配。"

林小曼"扑哧"笑出声，她忙用手捂住嘴巴，她还是很少如此开怀而笑的，除非是跟周贝贝一起胡打乱闹的时候，她说："瞧你说的，我哪有那么好，不过是雕虫小技而已，悄悄告诉你，我学艺不精的，在这里勉强糊弄下人而已。"

孟不凡望着她还是笑，不知道该说什么，又不想失去这个说话的机会。

自从上次送虎虎回家后，孟不凡的眼前便总出现这个如画中仙子般的女人，起初他觉得自己不过就是一时的感觉，不算什么，但是之后的几天，这个仙子就没有隐匿过。这让孟不凡着实的恐慌。尽管他从虎虎的嘴巴里得知他妈妈跟爸爸分开了，但是仙子毕竟是一个五岁男孩子的妈妈，孟不凡知道，视他如亲弟弟般的表哥很传统，是不会同意他找一个带着孩子的单亲妈妈的，即便这个女人如同仙女般美丽冰清玉洁。

所以，尽管孟不凡保存了林小曼的电话，但是他抑制住了自己，并没有拨打过。

但这就是缘分吧，竟然又在"金尾竹"遇见了。居然林小曼能弹奏古琴？要知道孟不凡在这个世界上最亲的人，他的表哥，也是古琴高手。孟不凡瞬间想了很多，难道这就是命运的驱使让他们再相遇，让古琴成为表哥接受他如此选择的一个良机？

"孟先生？"林小曼发觉孟不凡面部有些僵硬，眼神专注地盯着她，也有点不知所措，忙叫他一声。

孟不凡这才醒过来似的，尴尬地搓了搓手说："林小姐……"

"叫我小曼吧。"林小曼微笑着说，很是诚恳。

"好，小曼，呵呵。"孟不凡一时都不知道自己的手该放在何处，又搓了搓说："那你也别叫我孟先生了，叫我不凡吧。"

"我烦，嘿嘿。"林小曼真的觉得很好笑，真的是由衷的开心的笑。

两个人在简短对话中都感受到了一种神奇的力量，即便孟不凡内心紧张，却是那么真切的快乐。即便林小曼有点匪夷所思，但也是那么真切的舒畅。甚至平素周贝贝传给她的那点儿调侃插科的小调儿调儿能在瞬间发挥，还发挥得那么自然。

"不凡，我烦。"林小曼再次念叨出来，两个人再控制不住了，孟不凡憨笑，林小曼则笑弯了腰。

第四篇·缘分的果实

6. 原谅我的自私

这一天，林小曼是哼着歌儿回家的。

风吹来的砂落在悲伤的眼里，
谁都看出我在等你。
风吹来的砂堆积在心里，
是谁也擦不去的痕迹。
风吹来的砂穿过所有的记忆，
谁都知道我在想你。
风吹来的砂冥冥在哭泣，
难道早就预言了分离。
……

凄婉的《哭砂》，可从林小曼的表达中却听不出一丝哀怨，反倒是赋予这首歌新的诠释——轻快。

没错，林小曼是轻快地哼唱这首本该如泣如诉的《哭砂》进来的。

她进门后就抱住扑过来的虎虎，母子俩亲昵一通，便径自去洗澡，丝毫不理会站在一边，跟虎虎一起等她回家的秦风。

林小曼洗澡的时候仍旧在唱歌。

多年沉郁的生活，她真的很少这么释放自己。

想当初大学时候，一帮女同学的浴室欢歌早就成为她情绪中的奢侈。别说一边洗澡一边唱歌，就是跟着周贝贝去KTV，她也仅仅充当观众，一切开心与热闹的事，跟她绝缘很久。

唯一剩下的爱好，就是能够充分沉淀她深闺少妇气质的古董家什了。所以，才有了那间古董房。

现在想来，那古董房真的有那么大的吸引力吗？不过是为了自己的心灵找个安稳的境地罢了。但那样的安放会让林小曼越来越狭窄产生窒息感，不是那些古董家什不好，而是在那个环境中，自己的心态越加沉闷。

林小曼出了浴室，用包头巾包好头发，忽然，她很想去古董房看一下。

她轻轻推开古董房的隔音门，习惯性地打开那昏黄的灯。瞬间，她觉得心就沉了下，赶紧打开白光灯。一切便骤然明亮，心也亮堂堂，舒坦坦的了。

林小曼还是第一次主动打开那个白光灯，以前，那都是周贝贝强行的行为。周贝贝说过无数次，一屋子的古董家具，再加上昏黄的灯影绰绰，就觉得进了旧中国的老宅，自己都感觉要化身成姨太太，等着一个老模咔哧，还一个劲儿哮喘的老爷蹂躏了。

林小曼"扑哧"笑了，别说这周贝贝的想象力还真是丰富。平素她听周贝贝这么说："肯定会撇着嘴反驳，今日想起她的话竟然觉得有理并妙趣横生。

"秦总，小曼，吃饭了。"张琴在餐厅叫他们。

林小曼关了灯，掩上门。趿拉着拖鞋松懒地往餐厅走。

今天林小曼本打算在"金尾竹"干到晚上，但陈子聪坚决不允许，他说："小曼，一个人的能量是有限的，你不能因为前十年没有释放过你内心的某种能量，现在逮着机会，就想一天把那十年的都释放了，所谓物极必反，很多东西细水长流才最好。我们"金尾竹"因为有你这么优秀的钢琴师和古琴演奏师而蓬荜生辉，只要你乐意，这永远都是你演出的地儿。时间长着呢，咱们慢慢来。"

子聪的话温暖而有理，林小曼便答应了，这第一天只演奏到下午茶结束。

而孟不凡的确有要紧的事情要谈，也仅仅跟林小曼寒暄了一下，便在林小曼下班前先走了。他走的时候林小曼在演奏，于是他发了个短信：我会常来，做你的忠实听众。"

林小曼之后回复："谢谢。"

是呀，她只能谢谢，不然她真的不知道说什么，或者很多时候，一个"谢谢"的确意味深长，包含了多层含义。

想着这些林小曼嘴角又溢满了笑意。

张琴上上下下看看她问："你这是怎么了？"

林小曼反问："什么怎么了？"

张琴狐疑地说："我从没见你这样的神情，简直有点喜上眉梢。"

林小曼竟然俏皮地吐吐舌头，神秘地压低了声音说："等一会儿晚上周贝贝来，一起告诉你们。"

"周贝贝要来吗？"张琴问。

"嗯，对，给她留点饭，她来这里吃，不过她说下周他们公司就要有重大的南北区域的决策，比较忙，来得比较晚，不用咱们等她，咱们先吃。"林小曼说着望了一眼餐桌，更加喜笑颜开了，说："哇，亲爱的，你做了我最爱吃的番茄大虾啊，还有孟春香的烤乳鸽？"

"番茄大虾是我做的，"张琴忽然低了八度说："烤乳鸽是老夫人买来的。"

"嗯？"林小曼挑起眉毛，用眼神问她，老夫人在哪？

张琴凑近她说："刚来，但秦风不留她吃饭，估摸着快出小区了。"

林小曼放下剥了一半的虾，用纸巾擦擦手，就走出餐厅，秦风正往餐厅里走，俩人碰上，秦风说："快吃饭吧，一会凉了。

林小曼面对他，脸上再无笑意，淡淡地说："我把妈妈追回来。"

"你别去。"秦风有点不悦。

林小曼没理会他，拿下头上的包头巾，又罩上一件宽松的长袍，趿拉着户外穿的厚底拖鞋就跑了出去。

没跑几步就看见了秦风的母亲，卓雯菲。

"妈。"林小曼冲着卓雯菲的背影叫一声。

卓雯菲停住脚步优雅地转身，她总是那么从容，不管遇到什么事，哪怕是亲生儿子的冷漠都会表现出镇定。把内心深处的痛楚掩藏到不为人知，就好像她这几年来一直隐藏着的那个秘密，不管受到秦风多少误解，她都承受着，隐藏好甚至是保护好那个秘密，为了她的儿子、孙子，甚至是秦家。

林小曼又向前跑了两步，卓雯菲微微一笑说："小曼，慢点，别跑了，这样急跑对肺不好。"

"没事。"林小曼来到她的面前说："我中学时候还是班上女生中体育成绩的佼佼者呢，是这些年待的，不仅脑子愚钝了，四肢也不发达了。"

卓雯菲听她这么一说："忽然眼里是无限惆怅，她默默地伸出手，将林小曼湿湿的头发扶到耳后，竟有些心疼地说："孩子，难为你了。天凉了，头发湿着，赶紧回去吧。"

"您跟我一起回去，吃了饭再走。"林小曼坚定地说。

卓雯菲黯然摇头，苦笑着说："算了，别闹得你们夫妻为我失和。"

林小曼也淡然一笑说："不为了您，我们什么时候又和睦过？"

"你们俩不和睦吗？"卓雯菲的眼中显出一丝惶恐。

和睦？对于秦风来说："和睦应该是一种作秀手段吧？林小曼自嘲地笑笑，望着卓雯菲说："他对您这位亲生母亲都如此冷漠，对我能热情到哪里？"

十年来，林小曼偶尔跟这位婆母相见，从未如此袒露过内心，这让卓雯菲多年揪着的心似被揉吧了一下有点乱。她帮林小曼把外面穿的大袍的帽子戴上，拉着小曼的手，找了一处亭子坐下。

卓雯菲就一直拉着林小曼的手，满眼的慈爱，她说："小曼，你跟秦风一起也有十年了，但我们娘俩见面的次数不多，不过请你相信我，我很喜欢你。你单纯美丽善良，秦风爸爸生前也是这么说的，你不同于现在的女孩子，没那么多心机。只是秦风因为他爸爸的去世，一直对我有误解，不肯原谅我，让我没办法多疼爱你，还请你原谅我。"

听了卓雯菲这番话，不知道为什么，林小曼竟然红了眼圈，她特别想靠在她的怀里，像一个女儿在母亲的怀抱中寻找温暖一样。林小曼体会得到卓雯菲的诚意，那不是场面上的客套话，那是一个善解人意的母亲的心里话。似乎，卓雯菲很清晰林小曼心底的苦楚。

"小曼，"卓雯菲继续说："其实我今天来，是因为中午我去幼儿园看虎虎，从老师的口中知道虎虎病了，好几天没去幼儿园了，才来看看你们的。"

"妈，"林小曼打断她，她有一种一吐为快的冲动，谁说林小曼就不能冲动，她压抑很多年了，她说："其实虎虎这次病是我造成的，因为，因为……"林小曼顿了顿，还是鼓足了勇气说："因为我上周带虎虎离家了。"

卓雯菲的脸上仅仅闪过瞬间的惊诧便又恢复了镇定。

她耐心地倾听林小曼的叙述。当然，林小曼省去了最关键的问题，她没有说出来她跟秦风之间几乎是无性婚姻的事实。她只是说承受不了秦风的冷漠，而具体怎么冷漠，她相信同为女人，一切都是不言而喻的。

林小曼说到虎虎走失便不禁泪流满面了。

卓雯菲把她揽在怀里，真的像一个母亲抱着自己的女儿一样，卓雯菲心里清楚，他们秦家是有愧于林小曼的，但是她不知道怎么补偿这个单纯的儿媳妇。

"小曼，"过了好久，卓雯菲才语气凝重地说："你们夫妻之间的问题，即便我这个做婆婆的都不好说什么，但我仅仅想请求你，就算是委屈你吧，为孩子想，因为我们都是母亲。"

"妈，"林小曼抬起头，望着卓雯菲说："我能感觉到您有很多难言之隐，您自己好像承载了很多东西甚至是秘密，而您真的很爱秦风的，为什么？为什么您不跟他好好沟通下？夫妻可能有缘尽的时候，但母子不会呀。"

卓雯菲帮林小曼擦了擦眼角的泪花，那一刻，她在想如果自己能有个女儿多好，哪怕是一生都对她撒娇的女儿，那也是她最暖心的"贴身小棉袄"。

"孩子。"卓雯菲也哽咽了，她动情地说："不要离开秦家，不要离开秦风，不要让虎虎在不健全的家庭里长大。我这么请求你，实在是很自私，但是原谅我是个母亲，是一个孤独的老人。原谅我的自私。"

林小曼一脸茫然，她不明白身为婆婆，希望自己的儿媳妇不要跟儿子离婚，何谈自私？她还是第一次看到卓雯菲这般柔弱的样子，心软了说："妈，我会尽量给虎虎一个完整的家，也会多劝劝秦风，不要对您这么冷漠。但很多东西，我现在真的明白都是天意，此时不是结果，但结果是什么都是命里安排好的。我尽量做好自己，其他就看秦风的了。毕竟感情、婚姻的维系是两个人的事情，靠忍耐是没有好结果的。"

卓雯菲还是第一次跟林小曼这么倾心彻谈。她真切地体会到了儿媳妇对婚姻的失望。她不能再要求什么了，只能说："嗯，好孩子，也别太为难自己，无论发生什么事情都可以找我，我会帮你。"

林小曼含泪点头，只是她想这种事情谁也帮不了她。

7. 不想做个努力的 "小三"

送走了卓雯菲，林小曼在小区门口碰到了开车而入的周贝贝。

周贝贝将车停好，很是疲惫地下了车。

这一周，周贝贝很忙，除了偶尔通个电话，还没见过面。这一见到，林小曼吓了一跳说："你怎么了？瘦得眼睛都凹下去了。"

"累。"周贝贝有气无力地说："这周天天加班，直到今天我想开了一件事情，才不再加班了。"

"想开了什么事？"林小曼疑惑不解地问："难道很多事情能一下子想开吗？是不是你终于想要找个好人嫁了？不再陪伴我这个伪单身。"

"切，德性，还伪单身。几天不见你新鲜词儿可劲儿冒啦。"周贝贝就是周贝贝，她抢白着林小曼说："我没决定找个好人嫁了，我倒是想干脆咱俩搭伙过一辈子得啦，你肯吗？"

说着，她捏捏林小曼的脸蛋，林小曼的脸藏在帽子里，被她一捏不禁打了个寒战，帽子都掉了。林小曼撸起里外两层袖子说："你看，你恶心不恶心，弄得我起了一身的鸡皮疙瘩。"

"嚯嚯，"周贝贝撇撇嘴巴说："干吗呀？难道我不如秦风吗？我不就是个女的吗？你看人家当年靓绝华人世界，令一代白马王子周润发都为之自杀的小龙女陈玉莲都换口味了，身边只有女性友人。我当你的玻璃怎么不行？"

"妈呀。"林小曼撒腿就跑，躲避着周贝贝无比调戏的眼神和预向她胸部抓来的"魔爪"。

周贝贝笑弯了腰嚷嚷着："林小曼，我今天算认识你了，你对我的感情就仅仅局限在友情，我要爱情。"

林小曼侧着身子，一副故作警惕的神情，狡黠地笑，说："嘿嘿，友情，

你要多少我给你多少，爱情，你找徐文瀚去，那事儿他负责。"

周贝贝一下子黯然了，沉了一下，又长舒了口气说："爱情？徐文瀚？他能负得起责任吗？"

林小曼这才觉出周贝贝的确有些不同往日，一种叫做哀伤的东西竟然写在她的脸上。林小曼不再与她嬉闹，走过去挎着她的胳膊，说："走，张琴炖了玉米排骨汤，你这气色得补补。"

"哎，周"贝贝假装若无其事地说："脸色不好可以补补，心残缺了呢？还能补吗？"

林小曼顿了一下，琢磨了琢磨说："有点多愁善感，这不是周贝贝的风格，这是贴有林小曼商标的，你侵犯了我的专属权。"

"好家伙。"周贝贝终于笑了说："你这说话方式也贴着周贝贝的商标，你也侵权了，你们家有钱赔我一千万吧。"

的确，两人总在一起，很多方面都会被对方影响，总基调不变的情况下，偶尔在小细节处都会展现出对方的特质。就比如说"夫妻相"，并不是一上来两口子长得都跟兄妹似的，而是两个人一起生活了，互相影响了，说话做派越来越像了，便形成"夫妻相"，所以，某种角度是不是有"夫妻相"其实是一对男女是否关系融洽和谐的标志。当然，很多年的好友也一样。多少都会受到点对方的影响。所以，林小曼心情好的时候，便会学着周贝贝耍下贫，而周贝贝情绪不高时，自然也会小小的忧愁下。当然，这种互换的状态其实并不多。

林小曼跟周贝贝手拉着手摇晃着，林小曼说："喂，周经理，是秦家有钱，不是我林小曼家有钱喽，我要是像秦家那么有钱，就立马给你一千万，别上班了，爱去哪玩就去哪玩。"

"这话还真被你说中了，"周贝贝漫不经心地回答，"我尽管没有天上掉馅饼，得到一千万，但是的确想辞职不干了。"

"什么？"林小曼这一惊非同小可，周贝贝是那么钟爱她这份工作，钟爱这家公司，可以说把大部分时间和精力都耗费在那上面了，如今竟然想辞职。

林小曼站定，使劲儿盯着周贝贝看，不像是玩笑。

"走。"林小曼拉了周贝贝就走，她知道今儿周贝贝需要她做听众了。

吃过饭俩人来到三楼的大露台。

秦家的露台自然与周贝贝那套跃层的露台不同，面积该是周贝贝家小露台的三四倍。如同一个敞开式的客厅兼花园，顶部是自动的，如同一把硕大的遮阳伞。可以打开，可以收起。墙身及腰部，所以，一般情况下，林小曼是禁止虎虎上来的，除非有好几个人看管的情况下，并且不允许虎虎接近墙身。

露台靠里面的右侧角落里也有一架古琴，不过从槽腹结构和漆胎的处理看，这架琴很一般。

周贝贝胡乱拨弄了两下琴弦，发出闷闷的声音，她自己被吓了一跳，便罢了手，林小曼坐在藤椅上说："谢天谢地，你可放过它了。"

周贝贝也坐过来，有些沮丧地说："我真受刺激了，怎么每次都弄出的是这种声音，可心那小丫头都能《高山流水》了。"

林小曼望望天，没顾上回答她，说："今晚星空朗朗，咱俩还是酣畅点，来，帮帮忙，把这遮阳的盖子收起来。"

收起"屋顶"，繁星便真的如同落在了露台上，与墙身四周的吊帘灯交相辉映。置身其中真是享受。

林小曼不否认，钱的好处就是可以享受，但人都是贪心的，这些享受没人不喜欢，但是心底里的东西也照旧，没人不想心底是踏实是温暖是舒畅的。

"愣什么神儿啊，又恢复你林小曼的特质了，我问你话呢，怎么人家张琴的宝贝女儿可心都能《高山流水》了，我每次划拉两下，都跟衣服撕扯了个大口子似的呢？"

林小曼斜睨着周贝贝说："那还用说，人家可心弹的是琴，你弹的不是琴，是棉花呗。"

周贝贝耸耸肩说："秦太您高抬我了，我连弹棉花都不算，我就是扯了块布。"

"嗯，"林小曼认真地点点头说："你最大的优点就是中肯，尤其是对

第四篇·缘分的果实

自己的评价。"

周贝贝站在露台中央活动起腰身，说："饭后活动活动有益身心，身心健康就不跟你一般见识，哼，可逮着抢白我的机会了，趁我今天心烦意乱，让你逞了口舌之快。"

"来来来。"林小曼拉她坐下，看她嘴巴撅得老高说："不逗了，这就咱俩，你说说，你怎么了。"

周贝贝顾左右而言他说："小曼，你真是很善良，你对可心真的很好，为了她周末来的时候能练琴，还特意给她准备了这架琴，张琴真的应该很感激你。"

林小曼笑笑说："可心那孩子也是招人喜欢，长得那么轻灵俏秀，性格乖巧懂事，而且她真的很喜欢乐器，那么小的孩子那么喜欢古乐器很难得。从第一次我们带她去魏一然那，说实话我是奔着人去的，可心可是奔着琴去的，她真是很有天赋，魏一然都说可心是难得的与琴有缘的孩子。"

"这些天我还是第一次听你提到魏一然？"周贝贝问。

林小曼自嘲地笑笑："也没什么好提的了，就好像是一场幻梦，都过去了。不过，我挺谢谢他的，他的厌恶让我看清楚了自己。一个女人想出轨，不管什么原因，谁都不会觉得你是个好女人。简单说一个有老公有孩子的女人没资格了，哪怕是为了所谓的爱情，不然不会有好结果。想有资格，结束了婚姻再说。"

林小曼的话让周贝贝甚是惊叹，她竟然觉得有些不可思议，短短一周没见，林小曼似乎有点脱胎换骨的变化。

林小曼推她一把说："别用这种眼神望着我，这短短几日我想得很多，你看看我在虎虎失踪的时候有多弱智，我在所谓离家的时候有多无能，这些挫败让我厌恶自己，于是重新打量审视自己，我的今天其实不能怪秦风，当初的结合就不是在爱情的基础上。我做不到认头就得自己难受，想不难受就得彻底变个样儿。就像陈子聪那样，即便离开了从小就投入的音乐，即便找了一个大那么多的老婆，但他认头他知足，他就得到安稳的生活，还有什么比安稳更重要的，当然，我说的安稳不仅仅是衣食无忧，还有心理上的舒坦。"

的确，陈子聪的境遇对林小曼触动很大。那种知足其实算是一种修为了。

周贝贝沉默了，也陷入沉思。

忽然，她站起来，俯身靠在护墙上，双臂支撑着，仰头望天说："我决定了，等周一公司的事情告一段落，不管是我们这方胜利，徐文瀚继续当北方区老总，还是我们这方失败了，徐文瀚离开，我都会辞职。"

"为什么？"林小曼走到周贝贝身边关切地问。

周贝贝转过身，背靠着护墙说："现在流行这么一句话，你成天在家可能没听说过，没有打不败的大房，只有不努力的小三，而我，不想做个努力的小三。"

"你根本就不是小三。"林小曼一下子非常心疼周贝贝，在她轻描淡写间，她分明体会到了她的心痛。坚强乐观的周贝贝也是一个纤纤弱质女子，她也是会心痛的。

"嘿嘿。"周贝贝自嘲地笑笑反问，"我怎么会不是小三？"

"你跟徐文瀚根本就没有那种关系。"林小曼一时不知道怎么说，她搜索着一切可以证明周贝贝不是小三的证据，"你跟他仅仅是好朋友，或者说是第六种情感，那种介乎于朋友和爱人之间的情感。"

周贝贝嗤笑说："小曼，别安慰我了，那种所谓的第六种情感都是小三和出轨男女为了给自己脸上贴金，找的借口而已。我跟他是没有那种关系，但是这些年来，我都在期待他会离婚，会跟我成家立业，生孩子，期待着我们永远在一起，像夫妻那样一起上下班，一起买菜做饭。也因为我的存在，至少跟我有些关系吧？他多次向她老婆提出离婚。我能不算小三吗？"

林小曼沉默了，周贝贝继续说："从小到大，你知道我很独立，但是没有哪个女人不希望自己可以小鸟依人，不希望身边有个独独宠爱自己的男人。你知道我为什么这么多年来，从来没有跟他发生那种关系吗？"

林小曼摇头。

"因为尊严。"周贝贝再次扬起头，满天的繁星就那么闪动，像是有生命力一般。她说："我知道，如果我跟他有了关系，我就是灵与肉都成为不折不扣的小三，被人唾弃甚至会慢慢被他轻视，我不想自己那么不堪，心灵我无

法控制，但是肉身总是我自己的吧？别说情到深处难自抑。我就是例子，那点事是可以把持的。"

"或者，还是不够爱。"林小曼被周贝贝一通表述弄得有点茫然，便迷茫的说出这么一句。

周贝贝点头说："你这话也有道理，但是什么是爱？我觉得爱其实是非常难以启齿的字眼，因为它十分伟大，轻易地说出来本身就是一种亵渎。我不想亵渎这个字，对徐文瀚，这几年来我很崇拜他，也很疼惜他。而他对我，我能体会到那份欣赏和疼爱，但是这些仅仅作为感觉，是美妙绝伦的，而没有一起生活的沉淀，就如同空中楼阁，海市蜃楼一般。感情是需要一起生活磨砺而来的。我跟他没有。"

"究竟发生了什么事？前些天他不是跟你说如果你们这次公司变革中获胜，一切更加稳定，他就离婚永远跟你在一起吗？怎么你一下子把一切都推翻了？"林小曼干脆直接问她。

"因为……"周贝贝停顿了一下，笑了，说："他老婆，那个美女主播，潘碧仪，怀孕了。"

8. 其实从来没抓在手里

很多时候未必真的是在自欺欺人，而的确是生活会令人措不及防。在感情的世界里，多半就是一念之间，一步天堂，一步地狱，当然，究竟是天堂或是地狱，也不是立刻能见分晓的，还需要时间的印证。

反正，计划赶不上变化。

徐文瀚第三次痛下决心，要与潘碧仪离婚，眼看就要成为现实。周贝贝多年的坚持就要开花结果，一切却在转瞬间变得不可思议。

就是今天，林小曼兴致勃勃去"金尾竹"上班，周贝贝也是经历了一连串的突发事件。

先是业务部的郭梅来请假，请的是婚假，自然还派发了一张请帖。

周贝贝跟郭梅的男朋友小孙也是很熟悉的，小孙还曾帮周贝贝调查过秦风和魏一然。尽管结果和他们想象的不太相同，但周贝贝对小孙印象很好，她觉得那个男孩子很实在，即便干着比较不靠谱的工作，但人还是很靠谱的。

周贝贝接过请帖，看都还没看就立马从钱包里数了一千元说："你这丫头，怎么不早说，我这份子钱不迟吧？"

郭梅撩一下荷叶状的头发边儿，乐呵呵地说："不迟不迟。"

"咦？"周贝贝就在她撩拨头发的当儿，发现她无名指上足有一克拉的钻戒，不禁啧啧感叹道："结婚是好呀，瞧，小孙出手这么大方呀，这就算是在香港买的也得有六七万吧？"

郭梅脸上掠过一丝尴尬说："不是在香港买的，就是在咱们这儿的国际商场买的，八万多。"

周贝贝拉过郭梅的手，放到从窗外洒进来的阳光下，瞧着色泽说："成色真不错哦。"

郭梅听她这么说："有点小兴奋，不禁问道："贝贝姐，你对钻石有研究？"

周贝贝愣了一下，然后憋住笑认真地说："是呀，我前男友就是做钻石生意的。"

郭梅的眼睛瞪得贼溜圆。

周贝贝乐坏了说："骗你的，我哪里懂，又没人送我钻戒。我这观察方法是糊弄人的，哈，其实什么都没看出来。我仅仅是为你找到小孙这么豪气的老公而高兴。话说："小孙的经济条件也不算很好，能给你买这么大的钻戒，真的是很大方的男人。不是有那么句话吗，看这个男人对你好不好，就看他舍不舍得给你花钱了。如果他身价上亿，给你买这个小玻璃球还真不算什么，但像小孙能给你买这个，算是把家底都掏出来了，真是不错呀。好好珍惜吧。"

郭梅眨眨眼睛，把喜帖拿起来，打开递给周贝贝说："贝贝姐，你看看再说。"

"嗯？"周贝贝低头一看大惊失色，随口道："郭梅，你搞什么呀，小孙怎么从大个子变成矮胖子了？"

郭梅不说话。周贝贝再仔细看请帖，新郎连姓名都改了，根本不姓孙而

姓刘。

周贝贝抬起头，百思不得其解地望着郭梅。许久才蹦出一句："临阵换将？"

郭梅乐颠颠地白她一眼，挑了眉头说："瞧你说的，换什么将呀，是选了该选的男人做老公。"

周贝贝把请帖扔在办公桌上，坐下，双臂交叉在胸前，很不以为然地问："这丫何方神圣？怎么一肥头矮胖子竟然让跟你青梅竹马的小孙在爱情里翘了辫子？"

"贝贝姐，"郭梅也拉了把椅子坐下说："你说错了，不是在爱情里翘了辫子，是在婚姻里。"

"有区别吗？"周贝贝斜睨着她问。

"区别太大了。"郭梅一副深谙世事的样子说："爱情最好就是两情相悦，你侬我侬，像我跟小孙似的，买一个哈根达斯，他就用舌头舔一下，然后就死活让我吃了。婚姻可不一样，婚姻还只能分吃一个哈根达斯肯定会离婚的。婚姻最好是有利可图，什么情不情的有钱就行。有钱就能过好。"

"你这是什么话呀？"周贝贝不能接受郭梅的爱情婚姻论，她怀疑自己简直就是魏一然店里陈列的古董家具，懂行的行，不懂行的准以为是一块朽木呢？

周贝贝惊觉自己很可能是块朽木后，真是吓了一跳，一直她都觉得自己是块美玉瑰宝。

郭梅倒被她如此大的反应弄得有点尴尬，说："没事吧，贝贝姐？你可是很少情绪波动的？人家小孙都能欣然接受，祝我幸福，你就不必骂我贪财不好色了吧？"

周贝贝白她一眼问："这个又老又矮的胖子有钱？小孙真没事？"

"哎呦，"郭梅给她倒了杯水说，"你别矮胖子矮胖子说得那么难听行吗？怎么也是我老公了。"

"嗯，行。"周贝贝继续问，"你老公有钱？干什么的？开饭馆的？不然怎么那么肥头大耳呢？"

郭梅举起手看看自己的钻戒，并非炫耀而是很坦诚地说："不算富豪，我觉得凭我的条件也不该找富豪，但比小孙经济条件好多了，有个两千万吧，

148

做汽配生意的。"

周贝贝没hold住，一口水喷了出来，还成喷射状，有一小股直接就喷向郭梅举着的戴着钻戒的手指。周贝贝忙想用纸巾帮她擦，郭梅一躲说："别别，那样摩擦影响光泽。"

周贝贝瞥她一眼说："德性，暴发户嘴脸毕露。还不算富豪？两千万还少吗？我这辈子也挣不来两千万。不，好几辈子也挣不来。"

郭梅嬉笑着说："可你要是效仿下你那闺蜜小曼姐，别说两千万，上亿资产也不在话下呀。"

"嚯，"周贝贝一边擦桌子一边说："这么看得起我？我自己都没信心。早十年还成，就像你凭着妙龄尾巴的二十五岁，能抓住一个三十多岁的矮胖子，到了我三十大几已然剩女，就剩下低不成高不就了。"

郭梅站起来，准备回自己的桌位，但走了几步又回来，俯身几乎趴到周贝贝的耳边说："贝贝姐，你呀，看着很精明，其实真的有点傻。"

周贝贝往后挪了挪，跟她稍微拉开点距离问："怎么了？傻就傻呗，没听说过傻人有傻福吗？"

郭梅嘟起嘴吧站直了说："你看，你这人，拿我的好心当驴肝肺了吧？别怪我没提醒你，我那前任男友小孙昨天电话我，让我告诉你，他在查别人的时候，无意中得知……"她顿了顿，还是俯下了身子，轻声在周贝贝的耳边说："潘碧仪怀孕了。"

周贝贝"嚯"地站了起来只说了一句话："帮我约下小孙，中午我请他在楼下的小江南吃饭……安慰他失恋。"

郭梅兀自笑了说："我先替他谢谢你。"

"你们什么关系？你凭什么替他谢我呀？"周贝贝故作镇定地抢白她。

郭梅甩着她的荷叶头说："做不成夫妻我们永远是朋友，这是我们八零后的观念。洋气吧？"

周贝贝没理她，跌坐在转椅里，转椅随着冲力转了半个圈定住，周贝贝面冲了窗户，她的心里翻江倒海，说不出的难受。不知道是为了洋气十足的八零后郭梅、小孙，还是为了她自己，为了潘碧仪怀孕的听闻。

之后的两个多小时不知道怎么过去的，还好很快就到了中午，周贝贝一

刻也没耽误，立刻下楼去见小孙。

小孙已经先到，悠闲地喝着茶。

周贝贝上下打量了一下他，说："还好，没瘦。"

"为什么要瘦？"小孙也不由得上下看看自己。

"失恋了呀，好几年的女朋友要结婚了，可新郎不是你啊。"周贝贝觉得，这样的情况出现，难过、消瘦，与对方反目成仇，是最正常不过的反应。

小孙搔搔他的高平头说："周姐，我这人可能是比一般人想得开，我跟郭梅从初中就是同学，从二十岁确定男女朋友关系。这么多年，我们在一起很开心，但是如果她嫁给我，我们一定都不会开心了，我给不了她想要的。我家里条件还行，但也就是提供我一套七十平方米的婚房，而她现在的老公能让她过更好的她渴望的物质生活。比如，她一直说在这家公司太累了，总加班，现在好了她想上班就上，不想上班可以辞职，她老公养得起她，我行吗？我不觉得我的职业卑微，我也是有极好的职业道德的，不是无良的那种。但既不稳定，也不好听。她为了跟我在一起，已经跟家里闹了很久了。现在有那么好的机会，还是她父母给找的老公，我干吗不放手？"

周贝贝一时语塞，她没想到小孙这么能说："而且乍听起来，的确很有道理，甚至有几分高尚，但仍旧会觉得有哪个地方是有点说不通的，所以，她说："你觉得你放手，成全她嫁给有钱的老男人，放弃了爱情，她就会过得好吗？你为什么不靠自己的努力，给她很好的生活？你不觉得这样才是真正的爱她吗？"

"没错。"小孙点头说，"周姐，你说的没错，但是人得现实，我知道我是几斤几两，我很早就练体育，没学什么知识，做不了office，当不了白领，挣不了大钱。唯一的就是我小时候看警匪片，就羡慕当警察，现在不能真做警察，但是也可以做自己喜欢的事，我做私人侦探不是坑人骗人，是真的努力去帮助人，按劳取酬，如果我办的案子自己都不满意，我不会收费的。这么说吧，这是我喜欢的，但这行不黑心真的发不了财。我的能力就在这儿了，我接受现实了。"

"哎，"周贝贝叹口气说："你们这些八零后，我是搞不懂你们了，不管了，自己觉得对就行，自己不后悔就行。俗话说有一种爱叫放手，哦，好像是首网络歌曲，行，我今天也算见识了，这歌里的男主角竟然就坐在我面前，一会别忘记给我签个名。"

小孙习惯性地甩甩手腕笑着说："行，周姐，您真不是一般的女人，你知道了那个女主播的事，还能这样说笑，我很佩服，真的，我一直就很佩服您，说话办事总是那么干脆。"

"得，别捧我，捧得高摔得狠。"周贝贝示意服务生点餐，然后假装漫不经心地问，"你是怎么知道女主播的事的？确定吗？"

小孙很识趣，知道这顿饭的主题，不再多说废话，直接切入说："我前天办个案子，正好经过妇产医院，遇到徐总和女主播。女主播很兴奋，徐总的确闷闷不乐的，女主播看见我还主动打招呼，挎着……"小孙说到这儿，顿了顿。观察下周贝贝的脸色。

周贝贝无奈地笑笑说："小孙，你说你的，我没事，人家是两口子，别说挎着，就是搂着、背着，也是天经地义的。"

小孙点头继续说："女主播看见我立刻挎住徐总的胳膊，兴奋得不得了，说，'我们刚刚检查完，我们有宝宝了，你是第一个知道这个消息的熟人，分享下快乐吧。'"

"哦。"周贝贝吸了一口芒果汁笑了，说："这表现不太像三十多岁，快四十岁的人呀。看来真是高兴得忘乎所以了，那徐总说什么了吗？"

小孙摇头说："徐总什么都没说："但我看得出他很不开心，他应该很不想接受这个事实。真的，周姐，我是男人，我了解男人。"

"嗯，"周贝贝忽然显得很平静，说："你是男人，你了解你同龄的男人，我信，但你了解四十岁的男人吗？所谓喜怒不形于色，你看着他不开心，没准心里乐开了花。男人到了他们那个年龄就剩下老奸巨猾了。"

"周姐，"小孙明显地意识到周贝贝生气了，忙劝说："你这是动了气了？动什么都好，别动气，伤身，任何事和人都不如自己的身体重要。其实，你不妨学学我——放手。放手不仅是成全，自己也会觉得很轻松。你想想这么多年了，为了一份感情，一份多方都反对的感情，彼此都得付出多少，谁都不轻松。作为男人，我不能辜负女人，但我可以原谅女人辜负我，她辜负我的同时，我不再架在空中，其实也是成全了我，只是恰巧她先辜负了我，我顺势成全，显得我还很伟大。"

"男人？"周贝贝低声问，"无论二十多的，还是四十多的，都是你这种想法吗？当女人辜负你们的时候，如果恰巧是一份彼此都很累的感情，那就成为对你们的成全了？"

小孙又搔搔头发说："我想，应该是吧，还得是不算坏的男人。"

"哦，"周贝贝若有所思。忽而笑了，说："吃饭，这家菜品很好，别委屈了咱们的胃口，有好吃的就吃，谁让咱们伟大呢？"

"周姐，你是打算放手了吗？"小孙问她，其实周贝贝跟徐文瀚的事情早就是公司未公开的秘密，谁能不知道？

周贝贝也不想装份儿，那样跟虚伪没什么区别，当然也没必要到处嚷嚷，把她跟徐文瀚的关系渲染成为别人的茶余饭后。

既然找了小孙问话，既然说了这么多，更没必要装了，于是周贝贝说："可能谈不上放手吧，因为从来没抓在手里，但有一点我很清楚，就是我累了。"

小孙端起茶杯说："以茶代酒，周姐，我服你。"

9. 错了就改

听完周贝贝的讲述，林小曼长叹一声说："这年头靠谱的男人越来越少了，徐文瀚多好的人呀，怎么也这么不靠谱呢？"

周贝贝又坐到古琴前，但并没有乱拨弄，而是静静地看着那几根弦，然后说："也不能这么说："人家要是对我靠谱了，那对自己老婆就不算靠谱了，人家老婆也是女人呀。"

林小曼张张嘴巴，不知道该说什么，因为周贝贝说的话没错。换位思考，如果潘碧仪是她的朋友，她的态度就不一样了。

"贝贝，"小曼把手搭在周贝贝的肩上说："不管你怎么做，我都支持你，辞职就辞职，大不了去秦风的公司，他不是巴不得你能去吗？"

周贝贝摇头说："秦氏，我肯定不会去的。你放心凭我的能力，找一家不错的公司没问题的，今天下午还有一家规模跟我们公司差不多的找我呢，下班前我跟他们老板见了一面，只要我愿意随时就去上班，待遇差不多。"

"真的？"林小曼满眼惊羡说，"你就是行，你说我要是能像你这么有本事多好呀。"

"你也行呀，迈出了第一步，开始自食其力很不简单呀。"周贝贝鼓励着林小曼，又突然想起来什么说："哦，对了，你猜我去见那老板的时候，在那家公司所在的大厦等电梯时遇见了谁？"

"秦风？"林小曼问。

"什么呀。"周贝贝嗤笑，"遇见他还算稀奇吗？"

"那是谁？"林小曼想不出她还有什么熟悉的人可供周贝贝提及。

"孟不凡……你还记得吗？"周贝贝生怕林小曼忘记了继续补充说："就是上次送虎虎回家的那个高富帅。"

林小曼直接就惊讶成了"斗眼"，好久才缓过来，说："你猜我今天下午，演奏古筝后，正要回休息室休息，谁叫住了我？"

这下换成周贝贝变"斗眼"了问："难道也是他？"

林小曼凝眉频频点头。

周贝贝啧啧道："这真是奇怪了，同一个下午，前后时间段，我们俩同时遇到这个人。难道他真的跟我们会有什么渊源吗？"

林小曼蹙眉思索，也觉得有些不寻常。

"不对。"周贝贝想起了什么，无比沮丧地说："有一点大不相同，那位孟不凡是主动认出你，跟你打招呼的，我是主动认出他，帮他搜索记忆才想起我的。"

林小曼白她一眼说："你这儿哪对哪呀？他跟我们没什么关系的。连朋友都不算，基本上后会无期。"

周贝贝倒在椅子里说："你别说，我有种预感，他跟我们会有些关系的。"再说："我跟他互留了电话，想再见还不容易，更何况我跳槽去的那家公司，就跟他在一幢大楼上班了，没准中午吃饭就能常遇见。"

林小曼听周贝贝津津有味地聊，不由得问："你是不是对他有好感？他是做什么的？单身吗？"

周贝贝用拇指和食指捏住自己的下巴，想了想说："谁能不对这样一个温润如玉，潇洒英俊的男人有好感呢？我就感觉他的举止特别不俗，果不其然，他从英国回来的，剑桥毕业的，是一家很著名的跨国建筑设计师事务所首席建筑设计师。至于是否单身，从虎虎的描述中应该是单身呀，自己住嘛。"

林小曼蹲在她正对面，直视着她的眼睛问："我可以把你说的话理解为你的放手缘于——移情别恋吗？"

周贝贝搡她一把说："两码事两码事。我在伤心的时候喜欢给自己找点格外开心的事，这样可以缓解一下。我放手了一个即将做老爸的徐文瀚，偶遇了一个剑桥的高材生，别管怎么着，哪怕能有这样一个朋友，总是一种安慰吧？你知道吗？剑桥建筑系毕业的，肯定是高精尖，秦风那种富二代的滑头生意人根本就没法比。"

"哦。"林小曼故意逗她说："因为叫建桥，所以建筑系很牛，是不？"

周贝贝乐喷了说："行呀，秦太，越来越能找乐子了，这就对了，生活嘛，本来就是挺难的，得学会自己给自己找乐子，否则太过伤心气恼，只是让自己苦不堪言，生活质量低了甚至会伤及身体。你看现在女性病多普遍，科学依据表明，生气是导致妇科癌症很重要的一个原因。"

"嗯，"林小曼应着，"你说得对，笑对生活吧。比咱们难的有的是，比如张琴，自己带着可心多难。再比如我婆婆，亲生的儿子都那么对她，人家不也能活得好好的嘛。其实说真心话，我觉得你也比我强，你凡事靠自己，那么有能力，放下一段不可为的感情，只要你想就可以拥有属于自己的一片天，我行吗？所以，真的那个很烦跟咱们有缘，还是你来吧，我给不了人家什么。"

周贝贝忍不住地笑，说："咱俩别花痴了，在这儿你推我让的，整得跟真的似的，还无比高尚，人家要是知道了，笑话死你我了。不过话说回来，我还没跟徐文瀚谈，我在想要不要谈。有没有必要谈。"

"啊？"林小曼真是服了周贝贝说："你说得这么热闹，工作都联系了，敢情还没跟徐文瀚摊牌，或者一摊牌你就变了，又或者他太太怀孕根本是个误会，他根本没有辜负你？于是你们冰释前嫌。"

"没有或者，"周贝贝坚定地说，"小曼，你不了解我吗？我不轻易做决定的，做了决定就不会轻易改变。其实，今天小孙和郭梅的事情对我触动很大，任何不合情理或者受到多方阻碍的感情，进行起来都很难。难得自己很累。是，我很不喜欢潘碧仪，为什么？因为她不是一个好妻子吗？不对，那跟我没关系。是因为她是徐文瀚的妻子。我希望徐文瀚成为我的爱人，我自然讨厌潘碧仪，但是至少对于我，她是无辜的，她没对我做什么不好的事情。即便她对徐文瀚，我觉得肯定也是很爱的，只是，每个人的个性不同，表达不同，徐文瀚可能不喜欢她的那种表达，甚至可能不太想接受，但是，一次次没离成婚，说明什么？说明他们之间有牵扯不断的缘分。我真的是想清楚了这一点，我觉得我该放手了。即便潘碧仪怀孕是个误会，即便徐文瀚非常不舍得我的离去，我都该彻底放手，离开这家公司，离开徐文瀚。如果潘碧仪真的怀孕了，就更该这么做，你知道她原本是被诊断难再怀孕的，我们都是女人，她还比我们大几岁，她不年轻了，她再风光，也是快四十岁的女人了，她也不易。"

林小曼由衷地说："贝贝，你真的很善良，别看刀子嘴，其实豆腐心。"

周贝贝耸耸肩说："没那么高尚，还是在为自己想，我总觉得人这一辈子可以犯错，但是不能做坏事，做错事可以改正，做坏事必然会得到报应。即便我是一个有良知的有真爱的小三，又怎么样？以他们感情不好为借口，自己就能心安？想来，这些年我都不是心安的，不然，我为什么不再所谓的敢爱敢恨点儿？却一直保持着我心底的距离，以此保有我的尊严？我快三十三岁了，错了就改。不然就来不及了。"

林小曼点头问："可徐文瀚如果不放手呢？"

周贝贝笑了，她还是了解徐文瀚的，每个人的现状都跟自己的性格有关系，徐文瀚不是那种死皮赖脸的人，更何况也许他跟小孙的想法一样——不能辜负女方，但如果机缘让这种辜负变成另外一种方式，那便会欣然接受。

林小曼见周贝贝没说话便继续说："有一点我很不理解徐文瀚，他不是一直想离婚吗？怎么会跟潘碧仪有了孩子？没有感情也能上床吗？"

周贝贝自嘲地笑笑说："你这问题问到了痛处，可能男人跟女人不同吧，也可能他们那么多年总是有感情的，尽管谈不上爱，再或者这就是男人吧，咱们假设女人哀求，男人便实在说不过去了，也可能喝多了，便成就了自我，哈，总之，男人跟女人不太一样。"

这下换作林小曼不以为然了说："那看来秦风真不算是男人了。"

"嗯。"周贝贝坏笑说："也没准。没准他是假男人，同性恋，喜欢男人呢，哈哈。"

林小曼轻轻给她的脑袋顶来了一巴掌说："你嘴巴太损了，亏你想得出。"

周贝贝摸摸自己的头，也觉得自己想象力很丰富，但她强词夺理的说："那有什么，很正常呀，现在男女同志很多，只要尊重自己的感情不祸害别人，怎么都是可以理解的。"

林小曼做呕吐状说："你别吓我了，都能理解，都同性恋了，人类的进程怎么继续？"

周贝贝一下子抱住林小曼说："没准我一受刺激就会喜欢同性，你可是第一人选。"

林小曼憋着笑，推开她说："别胡闹了，你呀，都立刻惦记上孟不凡了，不会喜欢同性的。"

周贝贝放开她，呶呶嘴巴说："嗯，要是能遇到一个孟不凡那样的不凡之人，我这情伤会好得很快的，毕竟也快十年了，尽管我一直很理智，但说一点不难过也不可能。等到我完全放得下的时候，没准还是朋友，但目前就得做陌路，这对我们三个人都好。"

林小曼定睛望着周贝贝，周贝贝的眼中竟然有泪花，林小曼认识她这么多年，真的很少见到她流泪，林小曼想周贝贝心里头肯定还是很难受的，只是她是个聪明人，知道难受也于事无补，不如用插科打诨来给自己寻开心，这样也免得别人担心，而自己也能被假象带动，减少了痛苦的分量。这个方式就叫做自我暗示法，周贝贝至少给林小曼讲过多次，用这种方法可以释放压力，可以缓解伤痛，总之，生活得继续，就得想办法让自己高兴起来。

林小曼心里还有些疑惑，但看到周贝贝一副不想再提及的样子，也就不再多问。她不相信徐文瀚就真的这么配合周贝贝，任由她放手成全他们一家三口享天伦？不过，她同时又很了解周贝贝，她一向都是说到做到，做不到的也不会说出来，就像她们俩这么近的关系，周贝贝也是最近才跟她表明与徐文瀚的关系，尽管林小曼早就看出来了端倪，但周贝贝在对她跟徐文瀚的关系毫无把握的情形下，是采取不承认也不否认的态度的。这次能承认是缘于徐文瀚给了她更多的信任感，而就在这种情况下，潘碧仪却怀孕了，相信周贝贝心里是真真实实的失望，也便一下子决定离开徐文瀚，离开工作了十年的公司。一切重新来过。

的确，周贝贝是喜欢给自己留余地的女人，其实，这也是一种非常理性和成熟的表现。任何人对自己留有余地，也是对他人的一种解压。

周贝贝这一次是打定了主意，她发现她并不怪徐文瀚，而是一种自身的失落感，还有一种自嘲的感觉。她相信每个人这辈子，都有可能会爱好多男人女人，但是真正值得爱的男人女人，一旦遇上就不该匆忙放弃，所以她对徐文瀚的爱，一经发生就是将近十年。"够了。"她自语。没有后悔。眼下她决定了放弃就会彻底，不想也不能再跟徐文瀚做朋友，尽管她觉得他们之间升华为挚友的关系是非常美妙的，但那太考验个体的高尚度了，而每个人的高尚度都不可能冲破所有的极限，她是人不是圣人。再做朋友，或许需要的是时间。

第四篇·缘分的果实

第五篇

命运开了个玩笑

李碧华说："什么叫多余，夏天的棉袄，冬天的蒲扇，还有等我心冷后你的殷切。很多时候，男女之间就是这样的阴差阳错，如同命运开的一个玩笑。只可惜当命运开玩笑的时候，我们还不能翻脸，只能接受。

1. "对不起，我爱你"

转眼进入深秋，落英缤纷成为自然的景观。

一切似乎都恢复了常态。

秦风每天上班，没有应酬就回家吃饭。

秦氏近年开始涉足房地产，生意是越做越红火。最近，又拿了一块好地，整体规划已经开始，秦风还特意请魏一然的表弟——一位留学英国的著名建筑设计师参与。

林小曼呢？她几乎快成为"金尾竹"的头号明星了。很多客人为了能欣赏她在下午茶时间的古琴表演，而彻底成为常客。

林小曼便主动将原本定好的演奏四首曲目变为六首。不过，为了虎虎她放弃了晚餐时间的钢琴表演，因为张琴向她抱怨，她不回来吃晚饭，虎虎就不好好吃饭。林小曼多次想对张琴说明实情，但这回她还是听了周贝贝的劝告，万一张琴告诉了秦风，秦风定会阻止她。与其争吵不如保持沉默，不让他知道。所以，林小曼便只在"金尾竹"表演两场，午餐时间的钢琴表演，和下午茶时间的古琴演奏。这样便基本可以保证晚餐陪虎虎一起吃，也让张琴少了疑虑。

这期间倒是真的有频频示好的男人，来得起这里就餐的最差也是白领阶层。林小曼没有接受任何人的邀约，甚至她没兴趣知晓那些人都是什么身份或者背景，她的心意很明确，她不是来这里钓金龟婿的，还有谁比秦风更金龟婿？

160

她是来救赎自己的。她需要被肯定，但不是被追求示好。

当然也有例外，她接受了孟不凡的邀请，她觉得孟不凡不是一般的客人，是虎虎的恩人，也算是朋友吧。林小曼除了周贝贝和张琴就没有什么朋友，她不排斥能有一个像孟不凡这样的男人做朋友。不过，她几乎没单独跟秦风以外的男人约会吃饭，所以她希望孟不凡能允许带上周贝贝，而买单的人一定得是她林小曼，也算是答谢了救助虎虎的情谊。

孟不凡微笑点头说："好，你请客，我掏钱。"态度不容置疑。

孟不凡哪里知道林小曼秦太太的身份，哪里知道这位如诗如画的女子竟然是秦氏的老板娘？他一直以为林小曼是一个靠在餐厅表演挣钱养活孩子的单身妈妈。自然经济状况不会太好，那他一个大男人怎么能让她花钱？

周贝贝已经跳槽，新的公司与孟不凡同在一幢大厦，但却再没遇到过。听林小曼说三个人一起吃饭便爽快答应，说："正好，我还有事想请苏志燮帮忙。"

"苏志燮？"林小曼反问。

"嗯，"周贝贝电话中答，"你不觉得他很像那个韩国的明星，就是把你看的哭得稀里哗啦的那部韩剧《对不起，我爱你》中的男主角的饰演者苏志燮吗？就是比那位酷劲儿十足的"大叔"阳光亲和些。"

林小曼想了想说："老了点儿。"

周贝贝斥道："真不会说话，那叫成熟。"

周贝贝离开徐文瀚后，为了让自己不去想一些事情一些人就天天看韩剧，把林小曼以前推荐的，她嗤之以鼻的很多韩剧都看了一遍，其中就包括《对不起，我爱你》，难得的是她也随着剧情的进展而泪流满面过好几次，尤其是结尾，女主角在男主角的墓碑前殉情的狗血剧情让她号啕。

周贝贝很奇怪，她一向不喜欢唧唧歪歪，哭哭啼啼，怎么现在看个电视剧也会流泪？由此，她竟然明白一个道理，每个女人都有特别柔软脆弱的一面，会在必要的时候显现。

当周贝贝真的彻底要离开徐文瀚的时候，事实与林小曼所料正好相反，徐文瀚并没有勉强她，甚至仅仅询问了下新公司的待遇状况，仅仅说了句："工作上，遇到任何事情都一定要找我。"

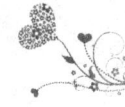

这样的态度让周贝贝觉得一切都很可笑便问："你没有什么想向我解释的吗？"

徐文瀚叹口气说："解释什么呢？"

周贝贝也倒平静了说："解释下不久前你终于给我承诺，说要离婚跟我永远在一起，给我一个家，怎么不久后，你太太就怀孕了呢？"

徐文瀚苦笑说："你说这样的情形，我怎么解释？我说我喝多了，有了孩子，你信吗？"

"信不信也不重要，"周贝贝坦然地说，"你们本就是夫妻，别说喝多了，就是玩车震别人也管不着。"

周贝贝这样的态度，让徐文瀚心里也非常难受，于是他还是决定说出他真实的想法："贝贝，我很感谢你这些年的支持和理解，在我心底，你是一个最好的助手、朋友、伴侣，我多想能够跟你永远在一起。但当她告诉我她怀孕了，当她哭着说她终于有了我的孩子，就算是离婚了，她也觉得跟我是有一辈子的关系的，她说她知道我喜欢的人是你，但是她永远都只爱我一个。贝贝，她说那些话的时候，我能体会到她是真的，她的身体状况怀孕是很难的，一旦怀孕了也是很危险的，当她不顾自己的危险，也要这个孩子的时候，我才明白，这么多年了，从她十四岁我就认识她，到现在她三十八岁了，她的青春没有了，她的芳华已逝，我忽然对她有很深的同情和愧疚，尽管对她的那些不满还都横亘在我与她之间，但责任和良心让我无法抛弃她。"

周贝贝耸耸肩说："别想那么多了，是我不要你的，这样你心里会好受点。"

"贝贝，"徐文瀚最后坚持了一下问，"你为什么不哭不闹，不说你不想失去我呢？"

周贝贝冷静而认真地说："那样说的话，还是周贝贝吗？徐文瀚，你不是坏人，甚至非常好，但从始至终我真的错了，你是有家的男人，有家的男人不能碰，哪怕他是无价之宝，也得人家老婆供着，我供不起。而我却认为自己与众不同，自以为是的觉得能供得起。我现在不过是找到了一个问题的正确答案。你也不要多想，就算是你多少有点对不起我吧，那么就别再对不起潘碧仪了。经一事长一智，我现在明白了，男女之间有问题都是一个巴掌拍不响的，女人其实都是弱者，可悲可怜可恨可敬可畏的弱者。"

"那你为什么不向我表现你的软弱？那样或许我会对她狠下心来。"徐文瀚无比纠结地说。

周贝贝淡然一笑说："女人何苦为难女人？再说天涯何处无芳草，何必单恋一根草？我没问题，你放心去做一个好父亲，如果能顺便做个好老公就更好了。劝劝你太太改改性子，你们会好起来的。"

徐文瀚沉默了，他无言以对周贝贝的从容。

男女之间，很多时候难以说清楚对错，分开后不怨恨的话，便都算是有缘无分的范畴了。

徐文瀚还是挽留了一下周贝贝："不再爱慕，但仍旧可以一起工作。"

周贝贝勉强笑笑说："你以为我坚强到了那种地步吗？还留在你身边，为你为公司卖命，然后看着你一家欢乐？我没那么坚强，也没那么高尚，还在一起工作的话，说不定我哪天兽性大发，就真去祸害你的家庭了，得了，还是让我走吧，那样你安稳，我也安生。"

周贝贝到了新公司，一切还需上手，着实有点忙。其实，她好几次想约孟不凡一起吃饭，但都忙得没有时间。

不知道为什么，周贝贝对孟不凡有种说不出的信赖，她也是女人，也在经历失恋，很想找人倾诉，而这样一个可倾诉的对象，竟然是孟不凡最先进入她的脑子里。

三个人选了一家台湾菜馆。这家店坐落市中心的一条小马路旁，可谓闹中取静。店面不大但是装修非常精致。每一张桌子都用小隔断隔开，尽管没预定上单间，随便找张桌子坐下，也是相当安静和清雅的。

人与人之间的感觉真是很难说："这三个人在一起，就是没有一点生分，尽管是第一次一起吃饭，林小曼和周贝贝自不必说："她们跟孟不凡也是非常轻松。尤其是周贝贝，如同与孟不凡多年老友的感觉熟络而易懂。

三个人分别点了一个菜，之后请服务生帮着推荐了三个菜，店家还赠送了玫瑰花茶，便免去汤水。最后再要了一份台湾牛肉饼。

菜品上来，孟不凡和林小曼都笑了。

周贝贝得意洋洋，因为这家店是她推荐的。林小曼一再说六个菜太多。

第五篇·命运开了个玩笑

163

周贝贝说："不管谁请客得让我吃饱，自小我就没减肥的习惯，这个菜品精细，但是菜量很小。"

果不其然，孟不凡点的台湾三杯鸡好像乘着太上老君炼丹的炉灶上来的，只可惜数一数鸡块不过八九块。"

孟不凡尝一口，竖起了拇指说："精品。"

然后，示意两个女人吃。

两个女人摇头，周贝贝说："我们从不吃鸡肉，现在的鸡都是催生的，雌性激素太多对女性不好，女性雌性激素过高，会导致一些病症。"

孟不凡把吃了一半的鸡块放到盘子中，可怜兮兮地说："那男人吃了呢？我可还就爱吃肯德基。"

周贝贝乐坏了，没等她缓过劲儿，林小曼竟破天荒地说话了，关切地说："那你最好别吃了。"

周贝贝坏兮兮地补充说："女人吃多了得女性病，男人吃多了就变女人呗。"

孟不凡也笑了说："你还别说，我在英国的时候，经常有人以为我是同志。哪怕是认识很久的。"

"为什么？"两个女人齐声问。

孟不凡用纸巾擦擦嘴，假装严肃地说："第一，我是帅哥呀！"

之后，他定睛望着她们，她俩没点头也没摇头，孟不凡说："那我就当你们认同了。第二呢？我几乎没有正式交过女朋友，不管是西方的还是东方的？"

"敢问芳龄？"周贝贝睁大眼睛问。

"三十二岁，腊月的，摩羯座。"孟不凡答。

"哦，"周贝贝跟林小曼对视一眼说："咱们三个同年，小曼最大，是浪漫的双鱼，我是八月中强势的狮子，还好你是摩羯，很务实的星座，跟我们俩全部形成互补。"

"你对星座还很有研究吗？"孟不凡吃惊地问。

周贝贝嘻嘻笑着说："都是公司女孩子们天天说的，没有研究也略知一二了。哦，对了，别岔开话题，你三十出头很少交女朋友不会真是 GAY 吧？"

林小曼打了周贝贝胳膊一下说："你最近怎么了，总跟这个话题玩命？"

"嘘，"周贝贝用手捂住林小曼的嘴巴说："少安毋躁，我身边好不容易出现了年龄相仿的高品质异性，我得问清楚了呀，不然，爱上了一个同性恋的男人，再稀里糊涂地嫁了，如果心里还一个劲儿遵循着愿得一人心，白首不相离的思想，得，彻底毁了。"

孟不凡忽然变得异常冷峻说："我只跟你们俩说实话，我，我……"

他吞吐着，两个女人的眼睛越睁越大。

孟不凡继续冷静地说："很简单，我不想找外国女孩子，不是人家不好，是我觉得不适合，而在英国的中国女孩子大多也很西化了，我喜欢古典女孩，我们中国特有的古典美的女孩子。"

他这么说着目光不经意地从林小曼身上掠过。

林小曼的脸立刻红了。

周贝贝是何等聪明的女子，瞅瞅他俩狐疑地说："你们俩这样的情势，有点像情愫暗生。"

林小曼白她一眼脸更红了。

孟不凡嘻嘻地笑，说："对，就比如会说情愫暗生这种词儿的女孩子。"

他这么说时明显是调侃。

孟不凡并没有撒谎，他从十八岁出国，到近几年刚被表哥招回来，在英国将近十年，简单地恋爱谈过，但也都是中国女孩子，可始终没有一个富有古典气息的女孩子走入他的世界。而他的确喜欢那种女孩，这大约跟他从小就生活在表哥家里有关系，表哥一家人，姑妈和姑父都对古文化和古董有很深的造诣，耳濡目染，尽管他没像表哥那样秉承了一切，但也颇有兴趣。

记得小时候，周围邻居家的小女孩们就很喜欢跟他玩，大人们开玩笑的时候会问："不凡，你想让谁做你媳妇呀？"

小不凡会很认真地说："姑父画中的那个姐姐。嗯，没错，仕女图中的古代女子。"

孟不凡想到这儿忽然笑了，举起玫瑰花茶说："小曼、贝贝，我可以这么称呼你们吗？"

两个女人立刻点头。

孟不凡接着说："特别高兴能认识你们，你们是我从小到大认识的女性朋友中，最觉得亲近而轻松的。我在这里除了我表哥，没什么亲人朋友，希望以后总能见到你们。"

有些话，有些人说出来就觉得很虚假，但有些话，有些人说出来就很令人动容，不同的结果都源于一点，是否真诚。

林小曼和周贝贝感受到了孟不凡的真诚，甚至有点单纯的真诚，或许这跟他在国外生活多年有关系吧。

总之，一顿饭后三个人各自感受不同，但却有相同的快乐感。

周贝贝觉得她没有看错，这个男人会成为她值得信赖的朋友。

孟不凡觉得周贝贝很爽快，很聪明，而林小曼古典端庄的同时又是那么亲切。尤其是临走结账的时候，他发现林小曼早就偷偷结了账，心里更是百感交集，这样一个弱质纤纤的女子，一个自己带着孩子的女子，一个像古代画中走出来的女子，做事又是那么大气真诚。

不过，孟不凡是执意不肯让林小曼结账的，死活要把钱还给她，还是被周贝贝拦住了，说："算了，不凡，这次小曼结账，下次换我们，这样，我们三个就有了常聚的理由。"

周贝贝冰雪聪明，总是能给别人找到理由。这样一说，三个人都释然，免去了一番争抢的尴尬。

当然，最开心的还是林小曼，这么多年，她第一次跟除了秦风外的男性这么接近，她觉得孟不凡跟秦风完全不一样，跟陈子聪也不一样。秦风身上有与生俱来的距离，子聪是现实的沉淀者，而孟不凡则不同，他是纯天然的，从某种角度看，就是浑身上下透着朝气和洋气，没有市侩更无市井，有的就是真实。

林小曼非常开心，跟随着他们俩在幽静的小马路上开怀而笑。

此时的林小曼怎么能想得到，不久伤害便接踵而来。

而很多时候最可怕的不是受伤，是不知道为什么而受伤，当一个人发现自己认识的那个人其实与自己了解的很不一样时，一定会很受伤。而这个认识倘若再缘于欺骗，那就不仅仅是受伤了更是屈辱。

2. 你不能再来"金尾竹"上班了

好景不长，随着天气渐渐变冷，林小曼的心情便如同这天气般，越发感受到了冷。

这一天，恰好是林小曼领第一个月工资的日子，她刚兴冲冲地给周贝贝打了电话，相约要庆祝一下，结果陈子聪来找她了。

"子聪，你是不是对我特殊照顾了？别的同事待遇也都这么好吗？"林小曼对于六千元的工资待遇相当满意，实际上，这不过就是她随便买件衣服的钱数，但这真真实实是她自己挣来的，感受自然不会一样。

陈子聪勉强笑笑说："我们这里消费高，员工待遇的确好，服务生每个月都有三四千，不算小费呢。"

林小曼坐在沙发上，双手托着下巴，像个刚刚工作的小女孩一样，眼中全是对未来的憧憬。

陈子聪看着这般沉迷的她，一时不知道如何开口，但他又不能不开口。

"小曼……"他叫她一声，"我……我……"他支支吾吾的。

林小曼坐正了，斜睨着他问："是不是想说我得请客？"

还没等子聪回答，她便有自顾自地说："没问题，我刚给周贝贝打了电话，准备庆祝我领取人生第一份薪水，原本就想叫上你，但想到你名草有主，不知道是不是方便跟我们出去？"

"小曼。"陈子聪鼓足了勇气说："恐怕得让你失望了。是这样，今天后你就不能再来金尾竹上班了。"

林小曼瞥他一眼，扑哧笑了说："干吗？整蛊我吗？开什么玩笑呢？你这个人真是的。我还不了解你，存心逗我。"

"不是，小曼，不是在开玩笑。"陈子聪有点着急了。早上，他太太跟他说得很明确，如果还想要这个家，就立刻开除了林小曼。他也据理力争了，他跟林小曼非常清白，林小曼也不过是想做个自食其力的女人，并且她的到来

也的确为餐厅带来了利益。可他太太什么都听不进去，只告诉他一句话——这么多年，我们之间的差异决定了我们永远都不会百分百信任，当然你为家为我为女儿做的一切我都看在眼里，这种信任便越来越多，可我很小心，我不想一丝风吹草动影响了我的婚姻，我的家庭，我女儿的未来。

之后，子聪太太哭了，陈子聪看着比他大了那么多的女人痛哭的样子，很是不忍，他知道在家庭和对林小曼的帮助这两难选择中，他只能选择家庭。

于是，他将太太拥入怀中说："好吧，你放心吧，尽管我很想帮小曼，但我会按你说的做，因为我很爱这个家爱你们母女俩。"

是的，陈子聪是非常实际的男人。家庭是第一位，女儿是第一位，这点撼动不了。但他不想骗林小曼所以和盘托出，最后，他说："小曼，真的希望你理解我。"

林小曼听完他的讲述倒在沙发里，头靠着沙发背儿静默无语。

许久，林小曼才起身，开始收拾东西。她把为了演奏古琴特意做的一套中式衣服叠整齐，忽然，一滴眼泪就落在衣服上。水蓝色的丝绸的料子，泪水滴落在上面立刻润开。林小曼再也忍不住，抱着衣服抽泣起来。

陈子聪不知道怎么劝慰好，只能一句句说着"对不起"。

林小曼默默啜泣不语，但又实在不舍得离开这里，在这里她简直有种重生的感觉。

陈子聪想了想说："这样吧，小曼，你别走了，我再去跟我老婆谈谈。"

林小曼摇摇头，忍住泪说："我不能这么自私，我真的很理解你，理解你对你家庭的珍惜，我多希望我能像你这样，有一个值得珍惜的家。子聪，你没错，我知道你真心想帮我，但不能为了我影响了家，这底线你该有，我理解的。"

陈子聪叹气说："哎，小曼，你能理解，我很感激。"

林小曼望着陈子聪说："我就有一个请求，能不能告诉我，你老婆怎么知道我在这里工作的？又是怎么知道咱俩曾经的关系的？"

陈子聪也定睛望着林小曼，许久，他问："你真想知道吗？"

"想。"林小曼坚定地回答。

"好。"陈子聪说："但我希望你也能理解秦风。"

"秦风？"林小曼睁大眼睛，"这跟秦风有什么关系？"

陈子聪要崩溃了，他不知道林小曼是真的太单纯了，还是一点都不了解自己的老公。"怎么会没关系？"他反问，"你是她老婆，是秦氏的老板娘呀，在餐厅表演，秦风能接受吗？"

其实，两天前陈子聪就恍惚看到了秦风。

那天下午小曼在表演，陈子聪也在一边聆听。有几个客人进了大厅左侧的开放式单间。那几个客人均气度非凡，便引起陈子聪的注意。关键是没多久，那几个人刚要了东西，服务生还没端上去，他们便结账走了。就在他们走的时候，陈子聪隐约看到一个高个子的男人像极了秦风。尤其是那人走的时候，速度很快，俨然是生气了，但走到门边，他回望了一眼正全身心投入表演的林小曼，那眼神便是当初陈子聪去找秦风理论出国问题的时候，秦风投射过来的，尽管过去那么多年，陈子聪记忆犹新。那眼神怎么说呢，不寒而栗。

陈子聪当时就倒吸一口凉气，有种不好的预感，但他没有告诉林小曼，他不想因为自己多事而造成她的困扰。

没错，陈子聪看到的正是秦风。

秦风是与监理公司的人出来谈事，那监理公司的老总提议要来"金尾竹"，说这里最近在下午茶时间有惊艳的表演，古琴弹奏，弹奏者国色天香。

秦风不是好色之徒，但不好违了对方的意，便一起来了"金尾竹"。可他刚一落定，就看见身着水蓝色两件套改良款民国服饰的林小曼。

那监理公司的老总啧啧啧道："怎么样？秦总？您每次去夜总会都是柳下惠，主要是那些小姐再貌美如花也都是庸脂俗粉，可你看这女人？怎么样？"

秦风面无表情只说了一句："我们换个地方。"便径自起身。

其他人都惊愕不已，但也只好随他而去。

秦风立刻回家质问张琴。他毫不犹豫地砸了一个上好的景泰蓝的瓶子。

张琴吓坏了，幸好虎虎还没放学，不然肯定会被吓哭。是的，张琴还是第一次见秦风发那么大的脾气。

秦风指着张琴问："我这几年待你不薄吧？"

张琴吓得直点头。

169

秦风冲到她面前说："你口口声声说会帮我，可林小曼做了这么丢人的事，你为什么不告诉我？"

"小曼做了丢人的事？"张琴使劲儿睁了睁眼睛问，"难道她又去找魏一然了吗？"

秦风把西服上衣狠狠扔在地上说："比那丢人一百倍。"

张琴在他的咆哮中就剩下哆嗦了，她想不出还有什么比向秦风的好友去表白更丢人的。秦风在那件事情发生后都能心平气和，这次会是什么事呢？什么比自己的老婆爱上了别人还重要吗？

"面子，你懂吗？"秦风继续愤怒说："我秦风的太太，秦氏的老板娘在餐厅表演，又是钢琴又是古琴，被外界知道了，我，我们秦氏，我们的脸面都丢尽了。"

张琴明白了，秦风如此恼羞成怒，与林小曼爱不爱他或者爱上别人无关，再或者说："林小曼不爱他了，爱上了别人都不如这件事重要，因为前者就是几个人之间的纠葛，而后者倘若被爆料，将成为秦氏的笑话。也就是说："秦风看重的不是他与林小曼的感情，而是林小曼是否能够演绎并胜任秦氏总裁夫人的角色。

张琴快速地想了想，如果报纸上登载了林小曼在餐厅表演的新闻，秦风一定会疯了的。没错，秦风对公司的形象非常看重，因为那是他最爱的父亲一手创办的，尽管后期的发展全靠他的妈妈卓雯菲，但秦风还是把经营好秦氏视为对父亲深深的怀念。

张琴更加紧张了，因为最近林小曼的确很神秘，但她本着多一事不如少一事的态度没去深究，她并不知道林小曼都在做什么。

于是，她胆战心惊地说："秦风，我真的不知道她白天都去做什么了。她最近是很匆匆忙忙的，但是我问她，她都不说："我也不便深问呀。"

秦风停止了他踱踱回回的步子，站定冷冷地盯着张琴说："秦风是你该叫的吗？你太不拿自己当外人了，你算什么东西？"

张琴震惊了。她的内心翻江倒海，但她很快就压制住了那份委屈和愤慨。她垂下眼睑可怜兮兮地说："对不起，秦总，是我错了。"

说这话的同时，张琴把眼泪咽到了肚子里。

秦风的态度再一次让她明白，无论怎么样，她就是这个家里的一个保姆，她之前的一切美好感觉都是海市蜃楼，全部不作数。秦风是秦总裁，林小曼是总裁夫人。她不是他们家的朋友是佣人。主人心情好的时候可以亲密无间，主人心情糟的时候就是拿她撒气的佣人。

张琴用眼泪掩饰了她眼里的冷笑，这冷笑是给自己的，不需要被秦风看见。她是在见证自己的可笑，她原以为秦风非常信任她，因为她真心疼爱虎虎。其实不是，根本就不是那回事，秦风在瞬间把他的态度表达得淋漓尽致。

秦风还在咆哮说："你以为你是谁啊，我告诉你，给你的工资足够我请四个保姆了。你以为你救过虎虎，我就得对你感恩戴德？我早就给了你一笔钱，你需要的不就是钱吗？我给过你不少钱了，你竟然帮着林小曼瞒着我，你的心是不是太贪了。"

"不是的，秦总。"张琴一把鼻涕一把泪，她说："我真的特别感激您，您真的没少给我钱，也没少给我们家可心花钱，让我们家可心在同学面前都很有面子，我真的对您非常忠诚，更希望您跟太太能百年好合……"

"闭嘴。"秦风打断了她的话斥责道："什么百年好合，她也不过就是我秦风花钱娶回来的一个摆设。我告诉你，张琴，你一定得做聪明人，这个家她什么都没有，这个家是我的，你不为我办事，你就什么都得不到。"

张琴透过眼前的一层水雾，看到秦风一张近乎狰狞的胖脸。这让她还是相当震惊，于是她闭上嘴。她怕再火上浇油，她怕她真的会失去工作。如果连林小曼都不算什么的话，那么肯定也无法保全她。她不能失去工作，不能。她顾不上难过顾不上委屈，她只想赶紧想办法重新获得主人的信任和施舍。

于是，张琴在秦风渐渐稳定了情绪后，忙打扫了客厅，让一切复原，配合秦风装作如无其事。

张琴嘴巴很严，没向林小曼透露一丝半点。而林小曼彻底被蒙在鼓里，还做着自己美妙的"金尾竹"之梦。

秦风便在转天约见了陈子聪的老婆，无需多言，只需要亮明林小曼和陈子聪当年初恋男女朋友的关系，比陈子聪大了十二岁的老婆便如坐针毡了。

秦风淡淡地说："其实，现状不可怕，只要您出手一切便会如常。"

"怎么出手？"陈子聪的老婆问。

秦风还是淡淡地说："让你先生辞退她，不要留下后患。"

"那样？我怕子聪会怪我。"陈子聪的老婆有点犹豫。

秦风笑了说："大姐，您也是叱咤风云的人物，怎么会有这种妇人之仁？他怪你？你该怪他才是呀。你给了他那么多，你要的无非是稳定的家庭，他把我老婆，他的初恋女友留在身边，您说难道这对您不是岌岌可危的吗？"

陈子聪的老婆不说话了，她觉得秦风说得很有道理。是，这些年来陈子聪都算是个好丈夫，没有让她过多怀疑的地方，但毕竟她比他大了十二岁，她不是演艺圈天后级的女明星，对姐弟恋的小男友信心十足，话说回来，即便是那些女明星，即便起初信心十足，多数也终究难逃被甩的厄运。所以，陈子聪对她再好，她也都心存疑虑，觉得不是所有的时候都能"hold"住这个小老公。于是，秦风无需多言，她便比秦风更加想要林小曼离开"金尾竹"。

3. 巧合？缘分？

女人的妒忌心都很强，而女人想捍卫家的决心就更盛，特别是一个已经年近五十的女人，这真的是非常可以理解的。

林小曼也的确很理解陈子聪的太太，但她绝对不会原谅秦风。

林小曼弄清楚了事情的原委不再哭泣。拎起包对陈子聪说："跟你太太好好过，我真的能理解她，如果我像她爱你那么爱我老公，我也会这样的，她这么做是因为爱。"

陈子聪非常感动说："小曼，你真是善良，我不知道怎么说了，你能这样理解，那么，你也要去理解秦风，难道他不是因为爱吗？"

林小曼冷笑说："子聪，你太天真了，他怎么会是因为爱？他根本就不爱我，他不会怀疑我跟你会怎么样，他不过就是担心被人知道秦氏的总裁夫人在餐厅做表演，而有损他和他的家族公司的形象。"

"你是不是把他想得太坏了？"陈子聪劝慰。

"不。"林小曼摇头说："是我越来越了解他，我真的能体会到他不爱我，他的冷漠。他不想离婚的原因应该也不是仅仅为了虎虎。好了不说了，我走了，祝你一家三口永远幸福美满，我这不是客套话是真心话，因为那是我渴望的生活。子聪，出于对你太太的尊重，如果不是上天的安排，我想我不会再跟你见面，因为我希望你们幸福到老。"

林小曼跌跌撞撞地往外走，在门口差点撞到人。

孟不凡扶住差点跌倒的林小曼说："小曼，你怎么了？不会是知道我来，特意来迎接我吧。接就接吧，不用拥抱了。"

林小曼望着孟不凡，好一阵子她才意识到，她撞到的人是孟不凡，是她跟周贝贝刚结识不久却十分投契的孟不凡。

林小曼一下子就哭了。特别委屈地哭了。

孟不凡扶着她竟然莫名心疼，任由林小曼轻伏在他的肩膀上，任由林小曼的泪水打湿他的肩头。许久，他僵直的双臂才轻轻环住林小曼的腰。他的脸有些红，他默默问自己，这可算作乘人之危？但很快"情之所至"这四个字映入他的脑际，他便安然了。

孟不凡不知道抱着她站了多久，幸好，这个时间来"金尾竹"的人并不多。

孟不凡也不知道俩人怎么上的车，就在林小曼的一声"随便开"的指令下，随便开了起来。穿过市中心，穿过市区边儿，不知道该开去哪里了。直至开到郊外。

这是一个叫做"青柳庄园"的地方。里面有湖有长廊庭院，更有各种休闲的活动区域。

两个人在庄园工作人员的介绍下逐一参观。林小曼的心情也好了很多。

先来到一座铁索桥边。工作人员介绍说："这是一种拓展活动，看谁能以最快速度突破铁索桥，平时有单位来拓展的话，两边会有很多人摇晃，加大难度，你们要不要试试？"

孟不凡笑着望着林小曼。

林小曼不知道怎么了，突然胆子很大，说："好，试试。"

说着，她甩掉高跟鞋就踏上铁索桥。

随后，孟不凡也跟上她。

俩人跟跟跄跄走了一小段，工作人员便猛烈的摇晃两边的铁索。林小曼站不住了，倒在铁索桥上，跟跟跄跄地走，成为跌跌撞撞地连走带爬。孟不凡还算有力量，总还能掌握下平衡，但碍于林小曼堵塞在前，也只能跟在后面跌撞。有时候想扶她一把也被她拽倒，于是形成两个人的连滚带爬。

林小曼笑得快喘不上气了，呼哧呼哧地挣扎着起来，扶住桥左侧的铁链喊道："别晃了，心脏快被晃出来了。"

工作人员是当地的老乡，操着郊区特有的极为亲切的口音说："没（四声）关系，晃出那位先生的心脏，看看他是不是真心实意的。"

孟不凡闻听此言，立刻躺在桥面上，做了一个假装撕扯开胸膛的动作，之后，双手捧出一颗心，慢慢坐起捧到跌坐着的林小曼的面前。

林小曼"咯咯"地笑，她觉得她这辈子好像都没这么笑过。

她望着他，他望着她。

她忽然爬起来，向对面跟跄冲去。

他断后，跟老乡较劲，死死抓住铁链。以保证她顺利突围。

等两个人终于爬到对面，不仅腿是软的，心都是软的了，这主要是因为行进中一直在笑在尖叫。笑与尖叫。林小曼从来没有这么放开过自己。

林小曼一屁股坐在桥边的石头上，也顾不得身上白色的衣衫沾上一下子的灰尘。长发都被汗渍黏住，有几缕紧贴住面颊。深秋时节，即将傍晚，天气微凉，可她却热得慌，用手当扇子为自己扇风。

其实，孟不凡常健身，这点运动对他不算什么。但看着林小曼那副天然无雕饰的运动后的松垮像儿，他便也一屁股坐在了边儿上。似乎只有这样，才与她的状态吻合。

他望着她，她望着他。

她"扑哧"笑了。她看到一个穿着西装的绅士如同败兵的样子着实好笑。

他因为她的笑，而低头看一眼，发现自己白色的衬衫上沾了不少灰点儿。

便拽拽外面的西服也笑了。

他们相视而笑。

她的笑声清爽怡人，他的笑声清新内敛。

他先停了笑，自然而然地伸出手，帮她把贴在脸颊上的头发捋到耳后。在这个动作的最后，他没有控制住自己，捧住了她的脸。

她脸上的笑容消失，"嚯"地站了起来。所有的情绪都没了，只剩下慌乱。这是什么感觉？她悄悄摸摸自己的脸很热。

她几乎没有过这种脸红心跳的感觉。少女时代与陈子聪的简单初恋，这十年跟秦风的夫妻相对，即便是对魏一然的暗恋，尽管冲动过，但都没有过这种被珍视被呵护被疼惜后的娇羞感。

林小曼加快步子向外走，用以掩饰自己的小鹿乱撞。天呀，她觉得很崩溃，这是不是青春少女才会有的感觉？她林小曼在三十二岁的时候少女情怀闪现吗？

孟不凡跟在她后面，本就健康的脸色也呈现出更加健康的红。那"红"随着他紧张的呼吸而闪动，如同热血在他身体里流动般。

深秋落日，映照着两个不知所措的男女，背影萌动，心影成蝶。两颗心早已飞入彼此的心间，却无法一下子面对这个事实。

还是孟不凡打破了僵局，上前一步，抓住林小曼纤细的手腕说："快走，我带你去个地方。"

4. 你究竟是建筑设计师还是厨子

黄昏时分的"青柳庄园"，槐树前依然没有动静，寂静无声。流水在小桥下安静地淌着。荫翳还留在中心的道上，缓缓前行惊醒那清晰而寒冷的气息，金黄色美丽的落叶睁眼凝望。踏在上面是细细碎碎的声响，敲打了心房，折合

175

了幻想。黑夜的步调悄然临近。

　　在这样的深秋黄昏，一切灵动的生气仍旧绽放芬芳。包括渴望爱情渴望美好生活的人们。

　　林小曼和孟不凡就是这样的人，他们在秋天的黄昏中，在夕阳的余晖中，在远离闹市的"青柳庄园"寻得了一方土壤。他们并不知道是否要孕育芳香，但他们分明已经体会到了想捧起土壤，一嗅芳香的隐隐情长。

　　在"青柳庄园"的最后边，有一座座的小庭院。每个庭院有两三户人家，每一户有一间房，一个厨房，一个洗手间，可以说"麻雀虽小，却五脏俱全"。但这里的人家并非附近村里的农户。这是这个庄园的特色，供游客租用的。如果是一大家子来的，索性就租一个庭院，住上几天，吃吃庄园里种植养殖的各种纯天然的青菜野味，那真是比去哪里游玩都休闲的所在。

　　孟不凡带林小曼来到这里，他相当的熟门熟路，因为他几乎半个月就会来这里度一次周末。服务员带他们走进租好的名叫"悦音阁"的一个庭院的右厢房，孟不凡每次来都会提前预订这个套间。今天虽然没有提前预约，但不是周末，房间是空着的。

　　我就喜欢这个小套间，孟不凡拉了林小曼的手进了屋，说："主要是熟悉，煤气灶用得次数多了，也会感觉熟悉。"

　　"煤气灶？"林小曼笑意盈盈地望着他问，"你来这里还用煤气灶？自己做饭吗？来休闲的还做饭？那还算休闲吗？"

　　"当然，"孟不凡点头答道，"当然要自己做饭，这才是休闲呀。什么叫休闲？不是闲着，是身心的放松，一切可以让身心放松的活动都是休闲，。不过，每个人对它的理解不同，对我而言，来这里买点新鲜的蔬菜，无公害的禽肉、鸡蛋什么的，自己做顿饭，边吃边感受着没有尾气污染的新鲜空气，就是最好的休闲。"

　　林小曼忽闪着大大的眼睛说："听起来很美好。"

　　孟不凡自然而然地轻抚了一下她长长的秀发说："我是一个没有多少花招的魔术师，这样的美好，一会就呈现给你，林小曼小姐。"

　　说着，他就脱下外套，步入厨房。

林小曼紧跟过去："哇，这里还真全。"小小的长形的厨房具备所有的配套，最重要的是台子上摆满了各种蔬菜和鸡蛋、肉，甚至还有一条鱼。

林小曼难抑惊喜问："你想干什么？这都什么时候买的？"

孟不凡微笑说："我是魔术师呀，我变出来的。"

"魔术都是骗人的，难道你想骗我？"林小曼也笑。

"不不不，"孟不凡竟然有点紧张说："我可从不骗人，告诉你实话吧，我们过铁索桥前我就跟服务员说了，请他们帮着准备的，好让你尝尝我的手艺，再说了，心情不好的时候，大运动量后，饱餐一顿，还有比饱餐一顿更美的吗？还有比跟一个我这样的帅大叔一起饱餐一顿更美的吗？而对于我，还有比为一个美丽温婉的姑娘做一顿美味更美的吗？"

林小曼笑而不语，脸蛋微红。

孟不凡的每句话都是那么令人心花怒放，林小曼这辈子还是第一次有男人对她说这样的话，她想，这叫做甜言蜜语吗？尤其是那句"姑娘"，林小曼不自觉地摸摸自己的脸，还能算姑娘吗？姣好的容颜，纯净的眼眸，似乎还很沾姑娘的边儿，但她是一个五岁男孩的妈妈，一个孩子的妈妈似乎跟姑娘那个词儿不沾边了。

林小曼忽然有点失落。她默默望着孟不凡开始忙碌的身影，心里一阵酸楚。她不敢多想什么。这么年轻英俊的优秀男人，即便对她有些喜欢的成分，又能怎么样？林小曼觉得她配不上他。嗯，周贝贝行，他跟她倒是非常合适般配。

想到这儿，林小曼很想立刻把周贝贝叫来，她拿出手机，调出周贝贝的号码。看一眼孟不凡，稍微犹豫了一下，咬咬牙还是打算打给周贝贝。是的，周贝贝能找到自己一辈子的幸福，她林小曼也会非常开心。刚要拨号，孟不凡拿着那条活鱼冲到她面前。林小曼被这突如其来的举动吓了一跳，手中的电话掉在地上，稀里哗啦地手机散了架。

孟不凡吐吐舌头说："这么不禁吓呀。"之后，把鱼放进洗菜盆里。擦干了手，帮林小曼重新装好手机，但怎么也打不开了。

孟不凡摊摊手说："不知道哪个地方摔坏了，它残了。"

林小曼勉强笑笑说："没事，用了好久的了，也该换了。"

孟不凡又翻看了下手机说："这样吧，我拿走，如果修不好，我送你一部。"

林小曼头摇得像拨浪鼓似地说："不不不，不用，我其实都不怎么需要手机，除了周贝贝，我没什么人可以联络。"

"谁说的？"孟不凡认真而温柔的问，"难道，你不想联系我吗？"

孟不凡的眼中是非常炽烈的光芒，林小曼几乎快被那光芒燃烧了，她的心扑通扑通地跳。孟不凡慢慢凑近她，轻轻俯下身，他的唇几乎就要碰到她的唇了。"咣当"一声。那条鱼从洗菜盆里翻了出来摔到地上，溅起点点带着鱼腥味的水渍，溅落在林小曼和孟不凡的唇上。一下子搅了这让林小曼不知如何应对的局。

孟不凡站直了身搓搓双手，掩饰着尴尬说："别怕，看我怎么收拾它。"

林小曼白他一眼嗔道："我干吗怕它？我看，我怕你才对。"

孟不凡犹如喝了酒般的微红了脸说："我不可怕。"随后他疾步走向那条鱼一把抓起，接着冲着那条鱼大声说："我是不会霸王硬上弓的。"

他这一连串的举止动作竟有些幼稚，林小曼不禁笑弯了腰，扭转话题问："这究竟是什么鱼，你要怎么做呀？"

孟不凡来了精神说："这是草鱼呀，最常见的了，你都不认识吗？"

林小曼摇头，心想从来没做过饭，没买过菜，能认识草鱼吗？

孟不凡耸耸肩说："你别小看了这草鱼，草鱼尽管很常见，但这里的草鱼绝对是没有污染的，特别新鲜，我是要给你做水煮鱼的，水煮鱼的用鱼，其实还是草鱼最好，入味儿。"

林小曼撇撇嘴巴说："听着，你倒是蛮有一套，但我觉得水煮鱼很难做的，我们这顿饭是不是得深夜才吃得上？"

孟不凡骄傲地昂昂头干脆地说："一个小时后一桌佳肴。"

林小曼歪着头怀疑地问："当真？"

孟不凡点点头说："只要你安稳的去到外面看看书，而不是站在这里，一个小时后开饭。你站在这里一辈子都开不了饭，因为我只想看着你。"

178

两人对视片刻，林小曼憋了笑，转身去到了屋里。

孟不凡没有吹牛，一个小时左右，一大盆水煮鱼，一份葱花炒柴鸡蛋，一份麻将油麦菜，一份干煸豆角，另外还有一小盘子的小黄瓜蘸酱和小西红柿，摆满了桌上。

林小曼看直了眼儿惊叹道："你究竟是建筑设计师还是厨师？"

孟不凡笑而不语，拉开一把椅子邀请她坐下。他则从冰箱里拿出一瓶酸奶，为她倒了一杯后才坐下说："试试水煮鱼，我做的麻辣感适中，配上酸奶不会太刺激胃。"说着他夹了片水煮鱼放入林小曼的碗中。

折腾了一下午，林小曼看着这一桌子菜看真的有点饿了。并且孟不凡有所不知，水煮鱼恰是林小曼与西餐、粤菜并列的最爱的美食之一。

"哇！"林小曼一尝不要紧更是惊讶了。鱼肉鲜嫩无比，又十分入味，自己做的油不大，还没有满嘴流油的后顾之忧。她说："天呀，这真的算是我吃到过的最好吃的水煮鱼了，比我跟贝贝最爱去的那家蜀沸鱼乡的水煮鱼都好吃呢。你是怎么变出来的呀？"

孟不凡被她一夸更加精神抖擞，又用漏勺帮她盛了些鱼片才说："你看咱们这一桌子菜，其实那几样蛮简单都是清淡的拌菜，水煮鱼油大配上那些小菜最好了，交替着吃不觉得腻。所以这桌子菜也就这水煮鱼费点时间。咱们今天来的仓促，要是早就定好的，我会一早就把鱼片弄出来腌制好，那样更入味。下次吧，咱们下次再来，再说。"

他这么说的时候，目不转睛地盯着她，似乎在问："下次，还有机会吗？"

林小曼自然明白他的意思便低头吃鱼，感觉到他的目光一直没有移开，便回答说："好啊，下次咱们叫上周贝贝一起来。"

孟不凡有点失落地"哦"了一声，不过想到周贝贝也是蛮开心的。这几天，他跟周贝贝其实一起吃过两次午餐。

一次是周贝贝请他帮忙，说来好笑，郭梅的前男友私家侦探小孙竟然想追求周贝贝，贝贝无奈便请孟不凡出马假冒男友，让小孙知难而退，老老实实的当一个小兄弟。

另一次是孟不凡同样遇到类似情况，一个女同事，留学回来的二十四岁

的官二代，疯狂追求孟不凡，天天给他买早点。

孟不凡求助周贝贝，周贝贝说："很简单，如法炮制。"

于是，孟不凡告诉那个官二代自己有未婚妻感情笃好。

果然，那女孩子不信要一起吃个饭。

周贝贝便大大方方地来了。

周贝贝得体的谈吐，姣好的容颜，雅致的妆扮，时不时的冷幽默，都令那小官二代心服口服，甚至一顿午餐结束，已经一口一个"姐"的叫她了，要多亲昵有多亲昵呢。彻底从誓要做情敌而成了周贝贝的粉丝。

这让孟不凡佩服不已。周贝贝打趣他说："别太崇拜我，真崇拜上了，就不好发展男女关系了。不过主要是我这对手太弱，小丫头虽然出身官二代，却不是刁钻之辈，甚至有点单纯，这可能跟在国外念过书有关系，哪像我混迹职场，老油条一根儿。"

说着她嗤嗤地笑。因为越想越觉得那小官二代像极了当年周润发版《上海滩》里，那个冯程程的戴眼镜的女同学，而孟不凡的性情则像极了她无意中在网上看的一套尚未上映的电视剧《甄嬛传》中的果郡王，就因为这果郡王，让一向认为看电视剧就是浪费生命的周贝贝整夜整夜地看完了七十六集的《甄嬛传》，果郡王那么才华横溢，专情致信，温润如玉与孟不凡真是不谋而合，就是果郡王是标准的大眼睛，而孟不凡的眼睛要细长些。这两部不同时代的电视剧，在孟不凡和小官二代之间穿越，周贝贝笑弯了腰。

孟不凡非得让她说出来为什么这么可笑，她死活不说。孟不凡便也跟着笑，两个人相处得特别轻松。

孟不凡的确觉得周贝贝是非常好的女孩子，尽管是像他们这样的七九年的七零末，沾了"七"似乎就与八零后有些区别。相对而言自我的东西少了很多，当然因人而异。周贝贝是高级白领，身上还是有很多职场中八零后的优点，自信乐观明朗。而林小曼呢？孟不凡觉得对林小曼，似乎不能做出很准确的判断，但她吸引他。

男女之间就是如此，相处得特别轻松自如的会很快成为朋友，但能否成为伴侣就需要更大的机缘了。而相处中多少会有所顾忌，甚至呈心有岌岌然状态的，倒很可能被互相吸引，产生特想了解对方的心理，继而产生男女的情愫，但倘若真了解后，分开的也不再少数，所谓因了解而分开嘛。但就是那个过程，似乎是很多男女追求情感的质地。

5. 她是个有夫之妇

林小曼真是享受了一顿美餐。麻酱油麦菜里的麻酱都调的恰到好处，荤素搭配很是合理。最后，孟不凡还从大厨房买回来了几个野菜馅的菜团子。让已经饱胀得不得了的林小曼不顾撑破肚皮的危险又吃了一个。

吃得高兴林小曼还哼起了歌。那份自在是用多少钱都换不来的。

孟不凡望着她，帮她擦掉沾在嘴角的菜团渣子。笑，就那么笑望着她。

林小曼又有点不好意思了说："像我这么不注重形象的女人不多吧？至少你能接触到的。"

孟不凡不摇头也不点头说："是惊喜，你那般贤淑的淑女范儿，才情逼人的文艺范儿，我都觉得正常，尽管很喜欢，但更喜欢你现在的随意，清新自然。"

林小曼咽下最后一口菜团子，用纸巾擦擦嘴巴说："我也很奇怪，我觉得今天的我，好像回到了少女时代，呵呵，那种无拘无束真是自然的状态，已经多年没有附于我体了。"

"那是为什么呢？"孟不凡其实很想知道林小曼的情况，很想。但又不能直接问。

"因为该有爱情的时候没有爱情吧。"林小曼脱口而出，多少有些伤感，便转移话题问："不说我了，说说你，你跟我们同年，还是海归，怎么会有这手艺？"

"哦，这很简单呀。"孟不凡稍稍坐正了些说："因为我一个人生活了

第五篇·命运开了个玩笑

很多年。不学会这些怎么生活？"

"嗯？"林小曼充满疑问。

孟不凡站起来，来回踱了几步，又坐下来说："小曼，我很希望我们能彼此更多地了解对方，所以我愿意打开自己，把我的真实和内心都向你敞开。"

林小曼睁大眼睛，不置可否。

孟不凡继续说："其实我算是孤儿，不，就是孤儿吧。"

"啊？"林小曼非常吃惊。

孟不凡点头，抓住她的手讲了起来。

原来在孟不凡六岁的时候，他的爸爸妈妈就因车祸双双离世，而他的妈妈是南方人，所以外公外婆都住在南方，他便只能住到爷爷家，那时候，奶奶也已经不在了，所幸爷爷与唯一的姑妈一家住在一个楼里，其实那两层楼都是姑妈家的，姑父家据说很有钱。他跟爷爷住在楼下的一个单元，表哥住在另一个单元，而姑妈和姑父住在楼上打通的大单元。可以说："他是跟随爷爷与姑妈一家一起生活的。孟不凡初中毕业那年爷爷去世，他就彻底成了姑妈家的小儿子。十八岁那年，姑妈还送他去英国念书，让他的人生很顺畅美好。

林小曼都听傻了，她简直不敢相信，眼前这个充满阳光的像大男孩一样的男人竟然遭遇了这样的不幸。她不由得回应了他，也紧紧握住他的手，眼里闪了泪。

孟不凡用另外一只手帮她擦了泪，安慰她道："傻瓜，这没什么的，每个人的人生都不可能一帆风顺，但其中我们遇到的人对我们给予的毫无目的的帮助会让我们体会更多的可贵，比如我的姑妈一家人，特别是我表哥。"

"你表哥？"林小曼问。

"对，"孟不凡继续说："我姑妈身体也不是太好，所以只生了一个孩子，但是我表哥特别与众不同，他身上有一种说不出来的气质，特别文艺。他比我大十岁，这些年亦兄亦父吧，可以说："他是这个世界上我最亲的亲人。我去剑桥也是表哥资助的。因为姑妈觉得她老了，不想我去那么远，但表哥觉得我从小喜欢画画，希望我能得到更好的学习。便说服老人，还为此答应彻底继承我姑父的生意，不然的话，他该是乐团里一位优秀的古琴表演者。

"你表哥会弹古琴？"林小曼很是惊讶。

"是呀。"孟不凡回答："不然，我怎么对你弹的曲子会那么熟悉？就是从小被他耳濡目染的。不过，我也会一样乐器呢。"

"真的？"林小曼更吃惊了。

孟不凡得意地点头，想起身去拿什么东西，但又低头看看表，已经快九点了。便问她："我们这样稀里糊涂得跑这儿来了，虎虎你可安置好了？还有你这几天究竟是怎么了，现在我们俩都执子之手了，你能否告诉我呢？"

他这么一说："林小曼才意识到，两个人的右手一直握着，忙挣脱开说："安置是安置了，但也的确太晚了，他不看到我不会睡觉的。我们得赶紧回去了。"

"就回去了吗？"孟不凡忽然有些失落，甚至后悔提醒了她时间。

林小曼默默点点头。她心想我自然是不想踏进那个家门，不想做那家的女主人，但虎虎是自己的，她怎么能放得下？

"好吧，"孟不凡站起来，也拉她起来说："那我们抓紧走，我不能阻拦你做一个好妈妈。等下次吧，下次，我给你一个惊喜，我的乐器就寄存在这里，下次我表演给你看。"

"真的？"林小曼特别好奇，"那是什么乐器？"

"不告诉你。"孟不凡卖起了关子，说："你想知道，想听的话，就得乖乖的跟我再来。"

林小曼瞥他一眼笑了，什么都没说："但是她心里想的是，怎么会不愿意陪你来这里，在这里简直就是世外桃源一样的生活，那么惬意而轻悠。但林小曼不知道她还该不该跟他来这里。

林小曼自然清晰那种叫做情愫的东西在他们之间滋长，但她心底充满犹豫和困惑。孟不凡并不了解她的情况，她是有个有夫之妇，尽管那个夫不像是夫，但事实就是事实。

没错，林小曼是有夫之妇，她的行动自然会被约束甚至是控制。

当林小曼五点多钟还没有到家，电话也打不通时，张琴便立刻向秦风回报了，张琴不敢在刻意隐瞒一点蛛丝马迹。她现在非常怕秦风，她觉得几年来，

她刚了解秦风，那么憨厚和气的秦风，其实是那么暴虐而偏执，甚至眼神有点毒辣。就为了林小曼在"金尾竹"上班的事情，秦风认为是她替林小曼隐瞒了他，故而坚决地做出了处罚，处罚的方式是这周不允许张琴带可心去跟魏一然学琴。

最狠毒的人就是可以戳到别人痛处的，秦风竟然知道张琴的短板就是可心。张琴对他除了骤然产生的厌恶，还有恐惧。张琴不怕林小曼，即便林小曼不当她是朋友，而仅仅是佣人，但她内心柔软，几句好话，几把眼泪就能瞒天过海。张琴也不怕周贝贝，任凭她再聪明敏锐，可她还是善良的，说实话周贝贝是从不把她放在眼里，但对可心是相当好的，经常给可心买衣服、文具和好吃的。这样的比较中，张琴只能选择秦风。就像秦风对她说的，我可以让你跟你的女儿上天，也可以让你们入地，她信。

不过，张琴并不想害林小曼，所以她通报完秦风，便也联络了周贝贝。她说："秦风知道了小曼在外面表演，大发雷霆，今天小曼又一直未归，秦风很快就回来，我担心小曼回来后会吃亏，要不然你也来吧？但千万别说是我告诉你的，你知道我在人家屋檐下，不能不低头的。"

周贝贝正在开车下班回家的路上，听她这么说并没当回事。心想秦风再生气，就那八竿子杵不出个屁的熊样儿，能把林小曼怎么着呢？便说："你也别太紧张，没事的。"

"哎呀，"张琴有点着急了说："你就说能不能来吧？"

"好好。"周贝贝很想笑，觉得这个张琴越来越爱瞎嘀咕，但也是一番好意，于是调转车头说："这样吧，我先去美容院，距离她家不远，我疏通下经络就去，万一打起来，我经络畅通便于动手。"

"啪"地一声张琴就挂了电话，她最烦周贝贝这所谓的幽默感了，她觉得那是不愁吃喝的人们无聊的说话方式，一点都不好笑。

周贝贝戴着耳机突然就断了，耳朵里本来充斥着重重的音波，一下子就没了，她先是愣了一下，便无可奈何地笑了，她越来越不想跟张琴计较，因为无论怎么样，她都不该跟她计较，她怎么着也比她生活得幸福呀。

经历了很多事，特别是跟孟不凡相识后，周贝贝觉得自己越来越阳光了，越来越清晰一个道理，幸福不是得到的多，而是计较的少。

没有什么好计较的，周贝贝觉得她与张琴彼此再有成见，但对林小曼的心应该还是一样的。否则，她没必要给她打这个电话。于是，周贝贝也给林小曼拨了一个电话，但那时候林小曼的手机已经摔了，打不开了，周贝贝与她没能联系上。

周贝贝也没多想就去了美容院，做了一个半小时的全身通经络排毒后，竟然躺在美容床上睡着了。也是，她刚换了新公司，每天要处理的事情很多，也的确是累了。美容师也没打扰她，悄悄关上门，她便如同在自己家床上似的，睡得香极了。

"维塔斯"海豚音的铃声吵醒了她，是张琴发来的短信："你还不来，秦风动手打了小曼。"

周贝贝怔住了，不知道这是否是一个玩笑，再想，张琴是从不与她开玩笑的，她根本就不会开玩笑。看一下时间，天呀，都九点半了。周贝贝匆忙穿好衣服，急速跑出来，开了车直奔秦家。

不过就是两个路口的距离，很快就到了。

周贝贝按门铃，却好久没人来开。

于是周贝贝便在门口大喊："秦风，开门。"

她连续喊了好几声都没人理会，索性她喊道："秦风，有种你开门。"

这一叫板倒没白搭，秦风果然开了门。

6. 遍体鳞伤

秦风刚一开门，周贝贝一步就窜了进去。

客厅里只开了壁灯，昏暗冷寂。并没有林小曼，也没看到张琴和虎虎。

周贝贝便径自向林小曼的卧室走去。

秦风拦住她不耐烦地说："周贝贝，我警告你这是我家，你没资格这么自由自在。"

周贝贝一时不知所措，要说这些年，他对秦风无礼是真，却没见秦风有一次对她冷言怠慢。她不禁上上下下打量起横在她面前的秦风。

就是这么一打量，周贝贝心里凉了半截，完了秦风真疯了。他胖胖的脸上，原本的肉感变得非常的凝固，犹如黑山猪。显然是气过了头。

周贝贝不是林小曼也不是张琴，她知道此时不可硬拼，便客客气气地说："你现在心情不好，我不跟你计较，你是明白人，作为朋友我不过就是来看看她，你一个大男人、大老板，没必要怕我这么个小职员，小女人吧？"

秦风多少冷静了点说："好，这样也好，周贝贝，你是明白人，也是聪明人，你最好劝劝她安生点，上次离家出走就罢了，我全当她出去散散心。这一次，想让我秦风，我们秦家在这座城市丢人现眼，她就是自找苦吃。别的我都可以忍让，但关乎秦家的名誉，我是绝对不会饶了她的。"

这样的话从秦风嘴巴里说出来，周贝贝倒吸口凉气，这不是她了解的秦风，她了解的秦风对林小曼甚至有些纵容。

她立刻想到魏一然的事情，那件事情秦风为什么能不了了之，宽容对待林小曼呢？按理那次林小曼是相当的放肆了。

蹊跷真是蹊跷。

容不得周贝贝细想，秦风竟然冷冷地说："那就快去吧，警告她好自为之，不然，我什么都做得出来。对了，你新换了工作是吧？你们老板我也很熟。"

周贝贝听他这么一说笑了。又折回来一字一句地说："秦总裁，你熟识的老板很多，但这跟我没——关——系。"

说完，没等秦风再说什么就进了林小曼的卧室。

房间里没有开灯，等周贝贝开了灯，她震惊了。

屋里乱成一片。衣服、床饰、各种化妆品散落一地。

周贝贝一时竟然没发现林小曼在哪，找了一下，才看见她抱膝蜷缩着坐在窗台上，披头散发的。周贝贝走过去碰一碰她，她便惊叫一声，冲她挥过来手臂。

"小曼，是我。"周贝贝抓住她的两只手臂，尽量让她镇定。随后坐到她对面，帮她整理一下头发，这才看见她已然鼻青脸肿。周贝贝双手捧住她的脸，吓坏了问，"这是怎么回事？这究竟是怎么了？"

林小曼"哇"地一声哭了出来，周贝贝紧紧抱住她，拍着她的背，安抚着说："没事，没事，都过去了，都过去了。"

原来，当林小曼回到家的时候，已经晚上九点多。

秦风早就命张琴带虎虎去楼上的客房睡觉，警告她不管发生什么事情都不许出来，更不能惊动虎虎。

张琴看着他黑乎乎的面色，更觉情势不妙，没敢多言就带虎虎上楼了。

等林小曼兴冲冲地回到家，看见坐在客厅等她的秦风，拉着一张胖乎乎的脸，一副少见的怒气冲天的表情便更烦他了。记忆中，那表情是他对他亲生母亲的专利，对林小曼还真是从来没有过。

林小曼不想搭理他，只想去看看虎虎是否睡下了。但去到虎虎的房间，就得从秦风的身边经过。她刚走过他身边，他便一把抓住她衣服的后脖领子。他那样从后面抓住十分用力，前面的领口便紧紧勒住了林小曼的脖子。她还未反应过来就几乎窒息了。她本能的双手也去拉自己前面的领口，但他力大无穷，她无法拉动。于是她被他那么拉托着进了她的卧室。

一进屋他一把将她甩在地上。

她捂着自己的喉咙，喉咙像要裂开似的。

她缓了缓才自己爬起来。她厌恶而愤怒地盯着他说："行呀，秦风，你终于让我看到了你真实的本相，你竟然这样对我，你不仅让我失去我喜欢的工作，还想勒死我，你不是人。"

"贱货，你最好闭嘴，"秦风丝毫不想收敛，恶狠狠地说："你这个贱货，我忍让你很久了，如果不是看在虎虎的份儿上，你早没资格站在我面前了。"

"哈，哈，哈哈。"林小曼不知是该冷笑，还是苦笑，说："贱货？我真是贱货，也是你逼的。另外，秦风我告诉你，我也早就不想站在你面前了。我们离婚。"

"你说什么？"秦风瞪圆了他的小眼睛说："你再说一遍？离婚？你有

第五篇·命运开了个玩笑

187

资格离婚吗？离婚了你还有什么？你父母的房子，你弟弟的工作、房子、车子，你的锦衣玉食的生活全都没有，你更不会再看到虎虎一眼。我告诉你林小曼，你死了这条心吧，你没有资格跟我谈离婚，你最好乖乖地听话，以后安分守己的在家，带孩子，玩你的小情小调都可以。只要不再出去丢人现眼，那样，你仍旧是秦太太、总裁夫人，享受荣华富贵。我不在乎给你花多少钱，但是不能允许你顶着我秦风太太的名字到处去做低贱的事儿。你低贱了就会让我秦风蒙羞，让我们秦家成为别人茶余饭后的笑柄。你也休想谈离婚，为了虎虎，为了秦家的名誉不可能离婚，你死了这条心吧，这几年真的是宠坏你了，敬酒不吃吃罚酒，跟我谈离婚，你真的没有资格。"

"我会去起诉你。"林小曼脱口而出。

秦风冷笑说："你连试试的机会都不可能有，你真的是太小看我秦风了，你不了解我在这个城市的地位吗？"

林小曼其实真的不太清楚秦风的所谓地位，但她知道他经常作为精英人物上到本地的报纸、电视。"哼，"她不无轻蔑地说，"那我就把你的嘴脸公布在媒体面前。"

还没等林小曼的话音落地，一记重重的巴掌就落在她脸上，随即就是一顿拳打脚踢。

秦风疯了。他最忌惮的事情，从林小曼的口中说出，他对她十年来的那些隐隐的愧疚没了，他把这个女人与自己的母亲卓雯菲合为一体，全部都是不要脸的代名词。他在痛打她的时候，仿佛看见他母亲与那些高官、富商在周旋，仿佛看见他父亲自杀前悲痛的表情，尽管他从没看到过那一幕，但他想父亲一定是非常悲痛的。

他丧失了理智，他的巴掌拳头落下的时候很是痛快，似乎释放了他内心多年的心结，而林小曼则成为不折不扣的牺牲品。

周贝贝小心翼翼的查看林小曼的遍体鳞伤，她简直不敢相信自己的眼睛，林小曼的身上几乎没有一块好的地方了，淤青到处都是。

周贝贝帮林小曼穿好衣服，理智而愤愤然地说："小曼，别哭了，哭没有用，我们先去报警，再去医院。"

周贝贝拉了拉林小曼，林小曼却没有动。

"走啊。"周贝贝着急地说。

林小曼木然地摇摇头说："贝贝，我这一次真的见识了他的可怕，我不能跟你去，你带我去报警去医院，他会恨死你，会报复你，他那么神通广大，我真的担心会连累你。他太可怕了，他真的什么事都做得出。"

周贝贝抱住浑身发抖的林小曼说："不怕，小曼，你不要怕，他这是家庭暴力，不管是否离婚都不能姑息。我更不怕他，我靠我自己能力生存，总有我的办法。你不必为我担心，走，我们走。"

周贝贝扶着林小曼刚要走出房门就被秦风堵了回来。

"你们要去哪里？"他仍旧沉着脸。

周贝贝并不示弱，说："你看看小曼这一身的伤痕，我们能去哪里？该报警就得报警，该去医院就得去医院。"

"哪都不许去。"秦风的口气毋庸置疑，但脸色稍有缓和。他递给周贝贝一瓶药膏说："先给她擦擦，都是外伤。"

周贝贝接过药膏看了一眼，冷冷一笑说："你说得很轻松，我给你弄这么一身外伤，你试试？"

"周贝贝，"秦风客气了很多说："现在咱们不是抬杠的时候，我跟小曼的日子还得过，你带她去报了警，回头弄得满城风雨，对我们家有什么好处呢？对虎虎有什么好处？"

林小曼抓住周贝贝的胳膊，用力向前走了一步，满眼含泪地盯着秦风说："别提什么家，是你的家不是我的家，别提虎虎不要用虎虎来要挟我，我一定要去报警，一定要起诉你，一定要离婚。秦风，十年了整整十年了，我承受得够多的了。"

周贝贝抱住她，扶她先坐到床边，才对秦风说："你先放张琴过来陪小曼，我们俩谈谈。"

秦风想了片刻，点了点头说："我上楼去叫她，然后咱们在书房谈。"

7. 婆媳都为"同妻"

周贝贝并不想跟秦风谈什么，她这不过是看到秦风不可撼动的态度后的缓兵之计。她知道，秦风是不可能让她们按照自己的想法去做的。

所以，秦风刚一出门，周贝贝立刻对林小曼说："赶紧给你婆婆打个电话，不管怎么样那是他妈，现在我看他心意已决，我们强来他软禁了你我，都是可能的。"

林小曼慌乱的找寻自己的手机，找到了才想起来，手机摔坏了。

周贝贝赶忙把她的手机卡拿下来装到自己的手机上，谢天谢地，卓雯菲的号码被林小曼保存在卡里而不是手机里。周贝贝找到号码，立刻拨了过去。

卓雯菲是一贯的温婉平和的语调，但当她听到秦风毒打了林小曼，打得浑身是伤后，她无法再淡定了。她几乎带了哭腔说："他真的这样恶劣吗？"

得到的自然是肯定的答案。

卓雯菲挂了电话手脚冰凉，她来到摆放着她去世丈夫照片的房间，望着照片中温雅的亡夫她百感交集。

"旺奇，秦旺奇，"卓雯菲这么叫着，已经是泪如雨下，"为什么？为什么这么多年你一直都这么自私？你一手创建了秦氏，却又厌倦经商，我接手了公司，放弃了自己喜爱的舞蹈，纵容你过着闲云野鹤的生活，让我扛起秦氏，我是为什么？是因为我爱你呀，这么多年，那么多人误会我，难道你不清楚吗？我卓雯菲的为人，你不清楚吗？还是连你都有过不信任我的时候呢？我吃了那么多苦发展了秦氏，你竟然一走了之，就为了你心里的痛，你可知你那样的走，是不负责任的吗？"

卓雯菲伏在桌子上放声痛哭。

是呀，她憋屈太久了，几乎是一生。但那是她自己的选择，可林小曼不一样呀。

她想或者连秦旺奇都不清楚，她有多爱他，为了他，她可以让自己变成另外一个人，那么多年，她都被尊称为商界女强人，其实，她是那么柔弱，她不过是想让自己的丈夫过自己想要的生活，能够更开心的活着，而她自己则无所谓了。但他却那么不负责任地走了，她没求过他什么，只求他活着，但他还是走了，却把所有秘密留给她，让她一个人背负着这个沉重。

卓雯菲直起身擦干眼泪，从柜子里拿出一个小盒子，那是多年前，秦旺奇送给她的八音盒，一拉动抽屉，还会响起祝你生日快乐的曲子，当然，那曲子的音准已经相当偏离，就如同很多人无意中偏离了的人生轨迹。

那小小的抽屉里，有一枚黄金戒指，那是她的结婚戒指，还有一封信，那便是秦旺奇的遗书。

卓雯菲取出那封遗书，她觉得该是交给秦风的时候了，她不能看着秦风一错再错，不能看着秦风毁掉林小曼那么一个单纯美丽的女孩子，毁掉她可爱的小孙子的人生。

秦风正奇怪周贝贝怎么迟迟没有上楼，估摸着是在跟张琴一起帮林小曼擦药膏，便自己闭目养神。

可能是真的累了，他闭着眼竟然睡着了。

迷迷糊糊中，他好像看到了他的父亲秦旺奇，他在对他流泪。他特别不高兴地说："爸我们好不容易见一面，你不要哭，你就是太软弱了，才会被那个女人欺负。"

而他还没有说完，秦旺奇就狠狠给了他一巴掌，他被打醒了。竟看见站在他面前的卓雯菲。

秦风立刻警觉的往后错了下椅子说："你怎么来了？你来干什么？这里不欢迎你。"

卓雯菲苦笑说："儿子，这么多年，你对我的开场白可以变一下吗？"

秦风冷笑说："除非我父亲能够活过来。"

卓雯菲无限哀伤地说："死者已矣，我更关心的是活着的人。关心你，小曼和虎虎。"

"收起你的假惺惺吧。"秦风"呼"地站起来，无比厌恶的说："死者已矣？那是你从来没有爱过他。关心活着的人，哈，真是笑话，你关心的只有你自

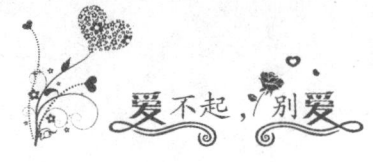

己，你的美貌，你的华贵，你的圈子。"

卓雯菲狠狠地给了秦风一个巴掌。这一巴掌打在他脸上，疼在卓雯菲的心上。

秦风愣住了，她虽然是他的母亲，但她从未打过他一下。

秦风笑了，冷冷地笑说："终于行使你做母亲的权利了，可惜对于我而言，这不过就是一个疯女人的撒泼。"

卓雯菲屏住呼吸，沉了沉思绪说："秦风，你可以随意侮辱我，但是不要侮辱我对你父亲的爱，这个世界上不会再有比我更爱他的人了，包括你。"

随后，她把那封遗书递给他，深深吸了口气极其平静地说："你不是一直要你父亲的遗书吗？你父亲临终时候不是告诉你有这么一封遗书吗？你不是认为那遗书中尽是我偷情的证据吗？好，我今天给你看，让你明白一切，让你明白，你父亲是为什么选择了自杀，为了谁而死的。"

秦风接过遗书，迫不及待地取出信笺。父亲的笔迹跃然纸上，他是再熟识不过的。爸，见信如见人，秦风竟然流了泪。从小到大秦旺奇对他真是太过宠爱了，那点点滴滴都无法仅仅成为回忆。

秦风展开那张纸，一字字看了起来。

风儿，我最亲爱的儿子。原谅爸爸这么狠心地离开了你们。但我实在是无法承受内心的伤痛。我选择了自私的离开，不然，我无法面对你，面对你的妻子。

当我发现我那个高大威猛的儿子竟然喜欢男人的时候，我真的痛不欲生，而后，当你交了女朋友，那么一个美丽善良的女孩子，我以为你的曲折也许就是某一阶段的歧路，但没有想到你婚后仍旧与你的同性恋人在一起。

儿子，爸爸不是不理解你，而是无法承受。我觉得太对不起我的儿媳妇了。

我觉得一切的罪孽都是我造成的。如果不是你对你妈妈有误会，你怎么会越来越想逃避女人？

但儿子你真的是误会了你的妈妈，她是这个世界上最高尚美好的女人。

事到如今，我要告诉你一个秘密。其实我，你的父亲秦旺奇，才是一个完完全全的同性恋者。而你的妈妈知道一切。

我跟你妈妈是青梅竹马的邻居，我们一起长大，但我视她如妹妹，从不知道她从很小就爱慕我，因为我的心都在另外一个男孩子的身上。后来，我们都长大了，那个男孩子迫于家里的阻力结婚了，还去了外地，最终失去了联系。我便沉浸在苦痛中，是你的妈妈在清楚一切的情形下陪着我，安慰我。那时候不比现在，如果我这个秘密被人知道了，将会面临什么样的危难，我的父母会含羞而死，我也不可能有什么未来和前途，于是，你的妈妈为了我放弃了很多，甘愿与我做一对有名无实的假夫妻。

　　你妈妈那么好的女人，我也试图去爱她，但我真的是没有办法。她就那么默默陪了我那么多年。

　　为什么我将公司交给你妈妈？因为我患了抑郁症。你一直觉得我有些郁郁寡欢，认定是你妈妈的过错，孩子，不是的，是我害了你妈妈一辈子呀。

　　知道吗？你妈妈从来没有做过对不起我的事情，我倒真心希望她能有个相爱的男人，但是她把一生奉献给了我，我简直是罪人。你的妈妈从来都没有真正做过女人，因为你不是我们亲生的，是婚后一年多，为了掩人耳目从乡下抱养的。可是，你的到来给我们带来了太多的乐趣，我们就把你当作了自己的心头肉呀。

　　当我发现你跟你的高中同学魏一然的关系后，我真的非常痛惜，我不知道是不是因为我的原因间接影响了你？我再次觉得自己是个罪人。甚至我想干脆就送你们出国去，让你们过自己想过的生活，但是我又舍不得你。都是我的自私造成了一错再错。

　　现在，你终于结婚了，我以为我看到了希望，我以为一切会好起来。但是没有，我暗中观察你甚至跟踪你，你从来没有停止跟魏一然的交往。我彻底明白了，你不过就是把小曼当做自己的一个掩饰。甚至把人家女孩子当做你对秦家尽职的工具。

　　孩子，你爱男人谈不上错，但是你不能因为自己而害了一个如花般美好的女孩子的一生呀。我已经害了你妈妈一生，真的不想看着小曼的人生也毁了，所以，爸爸选择这个方式，希望我的离开能让你醒悟，最起码放了小曼，放了那个无辜的女孩子。

　　最后，爸爸恳求你，好好孝顺你的妈妈，虽然她不是你的生母，但她对

你的爱跟我一样，也是一个母亲的全部。爸爸希望你能幸福。

秦旺奇　　2003年4月8日

　　秦风手中的纸张滑落在地，他全身跌坐在椅子里，椅子被那股猛力推动向后移去，他的头撞到墙上。

　　"风儿。"卓雯菲疾步过来强忍心酸说："或者我当年把这遗书拿给你，就不会弄成现在的样子了，也许你早就放过小曼，让她过属于她该有的生活了。她跟我不同，我是自愿的，她是被动的，是无辜的呀。"

　　"啊。"秦风大叫一声，头更重地磕在墙上。

　　卓雯菲再也控制不住了，她哭着把他搂在自己的怀里，她已经多年没有这么搂着这个儿子了。她轻轻地叫着："儿子，儿子。不要难过，不要难过呀，妈妈就是怕你太难过才一直没有给你看你爸爸的这封遗书。也许是我错了，如果当初给你看了，尽管你会难过，但至少你不会有那么多的怨恨。而怨恨是可以杀了自己和别人的。儿子，儿子，一切都会过去的。"

8. 为什么不一直隐瞒下去

　　夜深了。

　　深秋的夜，风已带着寒意吞噬着大地。

　　树叶无声地飘落，深秋的夜空一片寂静，远远的偶尔传来几声蛐蛐的低鸣，也带着淡淡的哀愁。各种混乱纠结的情绪，伴随着寂寞侵袭到这房子里的每个人的心房。

　　其实，人在这个世界上生存，又有谁不会经历踽踽独行的艰难，又有谁不会对过往的人或者事产生一些思念？如果我们把这些看做是生活常态中的一个点，那么一切便不会那么悲观绝望，反倒会呈现温暖的小情怀。所谓性格决定命运，你是开朗乐观的，你是悲观冷漠的，则对常人琐事的反馈完全不一样，同样，上天对你的回馈也不会相同。

此刻，卓雯菲是把思念化作了夜幕下的一抹淡淡的云，那么，她内心的寂寞就是夜空中的一道隐约的风景。有了这道风景，便有了那句"从别后，忆相逢，几回魂梦与君同。"

卓雯菲真是不一般的女人，或者，也只有那个年代，越是如她般才情并举的女人才会如此。她们是真正的把爱情当做信仰的人，即便她们的所爱是那么飘渺，无论在或者不在都如同云彩般淡淡的，抓不住摸不着的，而她们因为有强大的爱的支撑，便可以淡定坦然。

秦风也紧紧地抱住了卓雯菲。

他不清楚他这个拥抱究竟因为什么？愧疚？同情？还是别的？或者仅仅是一种需要。这个女人并不是她的亲生母亲，更不是他一直痛恨的造成他最爱的父亲离世的罪魁祸首。她是虽未生他，却养了他的人。是为了不让他更痛苦而背负着他的痛恨的人。但她又的的确确是欺瞒了他很多的人。他搞不清楚自己该爱她，还是恨她。他无比纠结。

他忽然撒开手，抱住头，他头疼得很。他又有点恨她，既然隐瞒为什么不一直隐瞒下去？那样，他可以心安理得地恨她，心安理得地做他认为该做的。

心安理得？这对于一个人来说太重要了，哪怕他是一个自私透顶的人。

9. 她是他们"爱情"的牺牲品

秦风对魏一然产生好感是在他们刚刚升入高中的时候。

新学期的第一节班会课，魏一然为大家弹奏了古琴。他是一个特别干净、清爽的男孩子，与其他总是浑身汗臭味儿的臭小子们截然不同。他寡言但不冷漠，他温和但不懦弱。他总是那么平静，好像这个世界在他的眼里像水一样清澈。

秦风觉得他真的十分脱俗，气质像极了自己最敬爱的父亲。于是，他特别喜欢跟他聊天。那样，他的心里便也会很宁静。

他尤其喜欢听他弹奏古琴，那一刻他的眼前会产生幻化，好像他不是一个男同学，而是古代一位清纯雅致的富家小姐。

两个男孩子最初的关系非常纯洁。谁都没有多想什么，也或者那时候小，即便内心早就存在了某种情愫，但却都不会清晰。

他们成为无话不说，没有秘密的好友。

秦风那时候就已经深刻体会到了父母亲的不和谐，因为青春期的他早就发觉父母并不同房。而母亲已经接手了父亲的生意，忙碌除了忙碌，再没有别的词儿可以形容，他几乎很难吃到自己妈妈做的饭。生活中也似乎只有父亲与他相依为命。

而难得卓雯菲在家吃顿饭，也会电话不断。那时候还没有手机，家里的电话基本上都是找卓雯菲的，而每次秦风接到的电话都是男人打来的。每一次，他都会悄悄告诉父亲秦旺奇，而父亲都仅仅笑笑，摸摸他的头，并不说什么。他没看见过父亲跟母亲发一次脾气，但他一直认为这是父亲在忍耐。于是，他开始疏远卓雯菲。当卓雯菲想与他亲近的时候他都会闪开，慢慢的母子之间便真的远了。

十八岁的秦风，最讨厌的事情，就是看着自己的母亲打扮得无比精致的出门去，他会对着那个背影投去厌烦的目光。他会深深的心疼自己的父亲，心疼他的平静，心疼他的懦弱。他也会把对卓雯菲的反感带到班里的女孩子身上，他不喜欢她们叽叽喳喳，趾高气扬。他上的是市重点高中，女孩子们的成绩都很好，自然个个傲气十足。在他眼里那些女生很可笑，自以为是得很，其实没有哪一个比得上魏一然。

魏一然是那么清澈、透明，那么安静、平和。跟他在一起，心也会渐渐沉静下来。

秦风跟魏一然正式成为同性恋人是在上大学后。

秦风遵从父母的意愿上了重点大学，学习企业管理。而魏一然则自然而然的上了音乐学院。

大学里接触的人越来越多。秦风虽不英俊，但也算是身材高大，再加上家里的经济条件好，自然身边很多女生追。魏一然更不必说："那样的翩翩美少年，更是艺术系的女生追求的目标。

也就是这样的情形下，两个人意识到他们才是彼此爱慕的一对。

魏一然一如既往的，平静地接受了这个现实。他说："我不觉得有什么可耻的，我的情感并不妨碍别人。"

秦风不是不想像魏一然那么坦然，而是他无法做到。

秦旺奇经常对他说的话是："风儿，你得快些成长起来，接过你妈妈的班，她太不容易了，你得早些娶妻生子，让我们都安心。"

从记事起，秦旺奇就把他当做心肝宝贝，他要什么就给什么，从来没有对他发过脾气，他怎么能让父亲失望呢？他觉得父亲已经很可怜了，有那样一个妻子，他还能让他接受有他这样一个喜欢男人的儿子吗？父亲还想抱孙子呢。"

于是，秦风背着魏一然也偷偷接触女孩子，但结果可想而知。每当跟女孩子约会的时候他都会抓狂，无法平静和安然。只有跟魏一然在一起，哪怕就是静静地坐着，他的心都会很踏实安分。

秦风与魏一然抛却了一切，终于在一起了。

那年，他们还去了趟丽江，在那里他们感受着远离尘世的宁静。

古镇小憩，魏一然白衣翩然，秦风默默相随。

小桥流水过，尽把尘缘抛。魏一然说："我很喜欢这里，如果有一天我们老了，能来这里安享晚年真的不错。"

秦风摇头说："这里固然好，但世界上比这里好的地方肯定有很多，等我们把该安顿的都安顿了，可以周游世界，喜欢哪就住在哪。"

魏一然笑说："再有更好的地方，我也不会忘记这里，因为这是见证我们感情的所在。"

秦风不无动容地说："相信我们，还有更多的地方会见证我们的感情。"

然而世事难料，与命运开玩笑的永远是人本身。

魏一然是一个非常执著的人，他淡然的外表下有颗无比诚挚的心，他说到做到，甚至向父母坦陈自己的情感。尽管得不到谅解，但也任由他了，只要他能子承父业，继承家里的老字号古董行。至于传宗接代等等，魏一然的父母

第五篇·命运开了个玩笑

亲只好把那样的希望寄托在他们的养子，魏一然的表弟身上。

而秦风呢？看似坚韧的秦风却没有魏一然那么豁得出去。

他也犹豫过，每当秦旺奇那般寄托全部希望地望着他的时候，他也想向最爱自己的父亲坦白，但是他真的没有魏一然那么勇敢，他不知道是无法面对自己，还是无法面的父亲，他最终在十年前为自己做了打算，选择了单纯干净的林小曼。

更因为父亲的离世，他在深受打击的时候，进一步打击了林小曼，与她有了虎虎。

虎虎的到来，给了秦风新的生命之花。即便是魏一然都不可代替的美好希望，全心全意的真实情感。

秦风觉得有了虎虎，他的人生真的可以算完满了。他要保住这个家，要让虎虎过最好的生活。他尽量善待林小曼，用钱安置好她的家人，用钱给她过无忧无虑的生活，用钱让她玩古董迷古琴摆脱孤独寂寞。

但林小曼不是卓雯菲，不是深爱秦旺奇的卓雯菲。林小曼懵懵懂懂的被他带入婚姻，当她明白这场婚姻没有爱情的时候她会抗争。

秦风总是以不变应万变的对付林小曼，任凭她怎么样，他都是保持着他内心的冷漠，而用表面对的宽厚将内心掩藏。

为了虎虎，他不可能放走林小曼。林小曼也不可能把虎虎留给他。

十年相处下来，他发现他对林小曼真的谈不上什么感情，哪怕是友情或者是亲情。他猛然醒悟原来他根本就是一个感情的无能者，他身边除了魏一然的爱，没有友情也没有亲情。

于是，他尽量地去理解林小曼，只要不影响到虎虎，即便林小曼暗恋上了魏一然，他都不会放在心上。他知道魏一然不会做对不起他的事情，魏一然永远都只会帮他。他知道这个世界上毫无目的的给予别人帮助的人越来越少，哪怕是亲人、朋友和爱人。而魏一然就是对他毫无目的那个人。

这么多年，魏一然从没接受过他的帮助，换言之，魏一然也不需要。但他总在关键时刻帮助他。他娶妻生子，魏一然默然接受。他进军房地产，魏一然便从英国叫回来自己的表弟来帮他。而魏一然自己呢？他总是那么平静淡然的接受着一切。他常说的是："倘若是命里注定，那么就只好接受吧。"

当林小曼去纠缠魏一然后，魏一然对他说："原谅她，因为是我们造成了她的今天，她是受害者。"

但秦风不能原谅林小曼去餐厅演奏，成为别的男人打赌想包养的对象。他不是嫉妒不是吃醋，他没有那种感觉。他只是担心他的虎虎，他怕林小曼与卓雯菲的某种相似会影响了虎虎，他希望虎虎正常的生长。他跟魏一然不同，他始终不觉得自己是正常人，他怕虎虎也会走他的路。他希望虎虎能快乐长大，真正的爱上一个女人，哪怕是一个丑八怪，结婚生子。

想到这儿，秦风放声痛哭。

卓雯菲站在一旁默默垂泪。

第六篇

爱情与阴谋

　　不知是社会冷漠了，还是人性的自私和懦弱，很多时候，很多事物，很多东西，都变成一种奢侈，看似漂亮与华丽，然而在这美轮美奂的背后，却又有一种难以说清楚的感伤，有时候一些事物看上去那么美，而在光环的背后，人性与人心真的是那么美吗？

　　丧失了爱的能力的人越来越多，游戏人生的倒是层出不穷，即便把这种爱的情感和能力扩大到同性之间，真情几许？爱情已经成为最遥远的童话，不是爱情本身的问题，是人的问题，即便是真的想去爱的人都不知道如何去爱，即便是爱了又如何？不是谁跟谁承诺什么就是什么的问题，更不是爱了就爱了的问题，而是爱过以后，是否还可以继续相依。

1. 只有虎虎是他亲生的

　　很多人，在面对人生的十字路口的时候都会踌躇，犹豫不决，这是再正常不过的一种心理。但会做出怎样的抉择，就会跟自己的心性有关。

　　遇到一些事情，往好的一面看，便会发现生活的很多美好；而往不好的一面看，则会将自己逼进死胡同，感受不到阳光和温暖，自己的心底更是只有阴霾。

　　其实，很多人真的不明白，阳光对于人对于自然真的是最重要的。无论是上天恩泽的阳光，还是人内心营造的阳光。

　　一切铺陈开了。卓雯菲的内心稍微安稳了些，她想不管怎么说："秦风都该有个转变。她能接受秦风的个人选择，只希望他不要继续伤害林小曼，毕竟林小曼是无辜的，更何况她是虎虎的妈妈。

　　"风儿。"卓雯菲在秦风稍稍平静后说："放了小曼吧，她还年轻，她该有自己的生活，妈妈会替你保守秘密，只要你们和平分手。小曼在秦家这么多年，她也该得到一些，钱对于我们家不算什么。"

　　秦风抬起头望着她，这个六十多岁的，他一直以为伤害了他父亲的女人，他一直以为的亲生母亲，其实，她跟他一点关系都没有。

　　他闭上眼睛，让自己的内心更加平静了些，这样他更准确的判定自己的感受，他对她已经无法亲近，不可能像小时候那样了，这么多年的疏淡，已经成为习惯，尤其是对一个本就毫无关系的女人，这种习惯连改变的可能性都没有。

忽然他笑了，他觉得生活真是充满讽刺。

原本他就是悲观的人，此时，他更看不到希望。他甚至怀疑一切，除了自己，这个世界上还有谁可以信任吗？最亲的父亲，其实也不过是与自己毫不相干的人。他是否真的像自己认为的那么爱自己？还是仅仅把自己当作了他暗无天日的生活寄托。他的离世是对自己的愧疚和担忧，还是他自身的一种解脱？那么魏一然呢？他就真的那么爱自己吗？这些尚还被秦风认可的情感都被他开始怀疑，更不要说卓雯菲了，她不过是老了身边需要人。

于是，秦风冷冷地说："您放心，毕竟我今天的一切都是你们给我的，我会给你养老。"

卓雯菲愣住了，她想了好久都没想到秦风一开口竟然是这句话，她说："风儿，你误会了，我不需要你们给我养老的。我身体尚好，我也有足够的产业，如果有一天不能照顾自己了，我可以去住养老院，我希望的无非是你们能好。尤其是你能好，你好了小曼和虎虎都会好。

秦风勉强笑笑说："那您放心吧，我会很好。"

"那你答应放过小曼吗？"卓雯菲追问。

"放过？"秦风看她一眼，很快又避开说："何谈放过呀，两口子能有不打架的吗？"

"秦风。"卓雯菲终于明白了秦风的意思，她有些生气了，说："你这是什么态度？你不能给她幸福，也不可能爱慕她，为什么要执迷不悟？"

"因为我在这个世界上只有一个至亲的人，我得为他想。"秦风说这话时候，声音很轻，轻得如同窗外飘来的风声。

是的，秦风明白了，什么都可能是假的，只有虎虎是他亲生的，这才是不可改变的真实。他什么都可以放下，魏一然，卓雯菲，秦旺奇，但他不能放下的就是他唯一的亲人，他的至亲骨血——虎虎。他必须要他健康成长，就必须给他一个完整的家。林小曼不能离开。

自私是人类的天性，但也是痛苦的根源。

卓雯菲望着这个已然不惑，却看不透世事的儿子，她哭了。这一次的眼泪更加重了绝望。

　　"妈。"秦风的一声呼唤，把卓雯菲从痛苦的边缘又拉了回来。她已经太多年没听到他这么叫她了。

　　秦风看似已经平静，说："这次还得请您帮忙，好好劝劝小曼。如果她想工作，我就安排她去公司，但外面表演的事情不要做了。"

　　"那你跟小曼之间的事情怎么处理呢？"卓雯菲没有答应也没有拒绝。

　　秦风起身扶着卓雯菲坐下，蹲在她面前说："为了虎虎，您的孙子，我会跟魏一然一刀两断，给您孙子一个完整的家。以后，随时欢迎您来看虎虎，周末只要您乐意可以接虎虎过去住。"

　　"真的？"卓雯菲简直不敢相信自己的耳朵。

　　"当然。"秦风从容的反问，"您说还有比您的孙子更重要的吗？包括自己的感受？"

　　卓雯菲双手捧住秦风的脸，这一次她喜极而泣，说："风儿，你真能这样，妈妈就觉得这么多年的苦没白吃，我真是太高兴了。"

　　秦风笑了，笑得比哭还难看。

　　但卓雯菲转念一想，又有些疑惑，便试探着问："风儿，你跟魏一然是说断就能断的吗？即便你们断了，你对小曼就能产生感情吗？"

　　秦风站起来，背对着卓雯菲幽幽地说："产生不产生感情重要吗？重要的是能够保全。您这一辈子，还不是这样过来的？不也过来了吗？"

　　卓雯菲听得出秦风语气中的失落，但她还有一个担心，林小曼会接受吗？刚刚她刚进门的时候先去见了林小曼，她的态度非常坚决。卓雯菲能体会到，林小曼也不可能爱上秦风。如果能爱上一个人，其实是能为这个人承受很多委屈的，就像她卓雯菲，不管别人是否觉得值得，自己是满足的。显然，林小曼不爱秦风甚至有种厌恶。所以，秦风的想法未必能得到林小曼的配合。

　　"妈。"秦风再次叫了一声妈，说："林小曼那边，就需要您去做工作了，当然我也会安抚她。"

　　卓雯菲不知道还能有什么办法，只是点点头算是答应了。

2. 我不会再委屈自己了

秦风的两声"妈"没白叫。卓雯菲使出浑身解数劝慰林小曼。

周贝贝、林小曼，甚至张琴都对卓雯菲的态度大惑不解。刚来的时候，她不是非常坚定地说一定会劝秦风跟小曼离婚，即便秦风霸道，什么都不给小曼，她也会给林小曼和虎虎足够生活的财产吗？

"秦伯母，"周贝贝问，"秦风他是不是威胁您了？"

"怎么会呢？"卓雯菲连忙解释，说："我也是在商场摸爬滚打多年的了，能被自己儿子威胁吗？是他的确有诚意，他知道错了，他说要给虎虎完整的家，他会改善自己的。我是看到了他的诚意。"

"哼。"林小曼撇撇嘴，不屑地说："他还真能演，但再怎么演，我也不会相信他的，因为我看到过他最狰狞的面目。妈妈，这么多年，他怎么对您的？难道您不了解他吗？他会悔改吗？他真悔改了又能怎么样？我跟他之前真的没有感情，彼此都没有，这是我们必须面对的现实。"

卓雯菲不知道该怎么劝说了，她自然理解林小曼。

林小曼继续说："我想好了，他能够控制的无非就是钱，我不要秦家的钱，尽管我跟他婚姻关系那么多年，的确该有我的一份，但是他想用这点来控制我，我不会让他得逞。我就要虎虎，再难我也会挺过去。"

周贝贝握紧小曼的手给她力量。

卓雯菲叹口气说："小曼，其实很多时候退一步海阔天空。"

"妈。"林小曼诚恳地说："如果早几个月，你这话我听得进去，但是现在真的晚了。我们俩互相都不喜欢对方，连喜欢都谈不上别说爱了，这样下去，未来实在是没有光明可盼。我错就错在当年年幼无知，不懂得什么是婚姻，什么是爱情，觉得这个人对我不错，对我家人不错，就不错了，才这样错嫁给自己不爱的人。我快三十三岁了，我不想再浪费时间了。我只希望你能帮我劝劝他，让他稍微有点良心，不要为难我的家人。他对他们的那点好，就算我用

十年青春换来的吧。"

卓雯菲几欲张嘴又闭上。林小曼言辞恳切，句句在理。她无从反驳便说："这样吧，你们都各退一步，小曼你该去医院咱们去医院，把伤治疗好。离婚的事情慢慢再说。但我想请求你们不要去报警，秦风爱面子，我们就算想平和地处理这件事，就更没必要跟他彻底闹僵，你们说呢？"

卓雯菲的请求，林小曼真的是不好驳逆，她一直那么善待她。

林小曼不知道是否该答应卓雯菲。

卓雯菲继续说："小曼，你放心，如果最终你选择离婚，我一定会帮你，虎虎是我的孙子，为了他，我也帮你，但我就是想让你再看秦风一段时间，看他是不是如他所说真的改变了。他真的改变了，或者你也会产生不舍，我们都不知道下一秒会发生什么事，所以凡事不必决绝。你们说呢？"

林小曼望望周贝贝，周贝贝觉得卓雯菲说得有理并值得信任，便冲小曼点点头。林小曼便说："那好吧，但我不会再委屈自己了，也不会去想办法跟他修好，一切就看他的吧，在我心底婚是离定了。"

林小曼这么说的时候，秦风狰狞的面目便闪现在眼前，她不仅恐惧更多的是厌恶，便皱了皱眉头。

3. 再见的欣喜

林小曼的满身伤痕，尽管无大碍但褪去尚需时间。几天后，只剩下淤青并不妨碍走动了。林小曼便继续出去找工作。

"金尾竹"那样的高档餐厅没有招人的，她便去了一家中档次的江南菜馆，那家菜馆在每晚的六点到八点有两个小时的古琴弹奏。如果能再找一个人，便两个人轮班，找不到的时候，就只能自己盯两个小时了。而薪水仅仅是一小时七十元。，天天不休息的话一个月只有四千多。

林小曼并没有犹豫就接受了这份工作。

她想得很清楚，想跟秦风离婚便要迅速独立起来，卓雯菲是个好人，但也不能全指着别人，儿子是她的，她得自己养。当然，她已经想得很清楚，儿子的抚养费她是要力争的。她没必要为了自己的尊严，而让儿子受苦。

这一次，林小曼怕秦风捣鬼，便慎重地与餐厅签订了合同，如果餐厅无故辞退她必定得赔偿。不过，林小曼没想到一点，那点赔偿金对于秦风可不算什么。秦风真的想给她搅局，大不了出更多的赔偿金给餐厅，便足可以搞定。

但不管怎么说："林小曼还是吃一堑长一智了。

正式上班是下周一。还有三天的时间，她觉得她该联系一个人了。

对，孟不凡。

这几天，林小曼忙忙呼呼的，一直都没有去买新手机，秦风倒是给她买了一个最新款的，但她连看都没看。

没有手机孟不凡难以联系上她。

孟不凡本想通过周贝贝找寻林小曼，但直觉告诉他，那样做会让周贝贝多少有点不快。于是，他便耐心等待，等待着林小曼的电话，他坚信她会联系他。那天，临分手的时候，他再三说："一定要打给我，一定。"她微笑着点头了。他相信她。

林小曼用路边儿的公用电话打给了孟不凡，她真的很奇怪，她竟然记住了他的电话号码，他不过是在那天分手的时候反复告诉了她两遍，要知道她记周贝贝的号码都记了好久。弄得周贝贝直骂她脑子里全是音符没有数字。

"喂，你好，我是林小曼。"电话通了林小曼却又有些不知所措。

"我知道，我知道。"孟不凡丝毫不掩饰自己的兴奋。"你在哪里，我现在立刻过去。"

林小曼似乎没有办法拒绝，便说出了自己所在的位置。

没多久，孟不凡就开车赶到了。他那么灿烂地笑着跑过来，手里拿着一个盒子。他灿烂的笑容真的可以感染任何人，在他的灿烂里感受着快乐。

林小曼分明感受到了那种快乐却特别想哭，因为她觉得这不该也不会是属于她的。她打算跟他说清楚一切，让他对她死了心，让他找寻真正与他匹配

的人。嗯，对，周贝贝，他们才是天生一对。

孟不凡却并不知道林小曼那么多的内心纠结，双手把盒子递给她说："别推辞，我是怕再联系不上你，才买了送你的。"

也是手机，但因为送的人不同，林小曼的感受则完全不一样，孟不凡送的手机，让她倍感珍惜。也好，算是以后的一个念想，林小曼这么想着，便欣然接受了，说："那就谢谢你了，我会一直用它，一直。"

孟不凡被她认真地表扬逗笑了，说："别傻了，万一哪天再摔坏了呢？"

"坏了，我也会留着。"林小曼喃喃地说。

"没关系，坏了，我再买新的送你呀。"孟不凡沉浸在与林小曼再见的欣喜中，竟没有留意到林小曼淡淡的幽怨。

林小曼轻轻莞尔说："这个周末你有时间吗？我们见一面，我有事情跟你说。"

孟不凡听到林小曼主动邀约开心得很，连声说："明后天都有时间的，你随时电联我呀。"

"嗯，"林小曼点头说："那好，你等我电话。现在是上班时间，你快回去吧，别耽误工作。"

孟不凡上前一步，却看到她刚刚因将头发捋到耳后，而露出眼角的一点点淤青，忙问："你这是怎么了。"

林小曼忙把头发从耳后拿出来，稍微挡住，紧张地说："摔的。"

"怎么那么不小心，让我看看。"孟不凡伸手就要捋她的头发。

林小曼向后闪了一下，说："不碍事，你快走吧，我也得回去了，还有事呢。明后天我会给你打电话的。"

说完，她便拦了一辆出租车径自而去。

孟不凡着实愣了一下，就在这时电话响了，是他的表哥打来的，约他晚上回家吃饭，孟不凡爽快的应允。表哥是这个世界上对他最好的人，也是最亲的，从小到大给予他的都是最无私的帮助。却从不要求他什么，唯一的一次就是回国发展，看似他在帮表哥的朋友，实际上也是表哥在为他的前途着想。表哥是一个非常沉稳的人，很少有大悲大喜的时候，这个电话里却流露出莫名的伤感，孟不凡多少有点担忧。他很了解表哥，不想说的永远都不会说："想说的就会告诉他。那么究竟发生了什么事，他只能等待晚上见面再说了。

4. 哥，你得快乐

很多人好奇，电影里，电视里，小说里出现的情节，生活中会那么戏剧吗？其实，凡事艺术作品中会出现的，必定会是生活中某个场景中上演过的，或是即将上演的。

没错，一切看似戏剧，却真真实实。

孟不凡、魏一然这两个看似没有任何关系的人，却是不折不扣的亲兄弟。魏一然就是孟不凡的表哥，亦父亦兄的表哥。

魏一然叫孟不凡回家吃饭，其实就是到魏一然的古董行。

当年，魏一然支持孟不凡完成自己的梦想，去英国留学建筑设计，自己听从父亲的安排，辞去歌舞团演员的工作，安心经营祖传的古董店铺算是一个交易吧。

但其实魏一然对这古董行里的一切并不反感，甚至有几分热爱，他觉得在这里他很自在。只是父母一直怕他沉迷做演员，而难以继承父业，而他性格独立自持，很难被人说服，渐渐的尤其是在他坦白了跟秦风的感情后，父母百般相劝都毫无意义，他们便把希望都落在养子孟不凡身上。怎奈孟不凡对这些古文化的东西虽不抵触，但难有情怀，一心只爱设计。而此时魏一然却欣然接手了祖业，也算是对父母在最伤心时刻的一点安慰。

近几年，魏一然的父母似乎是越来越想得开了，既然什么都管不了，干脆什么都不管了，把房产给两个儿子一分，回山东老家的小镇颐养天年。

偌大的房子两个人住很是空落，而魏一然又很少回家，于是，哥俩便决定把房子出租给一家公司，孟不凡租住了公司附近的公寓，魏一然则干脆住到了古董行。所以，古董行是店也是家。

孟不凡到的时候，魏一然已经做好了四菜一汤。

有孟不凡从小就最喜欢吃的腰果虾仁，每个虾仁都很大，一准又是魏一然买了新鲜的大虾，去皮剥出来的，腰果的火候恰到好处，金黄金黄的却没有一丝焦味儿。清炖排骨是永远的菜品，主要是孟不凡是食肉动物，每餐都离不开肉，而排骨汤里再甩上一个鸡蛋，将出锅时搁点香菜，便是营养极其丰富的汤品。另有两个素菜，尖椒土豆丝非常家常却非常美味，还有一道豆豉鲮鱼油麦菜。

孟不凡瞧见这一桌子的美味，口水馋涎，伸手就捏了一个大虾仁放到嘴里。

魏一然笑笑说："洗了手，坐稳当吃。"

孟不凡又捏了一个，才乖乖地去洗手。等他来到桌边，竟然看见桌上放了一瓶剑南春。

"嚯。"孟不凡有些讶异，问，"哥，今儿什么日子？不是你我的生日呀。"

魏一然斟上两杯酒说："今天你就别开车回去了，住家里，陪我喝点酒。"

"哦。"孟不凡应着，更加确定魏一然一定有事。他知道魏一然生活很是讲究，平时烟酒不沾，如果喝酒只喝剑南春，但他喝酒的时候并不多。"

魏一然连饮三杯才开口问："不凡，你知道我当初为什么叫你回国发展吗？"

"嗯。"孟不凡回答，"你知道姑父和姑妈还是希望我能回来，找个国内的女孩子结婚生子，怕我这么好的基因流落到外族，呵呵。再有，不管他们住在哪，我回来了，毕竟都在国内，想见面容易。另外，你说你那个朋友……"

孟不凡有些吞吐，他是知道魏一然和秦风的关系的，但是却从来没有跟表哥正面谈过这个问题。所以，他有些犹豫不知道能否敞开这些。

魏一然倒不介意，接着他的话说："我那个朋友秦风的秦氏公司开始搞房地产，我知道你很有建筑设计方面的才华，想你能帮他。"

孟不凡摇摇头说："哥，其实你也是在帮我，毕竟能在这么大的跨国设计中国分公司当首席得有好的作品。"

"嗯，"魏一然点头说："也算是双赢吧，但我帮他的心还是很重的，只是知道这对你没坏处。爱情和亲情都是我最看重的。"

魏一然说完，又自干一杯酒。

孟不凡有些愕然，他还是第一次听到魏一然这么赤裸裸的表述自己的情感。

之前他还小，只是姑父和姑妈几次痛哭着对他说："凡凡，我们是指望不上他了，以后全都得靠你了，你可得好好的结婚生子，好好的过日子。不要像他，不能像他毁掉自己的一生。"

后来，孟不凡出国留学，见惯了英国大街上男男、女女的恋情，便不觉得稀奇了。况且英国是允许同性恋者结婚的，而英国的同性恋人数也高达几百万，孟不凡的同学、同事中便有这样的例子。他们（她们）像普通的男女朋友一样，约会、吵架，偶尔秀恩爱，当然也会有分手的。对此，孟不凡早就司空见惯，相当理解，愿意相信那是一种正常的情感。

但每每想到自己最爱的哥哥爱慕的对象是男人，总是有点惋惜。他理解他，但也会惋惜。他总觉得表哥这么好的人，如果不是喜欢男人，那么一定会遇到一个无比美好的女子，结婚、生孩子，那么姑父姑妈有多高兴？而表哥自小就是一个懂事体贴，富有爱心，非常善良的人，对于他这个突然闯入原本受着父母独宠的家庭的弟弟，一点私心都没有，所有好的东西都会让他优先。

记得有一次，魏一然对自己的外公，也就是孟不凡的爷爷说："弟弟没有父母亲了，外公、爸妈和我多爱他一些，他就会更健康快乐地成长。说那话的时候，魏一然不过是一个不满十八岁的少年。

在孟不凡的眼里，表哥魏一然真的是一个无比完美的人。只是他的情感让他变得越来越沉郁、封闭，他很少接触朋友，甚至很少走出古董行，他见的最多的人，大约就是想来淘件东西的客人。

"哥。"想到这儿，孟不凡动情地说："你得快乐。"

魏一然讪然一笑竟然落泪。

5. 请你去追一个女人

魏一然继续独酌一杯，继而问孟不凡："弟弟，你说，爱情是什么？"

孟不凡乍一听他这么问，脑海里竟闪现出林小曼的样子。便脱口而出说："是时时刻刻都会想着她。"

"是呀。"魏一然悻悻然的说："时时刻刻都想着他，但你能否做到二十几年，时时刻刻都想着一个人呢？如果你二十几年时时刻刻都想着这个人，你说那又是什么样的爱情呢？"

孟不凡摇头说："哥，我不会让我跟我的爱人二十几年仅仅是想着对方的，两年也就两年，甚至到了我这个年龄连两年都用不着，我们就结婚了，生活在一起，天天看得见摸得到对方，无需想念了，那就是把爱情变成了现实了。爱情只有变成现实才有生命力呀。如果爱情仅仅在虚妄中，它能带给我们的几乎就是伤害了。"

魏一然无奈地笑，说："你是在劝我吗？是在告诫我，我的爱情对于我只会是伤害吗？"

孟不凡也喝下了一杯酒，剑南春口感香醇，没有辛辣感，倒给他几许兴奋，便畅言道："哥，其实爱男人或女人都无可厚非，关键是爱的人是不是值得？你觉得他值得吗？你为了坚守你们的爱情，你做了多少，他又做了多少？凭你们的能力，如果想在一起，完全可以放下这里的一切去国外呀。我看过李安的《断臂山》，我都为之感动，丝毫不觉得荒谬。所有的真情都是值得赞美的，关键是你是，他是吗？为什么他会结婚？还会生子？我真的十分同情他的妻子，那个女人太可怜了，他这不是害了人家一生吗？他能给人家幸福吗？这种作为太自私了。极度自私难道不能算是人品低下吗？我觉得你是被你心底幻想的爱情冲昏了头脑，我们再爱一个人，也得有是非观念。为什么他那么有钱，你们不去国外隐居，去英国就可以，你们可以光明正大地走在街上，想怎么样就怎么样。再退一步，其实，我们的国家现在也很开明，并不是像以前那样，认为同性恋就是不正常的道德范畴，很多明星都出柜啊。很多普通人也坦然面对自己的取向问题，其实只要是真诚的都会被接受和理解。那么，你们为什么不能？你为了他不是向家人坦陈吗？他呢？有一次，我看到报纸上他还在大秀妻贤子乖呢。哥，我今天是喝了点酒，说的你不爱听，你也别怪我，我一直就觉得他就是个生意人，非常地虚伪，深藏不露的，甚至有点可怕。"

"不知道，我不知道，"魏一然似乎没有听到孟不凡说的这一通话，他仅仅是沉浸在自己的情绪中，说："我们从十几岁认识，他是最懂得我的人，他很粗线条，但是他那么爱听我弹奏古琴，我给他讲伯牙悼子期的故事，他会说我们这辈子的故事会比那个古代的故事更感人，他对我是真心的，不凡，是真心的。"

孟不凡突然明白了一个道理，感情的事不管是发生在异性间还是同性间，某些原理都是相通的，就是爱会让人蒙蔽了眼睛，辨不清真伪，更何况有些时候真伪是在交替间。

望着哥哥魏一然一脸的惆怅，孟不凡甚是心酸，哥哥本该是一个多么脱俗清澈的人，却为了这二十几年的同性恋情碎了心房。

"哥，"孟不凡心疼地说："那就跟他好好谈谈，你们出国去吧。让他把家产全部留给他可怜的妻子，你变卖了咱这古董行，这些钱足够你们生活。人生就短短几十年，你们蹉跎了那么久，就抓住眼下吧。姑父和姑妈现在身体尚好，如果他们有什么不好有我照顾，你全都可以放心。"

不凡，你真是我的好弟弟。魏一然无限感慨地说："你这么善良真诚，是难得的好弟弟。可哥哥很可能要对不起你了。

魏一然说到这儿胃里翻滚，等他跑到洗手间便直接吐了起来。

是呀，魏一然是不胜酒力的，平时一小杯足以，而今日空腹独独干掉了近十杯。

孟不凡倒了杯清水让他漱口，魏一然才好了些。喝得虽不多但很急，再加上心情抑郁，自然难以抵抗酒力。

魏一然再回到桌子前脸色苍白。

孟不凡似乎明白了些什么，魏一然的表现明显是这段感情就要失去了。他这么一想竟有些忐忑。表哥是一个至情至信的人，一段感情维系了二十几年，他绝对不会是那个先放手的人，而情感关系中，很显然先放手的总会好过些，

而表哥这二十几年只爱过那么一个人，倘若一旦分开，那对于表哥来说："将会是怎么样的打击呢？势必他会更加孤独和阴郁。

孟不凡也搞不清楚自己了，他不喜欢秦风，觉得他不值得表哥那么付出，但他又很清楚，一旦分开秦风是有家有业有儿子，还有一个不明真相的老婆，表哥怎么办？那一点点的寄托都没有了，之后的人生真的会很难。

"哥。"孟不凡试图劝慰魏一然说："你有没有想过，这些年，你就沉浸在这一段感情中，其实很对不起自己？人这辈子还有很多事情呀，你那么高超的古琴弹奏水平，你可以办个班儿。教一些爱好者或者小朋友，不为了赚钱，为了充实。人呀，只有做一些有意义的事情才会充实。"

魏一然凄然一笑说："道理人人懂得，我活了半辈子，怎么可能不明白，但很多东西是一种习惯，我习惯了二十几年，难以改变了。不凡，我的好弟弟，你不要试图说服我了。你的心我都懂得。"

说到这儿，魏一然定睛望了望孟不凡，那张阳光而清新的脸，那么坦荡而真诚，让他难以开口，他觉得他一旦开口就罪孽深重，但为了秦风，为了他这一生仅有的爱情，他无法不开口，并且一定要劝服孟不凡。

魏一然去擦了把脸，让自己更加清醒些才对孟不凡说："弟弟，我跟秦风是准备分手了，但我答应了他一件事，而这件事他说只有你能办到。"

"我？"孟不凡很是惊讶，说："是不是他新开发的项目的设计工作？那没问题，都是工作，我会分得很清楚。"

魏一然摇头，许久才说："是请你去追求一个女人。"

"什么？"孟不凡大吃一惊，这算是什么请求呢？

6. 他跪在他面前

如果一个人的自私，仅仅局限在自己的小小算计中对别人无大碍，那么这种自私，最多就是让人反感。如果一个人的自私，扩散到不顾及别人的幸福与平安，那么这种自私如同犯罪，任何的惩处都不为过。

秦风就是这么一个自私透顶的人。

当他知道了一切真相后，他没有感恩秦旺奇和卓雯菲对他的养育之恩，却把进入秦家当作他一切不幸的根源。他觉得所有的人都不值得信任和爱，只有自己的儿子虎虎，是必须要疼爱要保护要给予的，也只有虎虎才跟他有关系。

也就是这个时候，他发现他早就厌倦了跟魏一然的关系，魏一然的古董行不过就是他逃避尘世俗缘的一个场所，而魏一然？他很难用语言形容，不知道从什么时候起，那个干净纯洁的翩翩美少年，变得沉郁寡言甚至清冷。他的古琴弹奏的仍旧那么好，却没有了他以前听到后的感动，他不希望自己是他的伯牙。简单说来，他觉得他既不爱女人，也不爱男人了，他只爱自己和他的儿子。

为了儿子，为了虎虎，为了虎虎不要像他一样，都不知道自己的亲生父母是谁，半辈子为了一个把他当做掩人耳目工具的男人，当做自己最爱的父亲，他不惜一切代价。

首先，他不能让林小曼离开。

所以他装作对卓雯菲重新燃起母子情，让卓雯菲去帮他说服林小曼。但成效甚微。

这期间，张琴把林小曼的思想和行踪对他逐一表述。他便很清楚林小曼的心思，林小曼是不会留在秦家的。

秦风早已恢复了他的沉稳、不外露，收起了狰狞，比以前更温和地对待林小曼，而林小曼从不正眼看他。不要他送的手机，不接受他安排的一家三口的法国之游。甚至他请周贝贝吃饭都被拒绝，只换来一句："秦风，你们夫妻的事，我帮不了什么，也不想帮什么，我想帮的，就是怎么样小曼才能走出阴影。"

他气坏了，如果周贝贝站在他面前，他恨不得用手机砸她。可周贝贝都不给他面对面的机会。那种厌恶由内及外。

他找张琴，在张琴面前他不必装。几次过来，他就很明白了，张琴是只把自己的利益放在第一位的，他是她的衣食父母，她不会也不敢违抗他，她必

须也必定会帮他。

他让张琴为他想想办法，怎么才能让林小曼把心收回来放在家里。

张琴也很着急，看着他们夫妻关系一天天恶劣，她比谁都急，还是那句话，她不能没有这份工作，林小曼还能去表演，她能做什么呢？

与其说帮秦风，不如说是借助秦风帮自己。林小曼只有做秦太太，她张琴才能衣食无忧，她的女儿可心才能受到良好的教育。如果说林小曼是依附于秦风的，那么张琴等同于一样。

张琴真的是很认真地想，忽然，她胖胖的脸抖了一下，说："秦总，女人都爱比较，我有一个办法，让小曼能回心转意。"

秦风迫不及待说："那你快说。"

张琴慢悠悠地说："如果小曼遇到一个男人，那个男人很好，也很喜欢他，但是突然不见了，抛弃了她。而这时候，秦总你一直在她身边不离不弃，关心她爱护她，你说，她这么一比较，能不觉得你好吗？"

"不行，"秦风坚决地说："万一她真的跟那个男人走了呢？虎虎不就彻底成为没娘的孩子了吗？"

张琴用小眼睛的眼角扫了秦风一眼，内心充满厌恶，心想脑子也是被驴踢了，但她很快又面带笑容地说："不会呀，只要这个男人是您派去的，还不是一切都凭您掌控？"

秦风凝眉思索，张琴的话让他恍然大悟，是呀，当年，他可以用钱买通陈子聪，现在为什么不能再买通第二个陈子聪呢？但很难。林小曼也不是当年的林小曼了，真的能让她动心的男人必定是与众不同的，如果当初魏一然没有那么决然地拒绝她，倒是可以一试，而如今魏一然是不行了。那么还有谁呢？

秦风苦思冥想但都不合适。找一个公司里的人，那等于是冒险把自己家的秘密公布于众。随便找个人，不知底细更难说。对了，他忽然眼前一亮，想起了一个再合适不过的人选。孟不凡，魏一然的弟弟孟不凡。

秦风立刻去找魏一然。

在魏一然幽暗的屋子里，秦风递给他那封秦旺奇的遗书。

魏一然看完默默还给他，无语。

魏一然是何等聪明，又是多么了解秦风，他知道，他定然有什么决定。

秦风又把信笺放好，借着昏黄的灯光望着魏一然，就那么望着，许久才说："一然，你知道我想说什么吧。"

魏一然点头，但说："你还是说吧。"

秦风沉了沉，却问："你还爱我吗？"

魏一然凄然一笑，幽幽地说："从你说爱我的那刻起，我便一直都爱着你。"

秦风点头，他也深信，魏一然能为了他向家人坦白一切，他就从不会有这个勇气，从这一点，他便知道魏一然是真心爱他的，不会改变的。他有些伤感也有些心痛，竟号啕大哭起来。

魏一然站起身走到他身边，将他揽在怀里闭着眼睛，就那么静静地抱着他。

"嚯"地，秦风挣脱开说："一然，这些年我做了很多对不起你的事情，我娶妻生子，我虚假度日，我没答应跟你去国外隐居。你恨我吗？"

魏一然心底泛出阵阵酸楚，恨？他的内心被唯一可能的爱占据得满满的，让他怎么恨？他安慰他说："秦风，都过去了，我们这种情况，我理解你的选择。真的理解。"

"一然"，秦风握住魏一然的手，他啜泣着说："你对我真的太好了，我这辈子算是知足了，但，但……"

秦风多少有点胆怯，他不知道该怎么开口，说出那般龌龊的话语。

魏一然给他倒了一杯茶说："先喝点茶，再说。"

秦风将茶饮尽，上好的龙井透着甘甜，似乎通畅了他的心肺，于是，他镇定了一下，终于开口说："一然，可能我今后会更对不起你，你没有孩子，你无法体会我，现在我的心中只有对虎虎的愧疚和保护的欲望，你是我的爱人，他却是我唯一的亲人，而且他那么小，我特别希望他能健康成长。你懂吗？"

魏一然点头说："所以，你想跟林小曼做一对真夫妻，跟我分开是吗？"

秦风点点头，又摇头说："我不可能跟她做一对真夫妻，但是我必须跟她做一对真夫妻。只有这样她才能安心于家，虎虎才能有爸爸有妈妈，有完整的家。所以，我恐怕要减少跟你的来往，但我们的感情是不会变的，你还是我唯一的爱人。"

魏一然惨然一笑点头说："好，我答应。"

"不不不……"秦风连连摇头说："你不要误会，我怎么可能离开你，我们怎么可能离得开？我只是会做得更好一点，更像个好丈夫，不是为了林小曼，是为了虎虎。"

魏一然独自饮茶不语。其实，他与他之间何尝不已然是越行越远了呢？魏一然还有什么不好接受的，接受了他们还会再见，还会是他认为的爱人，不接受又能怎么样？这场感情里，魏一然早就成了被动者。任何的情感中，谁付出的多，谁就是被动者，因为每个人珍惜的，都仅仅是自己的付出。

显然，魏一然为这段感情付出的远比秦风多。父母的痛惜，他多年的孤独。

秦风见魏一然甚是平静，终说了出口："一然，我知道你从来都会帮我，我需要你帮我。"

"我怎么帮你？"魏一然反问。

秦风吞吞吐吐，但还是把他的想法说了出来。

魏一然手中的茶杯落地，碎了。

他默默地捡起一小片一小片的碎片，手被扎了，破了，流了血。

秦风过来被他制止了，他任那细细的血流外溢毫无痛感。

"扑通"一声，秦风突然跪在他面前，抱住他的双膝恳求道："一然，你是这个世界上最爱我的人，你一定得帮我，我就是个孤儿，我不能让虎虎的人生像我一样，偏离人群偏离轨道。"

这句话算是打动了魏一然，虎虎天真可爱的样子出现在他眼前。但林小曼也是无辜的呀，他怎么能让自己的弟弟孟不凡去骗取那个女人的感情，再甩掉她呢？不凡也不会答应呀。为什么偏偏要让不凡去做这件事，他那么有钱，随便花钱雇个人，一切便可安然。

秦风像是看穿了他的心思，句句紧逼说："林小曼要是贤良淑德的女人，自然不会被骗，倘若被骗也是她咎由自取，而之后我不会亏待她啊。至于不凡那边，凭你与他的感情，你求他，他终会答应。而且，这个世界上我只信任你，如果找别人花再多的钱，我都怕留下祸患，我不能给任何人有朝一日要挟我，伤害虎虎的机会呀。"

7. 别无选择

"变态。"魏一然全部叙述完,孟不凡愤然起身,他可以形容的便只有这么一个词儿了。那一刻,他甚至对他亲爱的哥哥也充满了厌恶。

什么样的感情都无可厚非,爱同性爱异性,只要爱得光明磊落都值得尊重。但人性的好坏却是必须得分出个是与非的。

魏一然长叹说:"我知道你心里怎么想的,我都讨厌自己,但是,不凡,无论如何你都得帮我。因为这也是我对秦风最后的付出了,这次之后,我不会再与他纠葛,我会像你说的那样,无论去到哪里都做些有意义的事情充实自己。父母身体尚可,便偶尔去看看他们,身体不好的时候,我就跟他们一起去乡下住。这辈子很对不住他们了,没有能为他们生养个孙子,或者,我会领养个孩子,安享我的后半生。总之,我已经想好了,我会离开秦风,彻底的离开,但我希望他能过得好,这算是我对自己这辈子唯一一段感情的交代吧,所以,无论你怎么看我,我都得求你帮他,帮我完成我对他最后的情义。"

"真的?"孟不凡被魏一然的这番话打动。这是他希望他能过的日子,感情终究不是生活的全部。

魏一然诚恳地说:"我什么时候骗过你?不凡,我不想用以死相逼的办法请你帮我,那对你太不公平,但是我真的是想帮他做最后一件事,也许这件事看似荒唐卑劣,但却能达到好的效果呢?至少,能让虎虎的妈妈安心于家。而我的彻底离开,让秦风真的能够成为一个好丈夫一个好父亲呢?"

孟不凡沉默了,他还是要考虑一下。为了表哥,他别无选择,但想到林小曼,他心里会有些恐慌,他怕他在做秦风的棋子的过程中怠慢了林小曼,他特别焦虑。面对着表哥的新生,就算是再错误的事情他也得去做,但这会不会断送了他三十二年来唯一的一次倾心欢悦的情愫呢?

"哥。你真的会离开他重新生活吗?"孟不凡需要更加明确的答案。

魏一然不语，但坚定地点头。

孟不凡狠了狠心说："那好吧，我帮你，但是我有一个条件，我只与那个秦太太接触，如果她会喜欢上我，那没办法真的是她很倒霉，但我不会去哄骗她，也不会与她发展亲密的关系。

魏一然望着自己的弟弟，望着他艰难抉择后的满脸的空落，心里充满感激与愧疚。他想，秦风呀秦风，为了你连我最亲的弟弟都被利用上了，此生我也算是对得起你，只希望一切如你所愿，一切快些结束，你过你的生活，我过我的日子。

"不凡，"魏一然不想再多说："却不得不提醒他说："秦风都安排好了，明天只需要你在两个地方出现，你遇到的同一个女人就是他的太太。会有人帮你，让一切顺理成章。等那个女人喜欢上你，你就出去一段时间，然后，就都与你无关了。"

"这个无聊荒唐又变态的计划，明天就实施吗？"孟不凡本想周末带林小曼去"青柳庄园"。他已经做了精心的准备，想正式向林小曼表白。

孟不凡来回踱步甚至焦躁。

魏一然何等细心，忙问："弟弟，你是不是明天有约会？是不是有了爱人？"

孟不凡停住脚步，使劲儿点点头说："明天，我本来是安排了正式向她求爱，但我现在只能想怎么拖住她，让她给我点时间，忽悠完另外一个女人，再向她求爱，哎，我这是在做什么呀？哥，我真的有种特别不好的感觉，特别不好。"

一向淡然的魏一然手足无措，他真的不忍心让他阳光而纯净的弟弟去做那种违背意愿良心的勾当，但他答应了秦风。一边是亲情，一边是即将永远消逝的爱情。魏一然并不是一个自私的人，为了孟不凡他可以与之分享父母的关爱，可以供他多年留学的费用，甚至可以把所有的财产留给他。但与秦风的感情，于他，如同这个充满了老式家什的古董行里摆放的一个新式盆栽。象征着他的生命的旺盛与凋零，即便凋零他也想在最后的时刻侍弄一番，不为寻求生机，只为枯萎得不会太难看。

"哥。"孟不凡看出了魏一然的痛心与纠结，无比心疼地说："你别想太多了，我没事，只要你能好起来，我就做一次违背良心的事，但我不会伤天害理，这事情我点到为止，尽量不要伤害那个女人，但又能让秦风如愿。我尽量吧。"

一阵秋夜里的凉风吹来，古琴边儿的烛台被吹灭，房间里一侧幽暗，只有窗外的月光倾泻，依稀是琴上的弦。

孟不凡关切地说："哥，别总点蜡烛不安全，也会让人心情沉郁。你要阳光些，你心里充满阳光就会看到光明，你会看到光明的。"

魏一然一边喃喃："阳光、光明。"一边又燃起了烛台。

第七篇

自私是痛苦的根源

罗素说："对爱情的渴望，对知识的追求，对人类苦难无可遏制的同情心，这三种简单而又强烈的感情足以支配我们的一生。但有多少人能够知道这句话，更有多少人会认同？更多的人是按照自己的法则心安理得地生活，却谈不上快乐，甚至活在痛苦中，并把这种痛苦归于别人和命运，其实只有自己的自私才是一切痛苦的根源。

1. 我希望你们俩能在一起

流年素锦，云淡风轻，也会拨动着心怀渴望与幻想的人们的心房。人这一辈子最难抵御的便是欲望，对钱的欲望，对权利的欲望，对爱的欲望……每个人的品性不同，难抵御的对象便也不同。但当冷寂的时光，蹒跚着脚步苦苦走过忧伤。所有的欲望便都成为忧伤的底色难以抹去。即便斗转星移，一季又一季繁华落幕，底色仍在。熟悉的古曲，不过是岁月的沧桑，爱情终究是陷在红尘万丈之外的一种情怀，而情怀对于很多人自然是奢侈品，不是要不起是难营造。或者拼了性命努力迸发出了一丝情怀，怎知不会在岁月的尴尬中难以拼凑出前生的缱绻？

当林小曼意识到自己的这种情怀悄然滋长时，她的胸口有点堵得慌。那种想拥有，又畏惧的情绪抵御了那种爱慕的情怀。

女人始终是爱情大过天的。林小曼为了未来奔走，找工作，找机会，找生存方式，但孟不凡的影子却时时出现在她的眼前。如果说当初对魏一然的暗恋是一种情感的发泄，那么跟孟不凡的点点滴滴则是那么真切、自然、美好，这是她一生中第一次体会到彼此爱恋的感觉，一笑一颦间都是那么默契十足，情意绵绵。

林小曼看过一篇文章，里面有那么一句话："现在的人最可悲的是失去了爱的能力，当人一旦没有了爱的能力，那就再也体会不到生命的乐趣。"

这句话让林小曼感觉到了可怕，她觉得长久下去，她就会是一个失去了爱的能力的女人。而一个女人爱的能力，何尝不需要一个投契的男人的带动、支撑和配合。

"哎。"林小曼叹了口气。又走到门边，从里面反锁上门。这几天，秦风总会来嘘寒问暖，而他的憨笑再也唤不起林小曼的一丝好感，因为她彻底体会过那憨笑后的残酷和狰狞。

手机的短信提示音响了。林小曼以为是周贝贝，但打开一看她的脸上便显出红晕，是孟不凡。

"睡了吗？这么晚打扰你，我睡不着很想念你，请原谅我告诉你这个事实，这真的是事实。"

林小曼双手捧着那个新手机，一遍遍地看，眼睛便迷糊了。

人与人之间的感觉是一样的，她相信孟不凡说的每个字，因为每个字都是她想说的。但她不知道怎么回答，她现在没有资格作答，她还是秦太太。她忽然间明白一个道理，当一个女人真的爱上了一个男人的时候，是羞于表达的，更是会瞻前顾后的，会怕自己任何一点点的不完美的存在，更何况她的不完美不是一点点，她是有夫之妇，她配不上他。

她矛盾得心绞痛。她是一定要告诉他所有的事实的，但她是勇敢的表达出对他的感情，希望他给她时间，处理好自己的婚姻现状，还是坦陈后选择结束似乎从未开始的关系？她想不好，前者她缺乏勇气，她怕他轻视她，怨她怪她，但她真的不是刻意隐瞒，好像一直都没有机会说明。后者她不舍，但她隐隐觉得那样对他会好，他那么优秀可以找到一个比她林小曼更纯洁美好的女子，就像周贝贝那样的。

对，周贝贝。

林小曼像是揪住了救命稻草般拨通了周贝贝的电话。

电话那端甚是嘈杂，周贝贝正与新公司的同事们在 KTV 度周末。一只手捂着耳朵也难以听清楚林小曼的话语，她便走出包间在前厅的沙发上坐下。

周贝贝说："行，现在终于可以听得清楚了，你刚才娓娓道来的那一大篇，我就听到一个孟不凡的名字，其他全部淹没在进口音响设备里了。"

"嗯，就是关于他。"林小曼不想欺骗周贝贝，始终她都觉得坦诚是做人最高贵的品格，即便有些时候，有些坦诚看似残酷。

　　"他怎么了？"周贝贝斜靠在沙发上继续说："我今天还约他跟我们公司一起来唱歌呢，可他说得去他哥哥家，不知道是真是假，没准敷衍我呢，怕我爱上他吗？"

　　"你会爱上他吗？"林小曼问。

　　周贝贝又坐正了，嗤笑了一下，说："你这是怎么了？不习惯我的说话方式吗？我不就是玩笑吗？"

　　"可我不希望你是玩笑。"林小曼非常认真地说："你能不能告诉我，你对他真实的感觉？"

　　周贝贝眼珠转了转，心想难道是孟不凡托林小曼询问自己是不是对他有感觉？便说："我这人，你是知道的，基本上等同于白纸，大好的可以乱爱的时光全部放在徒劳两个字上了。不过，你也跟我差不多，只不过方式不同。所以，我真的说不好，我不太清楚我自己，我也不太明白爱是怎么个概念，但我觉得他是一个特别难得的好男人，最关键他还是一个很好的单身男人。那么，是这样的，嘻嘻，他要是追我的话，我给个机会。"

　　林小曼像是没有听到周贝贝的这通调侃，说："我希望你们俩能在一起。那样你也好，他也会很好，我希望你们俩都过得很好。"

　　周贝贝继续调侃，跷着二郎腿说："怎么着，你想当红娘吗？可怎么看，你都像相府小姐崔莺莺，我都像伶牙俐齿的小红娘呀。倒置了吧？哈哈。"

　　"贝贝，别开玩笑了，我是在跟你很认真地说。"林小曼有点急了，孟不凡的短信又来了，她都不敢看怕自己反悔。便直截了当地跟周贝贝说："我想撮合你们俩，因为我爱他。"

　　之后，林小曼把近来与孟不凡的交往悉数告之，并承诺转天就是周六与孟不凡相约"青柳庄园"见面的时候会跟他说清楚，更会尽可能撮合他们俩。

　　"什么？"周贝贝跳了起来说："小曼，你是不是最近遭到太大的伤害和打击，神志不清了？你知道你在说什么吗？你在胡说八道，如果你爱他，你怎么把他跟我撮合？如果他也爱你，你这样做是不尊重他，更不尊重我。我承认我也很喜欢他，如果我跟他有发展的空间，我会很乐意尝试，但是你这叫什么？小曼，这么多年，我理解你，支持你，从来没有怀疑过你，但是现在我非常生气，甚至想跟你干脆翻脸，因为我觉得你根本不了解我，你这样很自私，我们最近不要联系了。"

说完，不等林小曼再做解释，周贝贝挂了电话。她闷闷地向前走，走了几步竟然觉得腿有些软，便靠在楼梯口的扶手上。她真的生气了，气得心口疼。隐隐也有一丝失落，她不得不面对自己的心，承认一个事实，她也喜欢孟不凡。

理性的周贝贝快速回放自己的情绪，她的气恼是出于妒忌还是对林小曼的失望，答案是都有，她这两种情绪都有。她知道她不该妒忌孟不凡情有独钟林小曼，但她也是个女人，也有正常的小女人的情态。当然，对于林小曼的大度割爱，她更是愤懑，爱情不是商品，怎么可以随便转送？周贝贝觉得林小曼这么多年，真的难以跟上时代的脚步了。但这一次，她不想做她的敲门砖。这些年，她帮林小曼处理太多问题了，她不怕累，不怕走脑子，但是这样会害了她，让她难以正确面对很多事情。她觉得她自己也需要冷静，需要调适，她打算这段时间不与林小曼接触了。可能那样大家都可以更深刻的思考很多问题，她们都需要成长。

有些人的成长需要代价，在低谷的时候得以领悟，开启心智；有些人的成长需要思考，面对周围的一切，冷静而真诚的思考；有些人即便付出了代价，不去思考，也难以成长。

周贝贝希望她们是付出代价小，但能通过思考成长的。

周贝贝没再接林小曼打来的电话，她关了手机，她觉得她们都太需要冷静一下了。

林小曼打不通周贝贝的手机，泄气地倒在床上，她觉得她就像个笨蛋一样无能又无知。她以为她们之间最需要的是坦诚，但无疑仅仅有坦诚是不够的，还得有方式。没有一个好的方式的坦诚，有时候也会伤人。

林小曼呆呆的足有半个小时，这半小时几乎无视手机信息提示音的反复响起。直到她翻了个身压到了手机，才想起来还有一条短信没看。

孟不凡："我的话给你压力了吗？那么你好好想想吧，那些都是我的真心话。我明天不能带你去青柳庄园了，我要出一趟差，大约半个月吧，半个月后我回来，我们在青柳庄园，不见不散。"

　　林小曼任手机从手中滑落，落在床上，闷闷的撞击声如同她内心的不明朗，不知所终。

2. 起风时，觉得自己像一片落叶

　　感情永远都是最折磨人的。所以想幸福就要让感情成为自然而然的乐章，任何的突兀都会显得不那么合情合理。而不合乎情理的感情无疑是深秋时节的枯草，没有生机。

　　林小曼被自己纠结，她不明白周贝贝的气恼，她不清楚自己的烦躁。她想好好练习一下乐曲，以便周一上班有个好的开始，但她很难投入到琴乐中。她更不想看到秦风的身影，周末了秦风像苍蝇似的出没在房间的每个角落。

　　张琴好像看穿了她的心思说："这样吧，今天我陪你去散散心，上午我带你去个地方，中午我请你吃饭，之后看电影，我连电影票都买好了。"

　　"你请我？"林小曼笑了，摸摸张琴胖胖的脸说："我忍心你花钱吗？我能让你花钱吗？再说，今天不是你该带着可心去魏一然那里学琴的吗？"

　　张琴轻描淡写地说："你心情不好，我让我妈妈带她去了，今天我不休息我陪你。"

　　林小曼瘪了瘪嘴鼻子一阵酸。

　　"张琴，周贝贝生我气了，不理我了，幸好还有你。"林小曼眼里，此时的张琴无比高大有力。

　　张琴拉着她走到大衣柜前说："找套漂亮衣服，把虎虎留给秦风我们走。至于周贝贝她就那样二百五，不过，她对你是好的，过几天就没事了。"

　　林小曼摇头说："她从来都没有这样过，我看她可能一辈子都不想理我了。你说，我离了婚没了家再没了她，我是不是真叫四面楚歌了？"

　　张琴并没回答她，而是帮她拿了一套紫色厚弹力棉的掐腰中长裙，又帮她找了一双厚厚的黑色连裤袜，外套则是一件黑紫格子的粗呢短袄。

林小曼换好了衣服，张琴才神秘地说："我知道你近来心里很空，我带你去见一个人，这个人懂得周易、面相、手相，你只要坐在她面前，她就能把你的心思全部看穿，能告诉你，你的未来。"

"真的？"林小曼将信将疑问，"算命的？"

张琴摇头说："易经大师。"

林小曼撇撇嘴问："有什么区别吗？"

张琴点头："区别大着呢，算命的可能就是糊弄人，易经那可是科学。"

林小曼终于笑了说："行啊你，忽然间很有文化的感觉呢。"

张琴笑眯了眼说："什么文化不文化，就是不想看着你难受，想有人能对你指点迷津。"

"谢谢你，张琴。"林小曼被她的这句话感动了，便跟着她去见易经大师。

易经大师对林小曼的前三十年几乎无所不晓，真是让林小曼惊讶不已，但是关于以后那大师只说了一句："今天，你会与一个人巧遇两次，而这个人会与你有缘。至于以后那就得以后再说了。"

林小曼还想细致地问问，大师已经不语了。

张琴拉着林小曼出来说："不能问太多，不然人家不高兴。"

林小曼反问："那这不是吊人胃口吗？"

张琴想了想说："咱今天就按咱计划好的，看看她说得准不准。"

"我还偏就想回去，我在家里待着，我看我碰见谁去？"林小曼对此是全然不相信的。

"别别，"张琴有点急了，说："你看我不休息，不陪可心专门陪你，你回去不是辜负了我的苦心吗？再说，你想回去看着秦风呀？"

"哎，"林小曼伸伸手臂，仰了头望望天说："我现在只有你了，哪敢违逆了你的一番心意，走，吃饭看电影去。你想吃什么，趁着我还能刷秦家的卡，我请你吃大餐。呵呵。"

张琴听她痛快应允，一颗心放了下来，说："好呀，吃什么都行，现在时间还早，我们先去音像店，我想给可心买张古琴演奏的碟，你帮我选选。"

"不用呀，我家里有很多，挑几张给可心就是了。"林小曼说。

张琴又着急了，吞吞吐吐地说："我好久没逛过音像店了，年轻那会儿，

跟我老公还去试听呢。我们就去吧，兜兜转转也好呀。"

林小曼点头说："也好，买点流行的，比如范玮琪和张惠妹的新专辑。"

"对对对，你平时也可以听听这些心情会好。"张琴连声附和。

走进文化中心附近的一家音像店，林小曼的心情顿时好了很多。店里正在循环播放范玮琪的《最重要的决定》，歌词深切而轻松，范玮琪的声音质感而俏皮。这让林小曼想到周贝贝，别说周贝贝的样子跟范玮琪倒颇有几分相像。林小曼立刻给周贝贝拨了个电话。但周贝贝还是没接，仅仅回了一个短信："小曼，我觉得我们还是暂时不要联系了，都该好好思考一下我们的人生了。我不是生你的气，那不重要，重要的是我觉得你该真正的独立而勇敢地面对你的生活，你离开谁，会爱上谁，都是你自己该做主的事，但每一个决定一定得是对的，因为输不起了。我不想再一味地替你做什么，甚至替你爱谁，接受谁，那不是我周贝贝想要的生活。请见谅，或者过一段我会主动联系你。"

林小曼看了短信半天没缓过神，周贝贝真的生她气了，很显然。难道，连这最坚不可摧的友情也会消失殆尽吗？

林小曼头有些晕，眼前有点发黑。跟跄了一下竟撞到一个人，一个男人。"小曼。"那个男人先认出了她，细长的眼睛里充满了惊讶，继而是惶恐。

这个男人不是别人，正是孟不凡。

孟不凡没想到，万万没想到，秦风的太太就是林小曼。林小曼不是一个带着五岁男孩的单亲妈妈吗？哦，不，这只是他的判断，他并没有从她口中证实过。孟不凡的心里乱极了，他很想立刻逃掉，立刻逃掉。

林小曼也没想到，这个自己说想念她，而后又说出差去了的孟不凡竟然出现在了她眼前。

"你不是说要出差吗？"林小曼问。

孟不凡别无选择，只好将戏演下去，说："突然有变故，还在等公司的安排，可能晚两天，可能就不去了。"

"哦。"林小曼将信将疑，但眼前的是孟不凡，她似乎又不想不信。

这时候，孟不凡接了个电话，他稍显紧张地走到一边讲了几句电话，回来对林小曼说："我还有点事先走了，回头我打给你。"

林小曼点头，竟然有点失落。

午餐时候，林小曼几乎没吃什么，一直闷闷不乐。

张琴倒是很有食欲，一边大快朵颐，一边易于平素的稳重，少有的"三八"地说："那大师说的人会是谁呢？不会是刚才那个男的吧？到现在也就遇到他。别说，连我这种眼里只有孩子没有男人的，都看出那男的很帅了。是吧，小曼。"

林小曼像是没听到她的话，一个劲儿用勺子搅着碗里的粥。

张琴不再多说："埋头吃饭。

吃饱了，喝足了，电影也要开场了，张琴兴冲冲地拉着林小曼奔向电影院。张琴说："小曼，高兴点吧，我可好多年没进过电影院了，这次就为了陪你散心，我把平时一分钱掰成八瓣的每一瓣儿凑起来买的电影票，电影的名字叫《星空》，有你喜欢的那个明星刘若英。"

林小曼勉强笑笑，算是对张琴的感激。

电影开演了，很文艺的一部片子，开场就充满了梦幻的小情调。可片头演过了，放映厅里还只有林小曼和张琴两个人。电影描述的是一个关于长大的故事：有个不爱说话的少女，认识了一个不爱说话的少年，他们都不是最快乐的孩子。有一天，他们逃离城市，翻山越岭，来到少女的爷爷曾经住过的山中小屋。在山里的夜晚，他们看到了最美丽的星空。

这样的带着淡淡忧伤的电影倒是林小曼喜欢看的。"我常常一个人走很长的路，在起风的时候觉得自己像一片落叶。"这样的台词儿似乎说尽了林小曼的心里，而却出自电影中的十三岁的少女之口。

林小曼感叹："现在的人都怎么想的，这么好的电影不看，全看那些虚幻的美国大片去了。这都开演这么久了还只有咱俩，估计不会再有第三个人了。"

张琴在银幕的微光中凄然一笑，说："那也不一定，没准一会儿就进来一个呢。"

正说着放映厅的门开了，走进一个人。大约是刚一进来，眼睛被刺激了一下，他没有先找寻座位，片刻，他开始用手机的光亮找位子，找着找着竟然坐到了林小曼身边。

林小曼有种异样的感觉，她强烈地感觉到，身边这个男人的身上有一种

自己熟悉的味道。她忽然心跳得很快，无法专注银幕，也不敢偏头看一眼身边的那个人。

这个男人当然是孟不凡呀，这是秦风一手策划的，而张琴、魏一然都是帮凶，孟不凡则是那颗行走的棋子。

孟不凡已经感觉自己动弹不得了，他的内心五味杂陈。他想站起来走掉，但张琴出声了："呀，原来是你。"

林小曼似乎已经意识到了什么，慢慢转头与孟不凡四目相对。

3. 彻底绽放的花儿

红尘中时光如跌落的瓷，即便碎了一地的光阴也会呈现出五彩斑斓。此刻，时间就那么滑落了，好像滑落到了另一个时空。他们就那么注视着，在只有银幕的光亮中，他们只看到彼此眼中的晶莹。

"走。"孟不凡抓住林小曼的手，不顾张琴惊愕的眼光冲了出来。

孟不凡与林小曼再次来到了"青柳庄园"，而一路都无语。

在上次来过的那间房子里，两个人欲言又止。都想向对方说出自己的秘密，却又顾虑重重。最终，还是林小曼打破僵局，她说："不凡，我知道你对我的心意，但是我没有信心，因为我根本配不上你。"

之后，她把自己的情况和盘托出。

一吐为快后，林小曼轻松多了，竟然笑了，说："现在心里舒坦多了。不凡，如果在我年轻的岁月认识你，如果在我还如花儿一样美丽绽放的时候遇到你，我不会犹豫，我会死乞白赖地缠住你，但我早已不是花儿了。我是一个婚姻不幸，想离婚都困难重重的五岁男孩的妈妈。我没资格。"

孟不凡捂住林小曼的嘴巴，将她深深拥抱。心疼，他真的感受到了心疼。因为他太清楚眼前这个女人了，清楚她的本真，清楚她的悲哀，清楚她的难以解脱。

林小曼在他的怀抱中，感受到了从未有过的满足，她无比幸福地笑了，说："不凡，我知足了，今生我能遇到一个你这样的人，即便我们的故事到此为止，我也觉得很美好了，我还有爱的能力，今生也感受到过爱，真的是很知足了。但我真的不会让你深陷在你我之间，因为我预感到那会对你不好，我不是花儿了，我更多的时候是一名怨妇，一个想要独立生存而踽踽独行的艰难者。贝贝，她，她才合适你，她是我最好的朋友，她真诚、善良、热情，还很聪明，你们……"

孟不凡用他的嘴巴压住她的嘴巴，止住了她继续的话语。

那深深的吻，如同黏胶在彼此心底的弦，稍一拨动就会发出心底的声音，美好的，情感的，欲望的。

他们在吻中贪婪，不是因为饥渴是因为渴望，因为爱而渴望对方。

当林小曼与孟不凡自然而然的融为一体的时候，窗外是深秋的冷静，但这种冷静无法阻挡他们饱满的情绪，穿透一切的热情和互为疼惜的哀愁。以至于，他们觉得时间停止在这一刻，他们可以一次又一次来过，好梦成真在身体和心灵的无限冲击中。

林小曼含了泪，满眼的晶莹剔透，她觉得她这辈子活到快三十三岁了，儿子也已经五岁了，她才刚刚成为一个真正的女人。她觉得自己在他的怀抱里，身体里蒸腾了。她死死地抱住他，贴在他的胸膛。好像这样他们就可以永远在一起。

他们交织着，缠绕着，安静地拥抱着，不知道过了多久。天黑了，他们并不疲累也无睡意。

林小曼笑了，如同彻底绽放的花儿。

孟不凡忽然想起了什么，迅速穿上衣服说："乖，等我一下。"

很快他去了又回，手里多了样儿东西，吉他。

林小曼也穿好衣裳静默而笑，脸蛋如婴儿般剔透红润。

孟不凡挪了个圆墩子在她面前坐下，怀抱吉他。

林小曼睁大眼睛问："你说的你也会的乐器是吉他？"

"嗯，"孟不凡点头说，"我喜欢听古琴，但是真学不会也不想学，可我喜欢吉他，我觉得它跟我更吻合，简单真实没有太多的华丽。"

林小曼抿嘴笑，不知道孟不凡还会演变出什么来。

233

果然，孟不凡弹起了吉他，唱起了歌——《那些花儿》。

那片笑声让我想起我的那些花儿，

在我生命每个角落静静为我开着。

我曾以为我会永远守在她身旁，

今天我们已经离去在人海茫茫。

她们都老了吧？

她们在哪里呀？

啦……想她，

啦……她还在开吗？

啦……去呀，

她们已经被风吹走，

散落在天涯。

有些故事还没讲完那就算了吧，

那些心情在岁月中已经难辨真假。

如今这里荒草丛生没有了鲜花，

好在曾经拥有你们的春秋和冬夏。

她们都老了吧？

她们在哪里呀？

我们就这样，

各自奔天涯。

……

　　林小曼先是大吃一惊，孟不凡富有磁性的声音充满了情感，真挚而不华美，朴素而充满神秘感，吉他的伴奏下，娓娓道来的歌声弥散在夜里，萦绕在房间，充溢在她的耳际。再加上这首歌的歌词，终让林小曼泪如雨下。显然，这首歌就似为她而唱的，那些如花的岁月都泯灭在生活的长河里。林小曼的眼泪是为了此时的美好，更是为了过去十年的消损。一个女人最美好的十年就那样过去了，没有爱情，没有灵魂，甚至没有弄清楚身边的人的任何思想。

那是何等的悲哀。

孟不凡知道一切，自然无比理解她，心疼她。他放下吉他凑近她，捧起她的脸，吻干她脸上的泪痕。好像这样才可以帮她化解心中的郁结。

林小曼痴痴地望着他，希望时间就这么静止。

孟不凡打破沉默说："我第一眼看到你就觉得，你是我心底永远的花儿，小小的紫色的勿忘我。上次来我就想弹唱给你听，后来，后来我真怕没有机会了，今天还能有这个机会，我除了感恩还有一丝恐惧，你不会理解的恐惧。"

林小曼捂住他的嘴巴说："我理解，我也有，也有那样的恐惧。不凡，我承认我很无知，很愚蠢，我一度恐惧到想把你推销给周贝贝。我现在明白了，她为什么那么生气，因为那是对我们三个人的不尊重，每个人都该尊重自己的内心，我的内心是我爱你。并为了我先说出这三个字而感动得又想大哭一场，因为我从来都没有说过。长这么大我都不知道什么是爱，也没有体会过被爱和爱人的感觉。可我现在懂得了，我很知足，爱原来是这样的，那个人不在你身边的时候，想起他都会笑，即便含着眼泪也是想笑的。"

她这么说着就含着眼泪笑了。

孟不凡再次深深地拥抱她，不想再有分离。

4. 我会让你今后的人生快乐幸福

林小曼和孟不凡醒来的时候，窗外已是晨曦。他们发现这一夜两个人一直是紧紧相拥的，俩人的右臂都压在对方的身下，乍一醒来方觉酸痛，而这一夜竟然毫无痛感。很多时候幸福感就是生命的存在感，有了幸福感，其他的任何身体的不适都会成为简单的线条，没有流程。

两个人笑，痴痴地笑。

手机都关了，这一夜才能做到这般的与世隔绝。

　　孟不凡与林小曼做了决定，抛开一切先离开这里一段时间。

　　这是林小曼的主意，她想得很明白，不管秦风是否同意离婚，这婚她是离定了。所以，她现在想做什么就做什么，不去瞻前顾后，不去优柔寡断。

　　林小曼打开手机，秦风和张琴发来很多短信，她一概不看全部删掉。

　　之后，给周贝贝打电话，但是周贝贝还是挂断了。

　　"哎。"林小曼轻叹，她理解周贝贝，是自己伤了她。

　　林小曼想了想，只能求助张琴了。

　　她拨通了张琴的电话，并不听张琴一连串的疑问和关于秦风的表现就平静地说："我要出门一段时间，不知道多久，虎虎交给你我很放心。我别的不求你，看在这些年我们的情谊上，你帮我照顾好虎虎。另外，你告诉秦风，一个月的时间让他考虑好，我回来就办离婚手续。"

　　说完，林小曼挂断电话，关机，长舒口气。她想就算虎虎认为她是个狠心的妈妈吧，但为了她跟虎虎的未来，她打算任性一次。

　　孟不凡打开手机，原本想给魏一然打个电话，但却看到魏一然的短信："弟弟，我出门一段时间，那件事情你量力而行别太为难。或者我们都需要放下。"

　　孟不凡很了解表哥，这短信表明他渐渐想清楚了跟秦风的纠葛，他在释放自己，不想为难他的弟弟了。孟不凡的心彻底放了下来。匆匆跟公司打了电话，正好昆明分公司有个项目早就想派他去，这下他干脆答应了。"

　　"我们今天就去云南。"孟不凡亲吻一下林小曼的额头说："实在不行，之后，我们还可以去英国。"

　　林小曼的眼中先是闪放光彩，继而又有些黯然，说："可虎虎怎么办？"

　　孟不凡想得有点简单说："不过就是离婚嘛，孩子多数归女方，有什么大不了，我们带着虎虎一起回英国，我姑妈姑父现在身体还好也不太需要我，只要我表哥不强迫我留在这里，等你办完手续咱们就结婚，一起去英国。"

　　"真的吗？"林小曼睁大眼睛。这样的计划是那么美好而令人向往。

　　孟不凡摸摸她的头发说："真的，你相信我，我先把这边的工作都处理好，我们公司的总部在英国，我申请回去都可以。如果不可以我就辞职，我们到了那边再找工作，你放心我不会让你挨饿的。"

林小曼终于绽放了甜蜜的笑容，说："只要跟你在一起，挨饿又算什么。"

孟不凡捧住她的脸说："小曼，你真是太单纯了，你单纯的让我担心，更让我怜惜，我会让你今后的人生快乐幸福的。"

林小曼伏在他的肩膀上，此时她只有满足。

是的，林小曼是幸运的，她遇到了孟不凡，但秦风又怎么可能让她如此幸运呢？

秦风刚刚听到张琴的汇报并没有多想，他以为是魏一然的表弟孟不凡在实施他们的计划。

这一个月他竟然没有多想，胸有成竹的静等佳音。但魏一然失去了联系，孟不凡根本不跟他联系，让他开始坐立不安。尤其是虎虎每天找妈妈，更令他心疼不已。他竟越来越痛恨林小曼，之前的那一点点愧疚荡然无存。

他恶狠狠地对张琴说："你看到了吗？这就是一个荡妇。完完全全的荡妇。跟个男人就这么走了，不要脸的女人。"

张琴淡淡地说："这不都是您的计划吗？这不都是您希望的吗？"

秦风倒在沙发里闭目养神。

但张琴并没有离开，她说："我希望您早点兑现你给我的承诺。"

秦风睁开眼冷冷地盯着她。

张琴也不躲闪。她早就把他们当初制定计划时候的对话录了下来，她的心里也有自己的盘算。

秦风见她脸不变色心不跳笑了，说："没问题，五十万现金，我们秦氏开发的小区的一套两居室住宅。"

"嗯，"张琴说："您记得就好，那么何时兑现？我该做的都做完了，你该兑现了吧？"

秦风眯着小眼睛望着同样小眼睛的张琴说："等林小曼回心转意后，我会兑现的。"

"嗯。"张琴应了声就走开了。

她清楚对付秦风这种人，现在不是摊牌的时候。

就在秦风与张琴勾心斗角的时候，林小曼和孟不凡正在丽江古城尽享欢乐。

　　林小曼跟秦风那么多年，秦风除了婚前带她出去旅行过，婚后都以忙为借口，或者让张琴陪林小曼带着孩子出去玩，或者干脆给她们钱，让林小曼带着全家出去玩，而两个人的旅行简直就是比登月球都难的事。

　　丽江，古城。

　　深秋的古城，没有北方的寒气，如春的气候让人心旌荡漾。

　　风，轻柔如水，在洁净的城市上空流浪，随意的把白云托起，头顶的云朵触手可及。风儿如同一个淘气的孩童，把古城的杨柳梳理，吹乱，全由自己的心情喜好。古城的水有一个美好的名字"玉泉水"，是雪山远嫁古城的女儿。是玉河水赐予了古城柔情，水灵。静静地站在水车旁，任玉泉水百转千回，进而流向深巷，伴随着游人来来去去。水车是古城跳动的心脏么？均匀如一的轮转。林小曼和孟不凡站在水车前，心与它一起轮转，感受着避世的怡然。幸福，除了幸福还能有什么？

　　走进古城的巷子，林小曼意外的发现古城的房子并不华丽，不像江南的古城，艳于雕琢，而是很朴素，很随意，甚至趋于简陋。像纳西人的心一样，只是用心去品味生活，而非刻意渲染。就是这样的平静，却让人无端的感动。她紧紧抓住他的手臂，他顺着让手臂伸出，紧紧牵了她的手。他们感受着古城的平静和最质朴的温柔。

　　丽江的古城是没有城墙的，亦如林小曼和孟不凡此时此刻最为自由的心。

　　原以为边远的小镇，该是封闭而落后的，其实不然。四方街的小河边，酒吧、水吧、网吧里不同肤色，不同语言的人聚在一起，品味各自的快乐。

　　林小曼和孟不凡也找了一家河边的酒吧坐下，就这样守望丽江，浅饮丽江。他们在品味丽江的风景，同时又成为别人的风景，真是惬意又抒怀。

　　两个人要了两杯香蕉奶昔，一瓶啤酒，和一份纳西烤肉，一些香肠，一份爆米花。时不时的手拉了手地交谈，似乎忘却了一切尘世的烦恼。

　　其实，人很多时候真的需要这样的一种释放，毕竟压力是生活的点滴，快乐也是生活的点滴，积累的多了总需要出口。

　　意想不到的是他们在这里遇到了同样来找寻出口的魏一然。

　　这是一个多么神奇的场景，魏一然邻座而坐的瞬间三个人都目瞪口呆。

　　最先恢复常态的是林小曼，她大方的打招呼："你好，好久不见，魏大哥。"

魏一然看看她又看看孟不凡，一时无语。

林小曼更加坦然了，说："要不，您跟我们一起坐吧，我来给你们介绍一下。"

魏一然竟真的过来坐了。

孟不凡伸出手，假装不认识，想跟魏一然握下手。

魏一然没有理会。

林小曼笑了，说："魏大哥，我知道您是一个特别刚正不阿的人，我也不怕您告诉秦风，这位是我的爱人，今生唯一的爱人，我回去后就会跟秦风离婚。魏大哥，我一向敬重您，希望您能劝劝他，这么多年最后大家彼此给对方一条畅通的路吧。"

魏一然仍旧不说话，茫然地望着孟不凡。是的，他没有想到自己善良的弟弟会这么快得手，把林小曼骗得以为遇到了幸福。

许久，魏一然对林小曼说："小曼，可不可以，我跟这位孟先生单独说两句话。"

林小曼坦然应允说："没问题，那我先去那边转转。"

不知道为什么，林小曼对孟不凡是充满信心的，而对魏一然也是无比信任的。

林小曼刚一走开，魏一然就急切地说："弟弟，不要骗得她太深，她是可怜的女人。"

孟不凡笑了，他很欣慰，欣慰于他亲爱的哥哥还是他心中那个善良温和的人。他说："哥，我没有骗她，她也不是能被轻易勾引的坏女人，她就是我跟你说过的，我爱上的那个女人。"

"啊？"魏一然的头"嗡"的一声。

于是，孟不凡把与林小曼相识相知相爱的过程统统讲给了魏一然。

魏一然长叹一声说："这难道就是命运吗？"

孟不凡完全沉浸在自己的喜悦中，并没有体会太多魏一然的画外音，他说"哥哥，我现在唯一担心的就是你，我怕你心底放不下那个人会怪我。"

魏一然默默摇头说："弟弟，我出来这一段时间，想明白很多事情。我跟他的这场感情纠葛中，最无辜的就是你爱上的那个女人。换作我，我不忍心那么伤害一个无辜的女人，但是他只想着自己。爱情无所谓对错，但人性必定

要轮清好坏，所以，对于他放不下我也要放下了，我现在担心的是，你跟小曼能不能按照你们的计划走好后面的每一步。"

"嗯，"孟不凡点头，之后又说："不过小曼想得很清楚了，钱她可以一分不要，父母和弟弟的房子，我可以把我爸妈留给我的房子给他们，所以这些秦风都难不倒我们的，只是虎虎……小曼说实在不行，她也只要先放弃虎虎的抚养权，她相信秦风不会对虎虎不好的，即便秦风再娶也不会对虎虎不好的。"

"再娶？"魏一然摇头说："你们都不了解他的，他怎么可能离婚？怎么可能再娶？他要的不是林小曼这个人，要的是他幸福美满的良好形象。"

林小曼此时刚巧回来，听到魏一然的话，说："那是他的事，我只做我的事。我们国家男女平等那么多年了，不会我想离婚，他就买凶杀了我们吧，呵呵。"

林小曼笑得很轻松，而魏一然的心紧紧一缩。说："要不，我陪你们一起回去，或者我还可以帮你们劝劝他。"

"那当然更好。"林小曼不知所以高兴地回应。

孟不凡忙摆摆手说："不不，哥，哦，不，魏大哥，这事你不要管了，我们自己应对，你就好好在这里住下去，照顾好自己。嗯，对，你一定要照顾好自己。"

孟不凡语带双关，魏一然心里清楚，他希望自己的哥哥能够在这里静心度过一段时间，放下一些事情好好生活。

魏一然与孟不凡握了一下手，眼中是彼此会意的清晰，便走了。

5. 该面对的总得面对

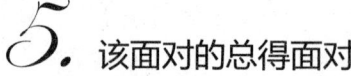

魏一然的担心不无道理。

时间慢慢的过去，秦风越来越加重了怀疑。他开始让张琴以虎虎为借口催促林小曼回来，而林小曼每次都是一句话，如果办离婚手续的话就会立刻回来。

秦风真的气坏了。他去找魏一然，古董行寂静无人。他给魏一然打电话，电话始终关机。

秦风越来越有了一种不好的感觉，他甚至怀疑是魏一然背叛了他，与林小曼还有孟不凡串通了。

"他们想干什么？"秦风整夜睡不着，不停地问自己。

终于，林小曼和孟不凡回来了。

孟不凡本来是想陪林小曼一起来回秦家跟秦风摊牌的，但林小曼执意不肯。她说："秦风这个人很爱面子，如果你跟我一起去，他会恼羞成怒的，不定会做出什么事来。"

孟不凡握住林小曼的手说："但你自己去我不放心，他那次不就对你动了手吗？我不想看到他再次伤到你。"

林小曼长叹一声说："该面对的总得面对，这一次，我绝对不会那么懦弱，任凭他财大气粗，如果他敢再那样，我肯定报警。不凡，你就放心吧，我们不是商量好了吗？大不了我先放弃虎虎的抚养权，我净身出户，他肯离婚就协议，不肯我去起诉。你就安稳的在家等我。"

孟不凡拗不过林小曼便只好答应。

但事实却出乎林小曼所料。

秦风痛快地答应了离婚，虎虎归林小曼，并且给林小曼一笔可观的钱。秦风说："小曼，我们夫妻那么多年，我不是不爱你，是不知道怎么爱，可能我就是这样一个工作狂，一个爱无能，但是到了今时今日，我只希望能给你最后的照顾。不能在你身边照顾你了，那么钱算什么呢？我的财产都是孩子的，这一大笔钱是希望你和你的家人能过得好。"

林小曼目瞪口呆，心想难道真的是她把秦风想得太坏了吗？

这时候，张琴过来给他们俩送了两杯咖啡。

秦风叫住张琴说："你是虎虎的阿姨，也是小曼的同学，你来见证一下，我秦风此时说的话，如有虚言，必定枉死。"

"你别这么说。"林小曼的心软了，忙制止秦风的毒誓。

张琴坐到林小曼身边说："小曼，我特别相信秦总的话，一个男人在这个时候能想着你今后的生活，真是难得的好人。"

林小曼又望了望秦风，虽将信将疑但是白纸黑字摆在那，只要她一签字，那一个亿的资产就是她的了。这不是最好的证明吗？

林小曼摇摇头说："秦风，我非常感谢你现在的体恤，但是这一大笔钱我不能要，秦氏是你和你父亲你母亲打拼下来的，是你们的血汗钱，它与我没有一点关系，我不能这么不劳而获。"

"不对。"秦风摆手说："你不是不劳而获，你给了我们秦家一个虎虎。"

林小曼笑了，她真的希望也以为能够与这样的秦风成为朋友，说："瞧你说的，你找个代孕妈妈能花这么多钱吗？我们毕竟多年的夫妻，没有爱情总有情谊，你的一片好心我心领了，如果可以我仅仅希望你让我的家人仍旧过之前的生活，每个月给虎虎应有的生活费，至于我，我不会再花你一分钱。你还是重新拟定一份吧，我是真心的，不要为我的生活担忧，张琴能自己带着孩子生活我也能，当然，我也不希望虎虎受委屈，他是你儿子，你给他什么都应该，但与我无关。"

"好吧，"秦风无奈地答应了，说："那我们就改成一千万，虎虎的日常开销你不能捉襟见肘。这样吧，今天晚了，我心情也不是很好，我们先都休息吧，明天再说好吗？"

"嗯。"林小曼痛快地答应，心中充满了喜悦和激动。人呀，原来并没有她想的那么坏。她在打开自己的房门时，又看了看秦风，他鬓角斑白，眼神恍惚，林小曼忽然觉得他也很可怜，竟然想安慰他，但还是克制住了，她不想也不能节外生枝。

进了屋林小曼立刻给孟不凡打电话，她想在第一时间告诉他这个好消息，一切顺利得不可思议，但孟不凡的电话关机了。

林小曼想可能是没电了，估计一会儿就会开机，他们约好了，随时保持电话联系的，孟不凡不可能故意关机。

过了一会儿，林小曼继续拨打孟不凡的电话，仍旧关机，就这样大约有半个小时，林小曼甚是沮丧便发了个短信，内容很简单："不凡，我这边有好消息，开机后速回电话。"

发完短信后，她又静静地等了半个小时，还是没有任何回信。她继续拨打，还是关机。

林小曼开始坐立不安，这时候张琴敲门进来了。

林小曼像遇到救星般，跟张琴一五一十和盘托出。

张琴张大了嘴巴，一副极为震惊的表情，说："小曼，我怎么感觉，这个孟不凡是骗子呢？你说："到哪里去找那么好的男人呢？这个世界上有那么好的男人吗？太完美了，会不会就是骗子呢？"

"张琴。"林小曼很生气地说："你怎么这样猜疑别人，他真的很好，非常善良温和，真的是个很好的人。"

张琴并没有被林小曼说服，她继续说出自己的疑惑："小曼，为什么在这么关键的时刻，他的电话关机呢？如果他像你说的那么爱你，那么好的人，怎么会这样？不过，他是不是骗子，你去找他一趟就知道了。兴许，你都找不到他了。"

林小曼有些生气了，说："张琴，你这是什么意思？难道你不希望我好吗？"

"不是，"张琴摇头说："我是不希望你受骗，你太单纯，你根本没有过社会经验，你不知道人心险恶。这样吧我陪你悄悄地出去一趟，我们去找他，但愿是我多虑，我当然希望是我多虑了。"

林小曼眨眨眼睛，一时也没了主张。

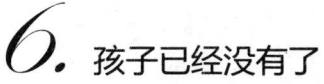

6. 孩子已经没有了

人如果有第六感，必定都会摈弃最不好的一些感念，让生活如小溪般潺潺，静静流淌是最美好的境界，一切波澜都会是漩涡，而漩涡必定充满危险。

林小曼的第六感也有强烈不好的感觉。至于是怎么样的不好，她说不清楚，但是她不相信张琴的话，不相信孟不凡是在骗她。

但事实就是事实，孟不凡不在家，电话再也打不通。

林小曼沉浸在对孟不凡的找寻中，而秦风好像是因为离婚的事情，弄得他非常萎靡，大病了一场一样，没有一点精神。林小曼硬着头皮催了几次去办离婚手续的事，秦风都可怜兮兮的请求再过几天，自己好点再去。林小曼心不在焉，便也没勉强他。

就这样一晃就是一个月。在这个时候，她发现自己怀孕了。她不能再拖了，必须要先离婚，再去找孟不凡。

秦风这次没再拖延，一边咳嗽一边准备跟她去办手续，他说："其实，我生病都是借口，我不过就是想多留你住一些时候。"

林小曼心里也是一阵酸楚。不管怎么着，即便多年未同床，但也同桌吃饭，一个屋檐下生活，一切就要结束，结束的不仅是婚姻，还有十年的时光。所以，伤心总是难免的。

秦风已经痛不欲生了，嗡嗡地哭了起来。林小曼这是第二次看到他哭，第一次是他父亲去世。林小曼也很难过，小腹坠疼她咬了咬牙，拍了拍秦风的肩说："别难过了，离婚了我们还是虎虎的爸爸和妈妈，你愿意我们还是朋友。"

秦风忍住泪，使劲儿点点头。

两个人准备出门，这时候，林小曼的手机发出了短信提示音。她打开一看，天呀，竟然是失踪了一个月的孟不凡发来的，她借口去趟洗手间赶紧去看。

孟不凡的短信是这样写的："小曼，你好，不知道你现在好不好，但我很好，我已经回了英国，一切又恢复了原态，很惬意很舒服。也要跟我相恋多年的女友结婚了，她也是剑桥毕业的，不如你漂亮，但是聪明可爱。你我相识一场，我承认我被你的美貌吸引，但那日你走后，我仔细想了想，我爱的不过就是你的美貌。你单纯，但是三十几岁的女人过于单纯也是很蠢的，我喜欢聪明的女人，你善良，但看不出是非的善良很多时候便成为伪善。不过，这些都不重要，重要的是我的家人，我姑父姑妈和表哥怎么可能让我找一个离婚的带着五岁孩子的女人呢？这让我反思自己，我的天平倾向于他们，因为我爱的不是你，而是你的容颜，但容颜亦会老去无需贪恋。还是想对你说声对不起，并劝告你一句，你这样柔弱的女人不适宜离婚，你老公能原谅你跟我的这一段，说明他是难得大度爱你的男人，是值得你托付终生的，好好珍惜吧，我们不会再见了。对不起，谢谢你。"

"通"的一声林小曼摔倒在地，而顺着她的腿是血在流。

林小曼被送到医院的时候，孩子已经没了。

秦风在手术室外，简直已经要疯了。外人以为是一个中年男人痛失孩子而心焦，只有张琴清楚，他是痛恨造成这一切的两个人，林小曼和孟不凡。他因恨而疯。

张琴心里明镜一般，一切如了秦风的愿，而林小曼彻底成为一个可怜的人。她在心中默念："小曼，我对不起你，我帮着秦风骗你是不得已，我要生活，要养可心，要给可心好的生活，你有虎虎，你是母亲，你会理解我，对吗？"

7. 没有了一点生命的迹象

林小曼出院后，好像暂时失去了记忆。不说话不笑，也吃得很少。倒是秦风，不停地说，表白。什么我永远不会问孩子是谁的，我永远都不希望虎虎没有一个完整的家，我永远都不希望你离开。

林小曼像是听不懂似的总是闭着眼睛。

曾经短暂的相爱时光，于漫长的岁月中不过是沧海一粟，却好像占据了林小曼的全部记忆，无法成为过去的记忆。而记忆里的柔情片段，充满情感的歌声，时时飘洒进她的思绪。她总是愣怔怔的好像听到了什么。伫立在这季节的渡口，听风悠悠倾诉，思绪如风飘飞在世界里，衣角卷起的是深深的忧伤，一切恍如梦境，依旧那么清晰，依旧撩伤她的柔肠万缕。

张琴看在眼里，心中无限愧疚。是的，她很自私，但是她真的从来没有想伤害小曼。她本来与秦风约定，这件事情后，她拿到她该拿的便离开秦家，但是现在她不忍心就这么走掉，更何况秦风只兑现了二十万，而剩余的三十万

以及房子，再加上后面追加的魏一然的那架古琴都没有兑现。

张琴敲门走进秦风的书房，她想对秦风说，那些都不要了，她要留下来照顾林小曼，照顾虎虎。

秦风意外地请她坐下，像以前那样客气地请她喝茶。

张琴摇头，她心想这种人在茶里下了毒药都说不定呢。

秦风见她不喝，独自饮茶，也不咳嗽了，也不萎靡了，尽管白发更多了。

张琴鼓足勇气说出了自己的想法。

秦风微微皱了一下眉笑了，说："张琴，你在说什么，我怎么都听不懂呢？我什么时候欠你那么多东西和钱？你觉得这些你说出去，可信吗？"

张琴小小的眼睛瞪得圆圆的，继而她冷冷地笑了。秦风就是这种人，她早就领教了，没有什么好奇怪的，林小曼也曾经跟她和周贝贝讲过他当年怎么收买陈子聪却不兑现的事。所以，她早就有准备。

她打开了录音笔，秦风的声音响起。

秦风万万没有想到她有这一招，他一把抢过去。

张琴也不跟他抢淡淡地说："这个录音很多很多。多到我都不清楚放了多少地方。我相信只要拿给小曼听了，知道这是你布下的局，知道你跟魏一然的同性恋关系，知道孟不凡跟魏一然的表兄弟关系，知道孟不凡是你跟魏一然派去故意骗小曼的，知道了这一切，她还会原谅你吗？她会恨死你。"

"你怎么知道的？"秦风惊了，奔过来掐住张琴的脖子，张琴使劲儿甩开他，甩不动便吭哧吭哧地说："如果我有什么好歹，全世界人都会知道你的丑闻。"

秦风方才松手问，你说："你怎么知道我跟魏一然的事情的？"

张琴拿起那只录音笔说："很简单，我带可心去学琴的时候，也放了一支在魏一然的古董行，因为我早就怀疑你跟魏一然之间有问题，但我才疏学浅，没有想到是这种关系。"

"你想怎么样？"秦风怒视她。

张琴叹了口气说："哎，其实，我觉得我很对不起小曼，我现在什么都不想要，只想好好照顾她。"

"不可能。"秦风冷冷地说："你知道的太多了，我不可能留你在她身边，永远是隐患。"

张琴刚要争辩，门开了，林小曼倒了下来。

她一直在门外，听到了一切。

张琴忙去扶她，但她用尽全身的力气甩开她。

林小曼踉跄着向前，抓起老板桌上的刀子就刺向秦风。

秦风闪开，抓住林小曼的手一磕，抢过刀子，回手就是一个大巴掌。

张琴跑过去阻拦，秦风推开她继续殴打林小曼。一边打一边骂："贱女人，你这个贱女人。"林小曼并不躲避他的拳头，她只是想找寻各种武器，但是什么都没有。

林小曼万念俱灰，趁着秦风缓手之际，奔向书房外的露台，她仰头望了一眼湛蓝的天空，微笑了一下，没有犹豫就跳了下去。

她的脑海里只有一个念头，她想留住那短暂美好的相爱时光。她觉得人要为自己的愚蠢付出代价，哪怕这个代价很大。

张琴拼尽全力没有抓住林小曼，她放声痛哭，稍一清醒便立刻拨打120。秦风冲过来抢过她的手机说："你救她，我们都会有事。"

张琴拾起摔得稀里哗啦的手机，怎么也按不动键盘。她狠狠地扔了手机，向楼下奔去迎面遇到刚来的卓雯菲和虎虎。

卓雯菲闻讯立刻跟着张琴向外跑去。

秦风却站在一边气定神闲，他想这样也好，林小曼因抑郁症自杀，到哪里都说得过去。现在抑郁症的人很多，自杀不是稀奇的事。

一双小拳头在打他。虎虎一边号啕，一边打他，一边喊妈妈。

秦风被他哭闹得很烦躁，回手就推了虎虎一下。

就是这一下，虎虎撞到了走道边角的一个瓷瓶子上。很快虎虎不哭了，无声无息的吓人。

秦风起初没当回事，过了片刻他才意识到了什么，两步走过去抱起虎虎。虎虎已经没有了呼吸，瓶子上的一个小把手穿尽了他的脑海。

虎虎死了，就这么死了。

秦风用尽了各种办法都没有唤回虎虎的任何一点声响和生命的迹象。

秦风瘫软倒地。

8. 他与他，共赴黄泉

就快入冬了，西北风提早刮起，凛冽而阴森。

魏一然的古董行里，只燃了几只烛台。外面阴冷，窗子密闭。烛火不旺，几许牵强。

魏一然依旧一身白衣，静然抚琴。

《胡笳十八拍》，并无深意，只是弹奏。

脚步声慢慢合上了乐曲声。

魏一然没有停下来，也没有抬头，他一边继续抚琴，一边说："你来了。"

"嗯，我来了。"秦风坐下，像是在听他弹奏，又像是在听风声。

魏一然一曲罢了，并没有走过来，他淡淡地说："我知道你会来。你一无所有了自然会来这里，但是这里已经不可能有你存留的余地。"

秦风抬头望着他，这就是那个他们相恋了二十几年的魏一然吗？他从来都相信，这个世界上所有人都会背叛他，魏一然也会站在他身边，难道他也要背叛他吗？

魏一然也望了望他，秦风真的是憔悴不堪了，换作以前魏一然会心疼不已，但此时他除了淡然就是淡然，他说："如果你不想一错再错，那么请你告诉我，我弟弟在哪里，你把他藏在哪里？"

"哈。"秦风冷笑说："你连一句安慰的话都不对我说吗？我失去了儿子呀。"

魏一然闭了眼，沉静再沉静，说："虎虎很可怜，但你是罪魁祸首，谁会安慰你呢？你做了多少伤天害理的事情呢？你剥夺了林小曼一生的幸福，你害了我的弟弟，你辜负了你的父母，你杀死了自己的儿子。你有什么值得我来安慰和同情的呢？那些人，被你害了的那些人，他们又该被谁同情呢？"

"闭嘴。"秦风摔碎了手里的茶杯怒喝，你有什么资格指责我？一切都是因为你，因为我爱了你，才会毁灭了一切。"

魏一然冷冷地摇头说："秦风，我用了半生爱你，为什么我不会去害别人，爱是自己的事情，不管爱的是谁，尊重自己的内心都是值得的，但不能以这个为借口去害别人。另外，你也不要说爱我，你谁都不爱，你只是爱你自己，你如果爱我，怎么会去伤害我最亲的弟弟？你甚至都不爱虎虎，因为你亲手杀了他。"

"啊！"秦风大叫，双手十指插入头发中。他的头要炸了。

魏一然继续追问："你告诉我，我弟弟在哪里？"

"你弟弟？孟不凡？哈哈，"秦风讪笑，说："你最好还是别再见到他了，只怕你见到他的时候也认不出他了。他现在能够站立都不好说："脸上有多少道伤痕也不好说。"

魏一然的头"嗡"的一声，眼前如同幻境一片虚无。

秦风竟然有些得意，说："谁让他真的跟林小曼苟且，还弄出了孩子。我本来就是想先软禁他一段时间，等林小曼就范了，他只要出国就好，可没想到，他们竟然有了孽种，他还从机场偷跑回来，我不能放过他。就在他家楼下的停车场，哈哈哈，他不知道被砍了多少刀，幸亏有人经过，不然，他必死无疑。"

"秦风，你竟然买凶杀害我的弟弟？"魏一然把琴推向秦风愤然起身。

"对，你说对了。"秦风毫无悔意地狡辩道，"买凶又怎么样？这个社会，这个世界，有钱就能做一切事情。"

魏一然一字一句地回答："你错了，你再有钱，买不回来你儿子的命。因为你随意地残害别人的生命，虎虎的死就是对你最好的报应。"

"啊！"魏一然的话戳在了他的心坎儿上，他狂叫。双手揪住自己的头发，不停地狂叫。

魏一然冷漠地望着他说："就算你真疯了，我也要报警，要给我的弟弟，给林小曼，给虎虎一个公道。"

魏一然拿出电话，秦风一个健步蹿过去，两个人厮打起来。

别看秦风粗壮很多，但魏一然常年练习瑜伽身体素质很好，秦风并没有占到上风。眼见抢不过魏一然的电话，秦风更加震怒。他低头看见魏一然视如宝贝的那架唐代古琴，像是面对魏一然一样，他双手举起用力砸下去。琴毁了，弦断了，而秦风也没了声息。

古琴上魏一然从不触碰的那根儿弦断了，弹起缠住了秦风的脖子。那琴弦硬而利，一缠上便会勒进肉里。秦风刚要用手解开，魏一然一把抓住琴弦断开的那一头使劲拉住。琴弦陷入秦风的脖子里，血顷刻流淌，直到成河，魏一然才松了手，秦风直挺挺地倒地。魏一然漠然走过去抱住秦风，好久好久，直到秦风的身体渐渐冷却，魏一然才慢慢放下他。然后起身拾起那根儿弦，缠绕在自己的脖颈上。他在做这些的时候，非常的平静，平静得连蜡烛燃烧的声音都异常清晰。

当魏一然倒在秦风身边的时候，他的脸上仍旧是平静的，没有因为最后的剧痛而有一丝扭曲。他白色的衣裳沾满了鲜血，在烛光的映照下，如同一朵鲜红的牡丹花，娇娆高贵。

9. 那些花儿

已是初春，万物复苏。新绿偷袭的当儿，仍可见裸色到的土地，干裂而坚硬，为充满生机的春天添了一些执拗。

卓雯菲站在秦家别墅前，短短半年她好像老了很多。

秦风死后，卓雯菲便做主卖掉了这栋房子。她相信林小曼肯定也不想住在这里，尽管她已经失去了记忆，甚至不认识她了。

今天是搬家的日子，卓雯菲为林小曼买了她所住小区的房子，这样便于照顾。

张琴扶着林小曼走了出来，张琴瘦了，脸上的皮肤松弛而毫无光泽，但眼中多了太多的温和与善意。

卓雯菲了解了一切后，答应了张琴留下来照顾林小曼的请求。她早已学会了原谅所有人，只要那个人想改正。不去计较什么，人与人便会很好相处。她看得出来张琴是真心忏悔，也正因为张琴的及时救助，林小曼才得到最适当的救治，保住了性命甚至身体无大恙。只是她忘记了很多东西，大约是她不想记起吧。

林小曼见到卓雯菲开心地笑了。

失去记忆的林小曼特别爱笑。

"妈妈。"她甜甜地叫她，亲热地挎住卓雯菲的胳膊。

卓雯菲和张琴觉得失忆后的林小曼像是变了一个人。爱笑，爱问问题，爱接触人。与之前犹豫，寡欢，不善与人交往的林小曼判若两人。唯一没有改变的就是她那美丽的容颜。可能因为忘却了烦恼，她的皮肤更加剔透，白里透红，细嫩光滑，粉嫩得如同孩子。

卓雯菲与张琴对视一眼难掩惆怅，不知道林小曼何时会恢复记忆，医生说也许很快，也许很久，也许根本不会恢复记忆。

"走吧，上车吧。"卓雯菲为林小曼系上外套的纽扣。

林小曼只是咯咯地笑，尽情体会着这份暖意。

就在这时张琴看到走过来两个人。

一男一女。女的是周贝贝，很久没有音讯的周贝贝。男的？张琴愣了惊叫："孟不凡？"

是的，那个男人正是孟不凡，只是他行走的时候需要周贝贝搀扶，脸上多了一道伤痕。

原来，孟不凡被秦风软禁了一段时间后，秦风便用他的手机给林小曼发了那最后一条绝情的短信。之后秦风命人送孟不凡飞往英国，孟不凡在机场趁机逃走。在公寓的地下停车场被秦风派去的人行凶，幸好那个追求周贝贝的私家侦探小孙路过，那些歹徒才罢手逃走。小孙认出是周贝贝上次带去的男朋友，便立刻打电话给周贝贝，周贝贝跟小孙报警后送孟不凡去了医院。而孟不凡没有林小曼幸运，他很久才脱离生命危险，身上几处致命伤，一躺就是小半年。是周贝贝一直在照顾他，但并没有告诉他秦家发生的事情，更没有告诉他林小曼流产坠楼，魏一然自缢身亡。

直到最近孟不凡稍微能行走了，周贝贝才告诉他一切。

在孟不凡执意坚持下，答应带他来看望失忆的林小曼。

林小曼看到他们俩笑了。继而走到搬家的车边儿，指着车上的古琴说："师傅，小心点，古代的人会在古琴里放上暗器的，别乱碰它，如果有暗器，咱们都防不胜防的。"

搬家公司的师傅笑了，说："您真会说笑话。"

张琴走过来，手里拿了一把吉他，那是林小曼遍寻不到孟不凡后特意买的。那时候，她靠学吉他来想念孟不凡。

"小曼，"张琴问，"这把吉他是你随身带着，还是放车上？"

林小曼接过吉他说："这个，我自己拿着吧。"

她抱住吉他，轻轻拨了两下。忽然，她走到周贝贝和孟不凡面前说："你们会弹吗？"

周贝贝早已泪流满面，雨带梨花地摇头。

孟不凡强撑着身体接过琴。

那片笑声让我想起我的那些花儿，

在我生命每个角落静静为我开着。

我曾以为我会永远守在他身旁，

今天我们已经离去在人海茫茫。

他们都老了吧？

他们在哪里呀？

我们就这样各自奔天涯。

啦……想她，

啦……她还在开吗？

啦……去呀！

她们已经被风吹走散落在天涯，

有些故事还没讲完那就算了吧。

那些心情在岁月中已经难辨真假，

如今这里荒草丛生没有了鲜花。

好在曾经拥有你们的春秋和冬夏。

啦……想她，

啦……她还在开吗？

啦……去呀！

她们已经被风吹走散落在天涯。

他们都老了吧？

他们在哪里呀？

我们就这样各自奔天涯

……

还是《那些花儿》，尽管孟不凡弹唱得都很吃力，但声音的情感更加饱满，他随着歌词儿的转换，对林小曼的深情凝望则融化在他的泪水中。

"《那些花儿》。"林小曼突然开口。

孟不凡停了弹唱。

林小曼定定地望着他。

望着……

所有的故事都不会结束，因为生活在继续。

所有的情绪都不会完结，因为生命在继续。

所有的爱都不会彻底地消失，因为记忆总会在某一个点重现。

所有的人都不会变为昨天的风，因为自由不是撒野的借口。